WOLF HAAS

MÜLL

Roman

Hoffmann und Campe

1. Auflage 2023
Taschenbuchausgabe

www.hoffmann-und-campe.de
Umschlaggestaltung: © Büro Perndl
Umschlagabbildungen: Müllbeutel: © pepifoto / iStock
Müllbeutel Rolle: © Büro Perndl
Satz: Dörlemann Satz, Lemförde
Gesetzt aus der Minion Pro
Druck und Bindung: GGP Media GmbH, Pößneck
Printed in Germany
ISBN 978-3-455-01539-3

HOFFMANN
UND CAMPE

Ein Unternehmen der
GANSKE VERLAGSGRUPPE

MÜLL

Vorigen Sommer bin ich einmal am See unten gesessen, die kleine Bucht da gleich neben der Straße, wo nie Leute sind, weil es so viele Glasscherben anschwemmt. Nur ein Vater mit einem kleinen Kind war noch da, so ein vierjähriges Mädchen dürfte das gewesen sein. Auf einmal hör ich sie fragen, warum da so viele Perlen auf dem Boden liegen. Weil keine scharfen Glasscherben, sondern schön vom Wasser abgeschliffen. Weiße und grüne Perlen zwischen den Kieselsteinen und auch ein paar braune, sprich goldene Perlen. Jetzt was sagst du als Vater auf so eine Frage, du kannst nicht gut die Wahrheit sagen, das verstehe ich schon. Er hat ihr erzählt, die Perlen gehören einer Prinzessin, die am Seegrund unten in einem Palast wohnt, und die hat so viel Schmuck, dass sie die Schatullen nicht mehr zubringt. Im Prinzip bin ich dagegen, dass man den Kindern solche Geschichten auftischt. Aber was soll ich machen? Ich kann nicht gut hinübergehen und dem Mädchen die Wahrheit sagen. Weil furchtbare Geschichte, da kannst du als Kind einen lebenslangen Schock davontragen, frage nicht. Aber dir kann ich es ja schnell erzählen.

1

Jetzt, wo es verjährt ist, muss man wenigstens keine Angst mehr haben, dass man was Falsches sagt. Mord verjährt natürlich nicht, das ist klar. Mord verjährt nirgends auf der Welt, und finde ich vollkommen richtig so. Für den Ermordeten gibt es auch kein Verjährt, da kannst du auch nicht daherkommen und sagen, ich hab jetzt das Totsein vorzeitig hinter mir, weil gute Führung im Jenseits. Darum sagt der Gesetzgeber, ein Raub verjährt, eine Erpressung verjährt, ein richtiger Betrug fängt überhaupt erst mit der sofortigen Verjährung an. Aber der Mord verjährt nicht, Mord ist Mord, da kennt der Gesetzgeber keinen Spaß.

Jetzt warum sage ich, es ist verjährt, obwohl es doch ein Mord war? Siehst du, darauf will ich gerade hinaus. Schön eins nach dem anderen. Man kann nicht alles gleichzeitig verstehen. Es braucht immer ein Hintereinander bei den Gedanken. Ein Hintereinander und ein Nebeneinander. Aber kein Durcheinander. Und am allerwichtigsten, eine klare gedankliche Unterscheidung. Das ist mir gerade am Mistplatz so aufgegangen. Beim Müll geht es ja immer um das Trennen. Darum sag ich, Müll beste Schule für das Denken. Weil du hast die Kategorien, sprich Wannen. Du hast die Wanne 1, du hast die Wanne 2, du hast die Wanne 3. Du hast Metall, du hast Plastik, du hast Sperrmüll, du hast Buntglas, du hast Weißglas, du hast Elektroschrott, du hast Kompost, du hast Styropor, du hast einfach alles am Mistplatz. Das geht hinauf bis 32, 33, es gibt für alles eine eigene Wanne, Bauschutt, Wellpappe und und und. Weil ohne die klare Trennung kannst du jedes Recycling vergessen. Und da bin ich noch nicht einmal bei den Problemstoffen.

Früher hat man überhaupt nur zwei Sachen unterschieden: den Müll und den Mist. Weil den Mist hat der Bauer noch brauchen können, und den Rest hat man einfach in den Bach geschmissen. Nur bei uns hat man nicht einmal das unterschieden, sprich in Wien alles Mist. Heute ist es dafür umgekehrt, weil heute Wien beste Mistplatzordnung auf der ganzen Welt. Bei uns musst du lange suchen, bis du eine Straßenkreuzung findest, wo der Wegweiser zum nächsten Mistplatz fehlt. Da kann man schon einen gewissen Miststolz ablesen. Weil du darfst eines nicht vergessen. Ohne die Wiederverwertung wäre die Welt schon längst untergegangen. Und der Kreislauf fängt bei der exakten Trennung an. Darum war es auch so eine heikle Sache, dass ausgerechnet am Mistplatz so ein Durcheinander ausgebrochen ist.

Die ersten Leichenteile sind in der Wanne 4 aufgetaucht. Also ein Knie war das Erste, ist ja eh alles in der Zeitung gestanden, muss ich jetzt nicht so im Detail. Rechtes Knie, soweit ich mich erinnere. Aber egal, rechtes oder linkes Knie, in Wanne 4 gehört kein Knie hinein. Da ist sogar egal, ob es ein menschliches Knie ist oder ein tierisches Knie, nicht einmal ein Titanknie darf da hinein, und das Knie von einer Wasserleitung auch nicht, weil Wanne 4 nur Sperrmüll.

Seit neuestem glaubt ja jeder, er kann mitreden beim

Müll. Wo die Menschen früher über den eigenen Kreislauf gejammert haben, sprich Kreislaufstörung, geht es heute nur mehr um den Müllkreislauf. Da wird ein Recycling und eine Wiederverwertung heruntergebetet, Müllbuddhismus nichts dagegen. Aber reden kann man leicht. Machen muss man es auch richtig! Wenn du schon am Anfang das Zeug in die falsche Wanne schmeißt, alles umsonst. Knie in Wanne 4, da kannst du von einem Kreislauf nur träumen. Menschliches Knie wäre natürlich, wenn schon, Biomüll. Wanne 19. Oder zur Not, zur äußersten Not von mir aus Kompost. Wanne 12. Also abgesehen davon, dass ein menschlicher Körperteil am Mistplatz sowieso nichts zu suchen hat, das muss ich hoffentlich nicht extra sagen. Menschliche Körperteile: Magistratsabteilung 43, Friedhöfe. Und nicht Magistratsabteilung 48, Abfallwirtschaft. Aber rein von den Wannen her gedacht, sag ich: Wanne 12, Wanne 19, da lass ich mit mir reden, aber sicher nicht Wanne 4.

Darum sind die Mistler ja so heikel, wenn die Leute hereinfahren. Da kommt keiner am Empfangschef vorbei. Also, Empfangschef, das ist nur so untereinander, wer halt gerade eingeteilt ist. Einer muss den Portier spielen, sonst fahren die Leute unkontrolliert herein und schmeißen ihre Sachen irgendwohin, das kannst du dir nicht vorstellen. Aber normalerweise immer alles unter Kontrolle. Da ist einmal der Schmid Empfangschef, einmal der Novak, einmal der Udo, weil dem seine Mutter war ein wahnsinniger Fan vom Udo Jürgens, und der Udo hat gesagt, ich kann ihn ruhig namentlich erwähnen, weil ihn kennt eh jeder, seit sein Foto mit dem Knie in der Zeitung war. Die Kollegen natürlich neidig, ja was glaubst du. Warum ist der Udo mit dem Knie in der Zeitung, und der Novak mit dem abgetrennten Kopf nicht in der Zeitung. Aber das ist am Foto gelegen, weil den Novak hat keiner fotografiert, wie er den Kopf aus dem Elektroschrott gefischt hat. Und bevor er an das Foto gedacht hat, war dann schon die Polizei da.

Der Udo hat in den nächsten Wochen nicht den Empfangschef spielen können, das ist klar. Du kannst nicht eine Berühmtheit zur Einfahrt stellen, sonst ist der Stau schon fertig. Aber jeden Praktikanten kannst du auch nicht hinstellen, sondern nur einen Erfahrenen. Weil wenn du nicht aufpasst, kommen die Leute mit dem Anhänger auch noch herein. Du musst wissen, am Mistplatz gilt die eiserne Regel, ein Kofferraum gebührenfrei. Ein Kofferraum ist nicht ein ganzer Bus. Ein Kofferraum ist nicht ein Anhänger. Ein Kofferraum ist nicht ein Kleinlastwagen. Wer mehr als einen Kofferraum voll hat, muss zum Gebührenmist, sprich Rinterzelt, da gibt es keine Ausnahme.

Natürlich gibt es Zweifelsfälle. Zweifelsfälle gibt es immer im Leben, wer das bestreitet, ist kein Mensch. Der Kombi hat keinen Kofferraum in dem Sinn, jetzt musst du das Augenmaß haben, da darf man nicht päpstlicher sein als der Papst, weil Dienst am Bürger. Aber heutzutage die SUVs, die Vans, das glaubst du nicht, wie viel Müll in denen anreist. Und die glauben, sie können das einfach alles gebührenfrei hereinschütten. Aber nichts da. Die haben die Rechnung ohne den Udo gemacht. Weil der Udo sagt immer, SUV Abkürzung für sozial unterentwickeltes Vehikel, und bei uns lädt der nicht ab. Da freu ich mich schon immer, wenn die aussteigen. Weil so schnell schauen die gar nicht, sind sie schon Richtung Rinterzelt unterwegs, sprich gebührenpflichtige Ablademöglichkeit.

Manchmal kann bei Zweifelsfällen auch ein Trinkgeld helfen, da will ich jetzt gar nicht reden, aber im Prinzip musst du alle gleich behandeln. Ob das ein junger Mensch ist oder ein alter, ob der in einer Rostschüssel vorfährt oder im neuesten Ferrari, ob das ein Mann ist oder eine Frau, vor dem Mist sind alle Menschen gleich. Höchstens im Umgangston, da will ich jetzt die Müllmänner nicht heiliger hinstellen, als sie waren. Es sind schon Sachen vorgekommen. Wenn da die Richtige hereingekommen ist, hat man vielleicht schon einmal ein bisschen freundlicher gegrüßt als bei einem Mann. Da hat es schon vorkommen können, dass man nicht nur gesagt hat »Was haben wir da?«, sondern vielleicht auch einmal »Was bringen Sie mir Schönes?«. Oder man hat sogar das Gespräch gesucht mit einem freundlichen »Können Sie das nicht noch brauchen? Sind Sie sich sicher, dass Sie das wegschmeißen wollen?«. Oder sogar »weggeben« statt »wegschmeißen«, weil klingt doch einfühlsamer.

Und du darfst eines nicht vergessen. Die orange Arbeitskluft ist so was wie eine Uniform. Da stehst du ganz anders da als Mann. Sicher, Orange steht nicht jedem, aber wenn es einem steht, eins a. Dem Udo ist das Orange überhaupt nicht gestanden, das muss ich ganz ehrlich sagen, weil der Udo blonder Typ. Sogar rotblonder Typ, wenn man ganz ehrlich ist. Es war ihm aber nicht bewusst, dass ihm das Orange nicht steht, und das war sein großer Trumpf. Weil wenn du dich schön fühlst, dann hast du die Ausstrahlung, egal ob dir das Orange steht oder nicht. Und der Udo eine wahnsinnige Freude mit sich gehabt, wenn der mit seinem Zopf über den Mistplatz spaziert ist, hat jeder sofort gewusst, der Udo ein Glückskind. Wenn du mich fragst, hat er sogar seine Zahnlücke noch für die besondere Note gehalten, weil der Udo immer extra breit gegrinst, damit die Zahnlücke zur Geltung kommt.

Irgendwie war es schon typisch, dass dem Udo der erste Teil untergekommen ist. Er hat gerade einer Renaultfahrerin beim Ausladen von ihrem Garderobenspiegel geholfen, weil neu gekauft und beim Transport zerstört. Jetzt hat ihr der Udo zum Trost beim Abladen geholfen. Normalerweise gibt es kein Helfen, weil wo kommen wir da hin. Aber der Udo einen guten Tag gehabt und sogar an einem Trostspruch gearbeitet. Der Spruch wäre in die Richtung gegangen, dass ein zerbrochener Spiegel nicht in jedem Fall Unglück bedeuten muss, weil andererseits sagt man ja auch wieder, Scherben bringen Glück. Und dass sich ihr Glück vielleicht in Gestalt einer netten Bekanntschaft namens Udo einstellt, hätte sich automatisch aus dem weiteren Gespräch ergeben.

Aber nichts da. Kein Wort hat er herausgebracht. Weil das Unglück war schon da, und die einzige Bekanntschaft, die der Udo gemacht hat, war die mit dem Knie, das er in der Wanne 4 entdeckt hat. Die Renaultfahrerin hat nur noch das Handyfoto gemacht, wie der Udo das Knie herausholt. Das war ja das Foto, das dann überall aufgetaucht ist. Sie selber hat sich nie mehr blickenlassen, aber der Udo war ihr nicht böse, und er hat es seinen Fans, die seine Geschichte immer wieder hören wollten, so erklärt: »Leichenfund beim ersten Date betrachtet jede Frau als schlechtes Zeichen.«

Ein besonderes Foto war es nicht, der Udo nicht gut getroffen. Er hat das Knie in der Hand gehalten und blöd gegrinst mit seiner Zahnlücke. Im Hintergrund hat man die Wannenaufschrift gesehen. Aber nicht Sperrmüll, sondern dahinter die Wanne 7, sprich Folien. Ich erwähne es nur, weil dann in der Wanne 7 die Finger aufgetaucht sind. Der Praktikant hat die gefunden.

Finger bei den Folien ist natürlich ein Witz, da lasse ich mir noch das Knie beim Sperrmüll eher gefallen.

2

Eine Viertelstunde nach dem ersten Knie ist die Polizei aufgetaucht. Und ob du es glaubst oder nicht. In dieser Viertelstunde zwischen Knie und Polizei haben die Müllmänner schon den halben Menschen zusammengesetzt gehabt, Puzzlemeister Hilfsausdruck. Weil natürlich der Ehrgeiz. Wenn der Udo ein Knie gefunden hat, wenn der Praktikant Finger bei den Folien herausgefischt hat, dann will ein Novak oder ein Schmid auch etwas finden, da ist in einem Tempo gearbeitet worden, gut, dass das der Betriebsrat nicht weiß.

Aber für den kompletten Menschen dann doch zu früh die Polizei da. Zuerst sind sie nicht beim Tor hereingekommen, weil die Mistler natürlich sofort zugesperrt, Kunden hinausgeschmissen und Tor zu. Aber nicht dass du glaubst, einmaliges Toraufsperren hätte genügt für die Polizei. Die Herrschaften natürlich nach und nach gemütlich eingetrudelt. Zuerst Tor auf, Tor zu für den Streifenwagen, zehn Minuten später Tor auf, Tor zu für die Kripo, dann Tor auf, Tor zu für die Spurensicherung. Wenigstens der Suchtrupp ist dann gemeinsam gekommen und nicht jeder einzeln, da muss man schon dankbar sein.

Aber unter uns gesagt, die waren nicht halb so schnell beim Finden wie die Müllmänner. Die Mistler haben jetzt nicht mehr helfen dürfen, sondern ab ins Büro und auf die Befragung durch die Kripo warten. Natürlich schon ein gewisser Wettbewerb, wer ist der Wichtigere, ist der Udo der Wichtigste, weil ihm als Erster etwas aufgefallen ist, sprich Knie in der Wanne 4, oder ist der Schmid der Wichtigere, weil er am meisten herausgezogen hat, sprich beide Arme aus dem Styropor, wo man noch zusätzlich sagen muss, da hat er extra die Schachtel aufgerissen, sonst wären die Arme für immer weg gewesen, oder ist doch der Novak der Wichtigste, weil wie draußen schon die Polizeisirene näher gekommen ist, hat dem Novak im Elektroschrott der Kopf entgegengelacht, und da könnte ein Novak mit Recht sagen, mit dem Kopf hab ich gewonnen, da hab ich das erste Recht auf ein Verhör.

Aber glaubst du, die Kripo wendet sich als Erstes an den Novak und sagt, gut, dass Sie den Kopf des Ermordeten gefunden haben, das bringt uns viel? Das würde man doch als normaler Staatsbürger erwarten. Aber nichts da. Nicht einmal eine Belobigung für den Novak. Kein Wort des Dankes für den Udo, dass er mit offenen Augen durch die Welt geht und ein Knie entdeckt. Ausgerechnet an den Platzchef haben sie sich gewendet! Da hätten sie noch besser den Praktikanten ausgesucht, der hat immerhin die Finger bei den Folien gefunden. Aber nein, den Praktikanten übersehen sie genauso. An den Platzchef müssen sie sich wenden, der überhaupt nichts gefunden hätte, wenn ihm der Schmid nicht extra den linken Fuß bei der Teerpappe versteckt hätte, damit er auch etwas hat und nicht wieder tagelang spinnt und alle Trinkgelder für das nächste Mistfest einkassiert.

Aber belobigt hat die Kripo den Platzchef wenigstens nicht, sondern zusammengeschissen.

»Sie sind dafür verantwortlich, dass keiner Ihrer Männer draußen herumläuft«, hat der jüngere der beiden Polizisten den Platzchef belehrt, als wäre er der Praktikant. Später hat der Udo gesagt, dass ihn der junge Kripomann mit seinem Bärtchen und seiner Frisur an diesen bosnischen Fußballer erinnert hat, der einmal halb nackt auf seinem Autodach getanzt hat. Aber pariert hat der Udo genauso vor ihm wie der Platzchef, weil der sportliche Jungpolizist hat so eine exakte Art gehabt, wo du sofort gewusst hast, du spielst dich besser nicht auf. Wie eine Kindergartengruppe haben sie brav im Aufenthaltsraum auf die Befragung gewartet. Es hat nicht viel gefehlt, und sie wären von der Kripo alle miteinander als Schaulustige hingestellt worden, und das ist nicht schön, wenn du der Finder bist und wie ein Schaulustiger dastehst. Dabei waren die Kripoleute selber die Schaulustigen. Die sind auf dem Mistplatz spazieren gegangen wie die reinsten Mülltouristen.

Eine halbe Stunde haben sie die Mistler dunsten lassen auf Steuerzahlerkosten, dann ist endlich ein bisschen Bewegung hineingekommen. Die Streifenpolizisten sind wieder abgefahren, wieder schön das Tor aufsperren, das hat der Udo übernommen, Tor hinter ihnen wieder zusperren, einen Gruß oder ein Bitte oder gar ein Danke kannst du dir aufzeichnen. Wie das Tor zu war, kommt der Einsatzleiter auf die Idee, dass der halbe Suchtrupp nicht mehr gebraucht wird. Du musst wissen, so viele Teile waren es nicht, und sie haben den kompletten Menschen schön langsam beisammengehabt. Ein paar von ihnen sind geblieben und haben noch in den restlichen Wannen alles zweimal umgedreht, aber im Grunde hat man ihnen angesehen, sie rechnen nicht mehr damit, dass sie noch etwas finden. Und dann ist ja auch schon das Spezialfahrzeug gekommen, sprich Tor auf, Tor zu für den Leichenwagen.

Geblieben sind nur die beiden Kripomänner, die immer noch den Mistplatz inspiziert haben. Man hat nicht sagen können, welcher von beiden der Chef war, weil der sportliche Friseurweltmeister fast zu jung für Chef, und der Ältere wieder zu mollig für Chef, also nicht einfach chefmäßig fett, sondern von der ganzen dings her zu weich, ein molliger Typus mit breiten Hüften, an dem sich beim Beruferaten alle die Zähne ausgebissen hätten. Weil auf Kripomann wärst du bei dem zuletzt gekommen, eher Gärtner oder Krankenpfleger, auf dessen Kosten die Chirurgenwitze gehen, und sogar auf dem Mistplatz hättest du den eher gesehen als bei der Kripo.

Jetzt musst du eines wissen. Bei den städtischen Betrieben gibt es immer ein paar Posten für Leute, ich will jetzt nichts Falsches sagen, aber sagen wir einmal so: Es fehlt wem ein Arm, es ist einer blind, es zieht einer das Bein nach, solche Sachen, dann kriegst du da leichter einen Posten, weil Gesetz. Der Gesetzgeber sagt, eine gewisse Anzahl von Stellen für diese Leute. Und so einen Posten hat der Schmid gehabt. Weil der hat fast nichts gehört. Durch eine Explosion bei seiner früheren Stelle, aber der Schmid wahnsinnig Glück gehabt, weil sieben Tote, und der Schmid unkündbare Stelle am Mistplatz. Aber pass auf, was ich dir sage. Mit dem hast du normal reden können! Weil der Schmid Eins-a-Lippenleser, das lernst du im Gehörlosen-Institut, das ist ganz super.

Und wie die beiden Kripomänner von ihrem Spaziergang zurückgekommen sind und sich dem Aufenthaltsraum genähert haben, ist der Schmid am Fenster gestanden und hat den Kollegen vorgelesen, was die Polizisten draußen geredet haben.

»Hast du den Mistler mit dem Zopf gesehen?«, hat der Schmid dem jungen Kripomann von den Lippen gelesen.

Und der Udo halb geschmeichelt, halb empört: »Was ist mit meinem Zopf?«

»Zopf und Zahnlücke«, hat der Schmid vorgelesen.

»Und der andere mit der Wampe im orangen Arbeitsmieder«, hat der junge Bulle gelacht. Also das Lachen haben die Mistler mit eigenen Augen gesehen, weil ein wunderschönes Lachen gehabt, dieser unverschämte Mensch, aber gehört haben sie ihn über die Schmid-Stimme. Wer mit der Wampe gemeint war, haben sie sich denken können, entweder der Novak oder der Platzchef.

»Da wartest du nur, dass ihm das Leuchtmieder aufreißt«, hat der Schmid weiter vorgelesen. »Das ist vielleicht eine Freakshow. Jetzt bin ich echt neugierig, was die uns erzählen.«

Und in dem Moment sind sie schon bei der Tür hereingekommen, sogar brav angeklopft, obwohl die Tür nur angelehnt war, aber eben demonstrativ, wir sind die korrekten Staatsdiener. Das war der junge Bulle, der angeklopft hat, weil der hat so eine exakte Art gehabt, und den dicklichen hat er vorausgehen lassen, bei den beiden hat man es einfach nicht sagen können, welcher der Boss war.

»Kriminalpolizei«, hat der junge Friseurweltmeister sich vorgestellt. »Sie haben unsere Arbeit erheblich erschwert. Wer von Ihnen hat den Fund bei der Polizei gemeldet?«

»Ich!«, hat der Udo herausgerufen wie ein Streber in der Schule. »Das Knie in Wanne 4. Ich hab sofort angerufen bei Ihrem Kollegen.«

»Kollegin«, hat der Dressman ihn korrigiert.

»Jaja. Kollegin.«

»Und die Kollegin hat Ihnen gesagt, Sie sollen nichts am Fundort verändern, oder?«

»Wir haben nichts verändert in dem Sinn. Wir haben ja nur geschaut, ob wir noch was finden.«

Die Stimmung war gleich so beschissen, dass einer von den Mistlern aufgestanden ist und die Kaffeemaschine angeworfen hat. Das war ein Spitzengerät mit einem italienischen Namen. Erst vor einem Monat aus der Trinkgeldkasse angeschafft, und seither Kaffeekonsum verdreifacht, frage nicht. Und du darfst eines nicht vergessen. Die Mühle war wahnsinnig laut, Metallzerkleinerer nichts dagegen. Jetzt hat die Kaffeemühle dem Kripomann das Wort abgeschnitten. Das hat den wahnsinnig gegiftet. Weil nach so einer Kaffeemühlenewigkeit ist eine Situation oft schon ein bisschen entschärft. Und wie die Mühle endlich die letzte Bohne zermahlen gehabt hat und der Lärm verklungen war und der Kaffee schon in die Tasse gelaufen ist, dreht der Müllmann sich mit seiner randvollen Snoopy-Tasse um und sagt: »So schlimm wird das nicht sein, dass ihr die Teile nicht in der Originalverpackung serviert kriegt.«

Mein lieber Schwan. Der Dressman war so baff, dass er mit seiner scharfen Zurechtweisung nicht weiter gekommen ist als bis zum Einschnaufen der Zurechtweisungsluft, während der Müllmann mit der Snoopy-Tasse in aller Ruhe fertig geredet hat: »Schließlich habt ihr euch eh die Kamerabilder schon gesichert. Da könnt ihr alles nachverfolgen. Wenn's sein muss, in Zeitlupe.«

Seine Kollegen genauso baff wie die Kripo. Die haben ihn groß angeschaut, die einen mehr bewundernd, die anderen mehr ängstlich, und alle schadenfroh über den Zusammenschiss, den er gleich kassieren wird. Recht hat er ja gehabt, weil natürlich alles überwacht am Mistplatz, sechs Kameras insgesamt, sonst schütten dir die Leute über Nacht so viel Zeug herein, dass du am nächsten Morgen das Tor nicht mehr aufbringst. Aber sie haben trotzdem erwartet, dass die Kripoleute sich diesen Ton nicht gefallen lassen.

Der junge Kripomann war aber zu schlau, der hat genau gewusst, jetzt ist es zu spät, um seine eingeschnaufte Zurechtweisung herauszulassen. Der war nicht so blöd, eine aufgewärmte Belehrung zum falschen Zeitpunkt hinterherzutragen, jetzt hat er es gut sein lassen und den frechen Menschen nur angestarrt, quasi wir sprechen uns noch.

Gesagt hat nur sein alter Kollege etwas, oder alt in dem Sinn war der eigentlich nicht, ich würde eher sagen, ältlich. Ältlich war der und rundlich und genauso baff wie sein junger Kollege. Aber nach einer Schrecksekunde räuspert sich der mollige Kripomann und fragt ungläubig: »Sag einmal, bist du nicht der Brenner?«

Die anderen Mistmänner natürlich Augen gemacht, frage nicht. Woher kennt der Kieberer den Brenner? Das hast du ganz ohne Lippenlesen aus den Mistlergesichtern herunterlesen können, quasi Inschrift. Der Novak hat nachher sogar zugegeben, dass er im ersten Moment geglaubt hat, der Kripomann kennt den Brenner womöglich von der anderen Seite, sprich der Brenner ein Vorleben als Gesetzesbrecher. Sie haben ja keinen Schimmer gehabt, dass ihr neuer Kollege früher einmal bei der Kripo war. Aber was heißt »früher«. In der Steinzeit, müsste man sagen, sprich voriges Jahrtausend. Wie der alte Bulle noch ein junger Bulle war und sein gut frisierter Kollege noch nicht einmal geboren.

»Kopf«, hat der dicke Kripomann sich vorgestellt, »erinnerst dich an mich? Kopf Alexander. Du warst einmal mein Ausbildner.«

Der Brenner hat sich fast die Zunge abgebissen, damit er nur nickt und ihn nicht fragt, ob er ihn aus dem Bauch heraus erkannt hat. Du musst wissen, dieser ewige Spruch war das Erste, was ihm zu seinem früheren Kollegen eingefallen ist. Weil wenn du Kopf heißt, bist du als junger Polizist natürlich arm dran bei den Kollegen, und der hat sich das damals dauernd anhören dürfen. Egal, was er gesagt hat, irgendein Kollege hat immer geantwortet: »Der Kopf sagt das nur aus dem Bauch heraus.«

Natürlich hätte es den Brenner gejuckt, den alten Spruch sofort wieder herauszulassen, aber bei solchen Sachen hilft doch das Alter, man muss nicht jede Gemeinheit sofort sagen, und der Brenner hat sich zusammengerissen.

»Das ist der Brenner«, hat der Kopf zu seinem jungen Kollegen gesagt, »ein ehemaliger Kollege von uns.«

Und ob du es glaubst oder nicht, der Fußballer gibt dem Brenner die Hand und sagt absolut korrekt: »Savic. Freut mich.«

Weil der Savic immer gutes Benehmen, dem ist es auf die Nerven gegangen, wie seine Kollegen sich aufgeführt haben, sprich Machotheater, und von klein auf der Savic Lebensmotto: Als Ausländer werde ich denen einmal zeigen, wie man sich benimmt. Kleidungsmäßig der Savic auch immer tipptopp, sprich wahnsinnig modebewusst, bei den Kursen immer beste Note, quasi neue Generation. Das einzig Angeberische an ihm war diese Marotte, dass er sich selber immer als Ausländer bezeichnet hat, und schauen wir einmal, wie die Leute reagieren.

»Ich hab schon gehört, dass du nicht mehr dabei bist«, hat der Kopf zum Brenner gesagt, rein aus Verlegenheit, weil wenn ein Mensch seit Jahrzehnten nicht mehr bei der Polizei ist, muss man das nicht als Neuigkeit verkünden.

Jetzt interessant. Der Kopf war immer noch zehn Jahre jünger als der Brenner, aber er war jetzt zehn Jahre älter als der Brenner damals bei der Kripo. Wenn du einen anschaust, der gleichzeitig jünger und älter ist als du, da wirst du verrückt im Hirn, da legst du dich am besten gleich beim Albert Einstein persönlich auf die Couch und stehst nicht mehr auf. Weil in diesem verrückten Zeitspalt ist das halbe Leben vom Brenner gelegen, wenn nicht das ganze.

Am liebsten hätte er den ehemaligen Kollegen getröstet, es muss dir nicht peinlich für mich sein, dass ich auf dem Mistplatz gelandet bin. Für den Exkollegen hat Müllmann natürlich nicht nach einer Traumkarriere ausgesehen, das gebe ich schon zu. Aber für den Brenner war es der beste Job, den er jemals gehabt hat. Gesellschaftlich ja auch viel anerkannter. Das war vielleicht früher einmal so, dass die Müllarbeit nur für das Wegräumen der Vergangenheit gestanden ist. Aber heute: Recycling hin, Kreislauf her, sprich Zukunft gestalten. Darum war die Arbeit auf einmal so gut angeschrieben. Zehnmal besser als Kriminalpolizei. Heutzutage weiß jedes Kind, Müll verantwortungsvolle Tätigkeit. Das lernen sie schon in der Volksschule, allgemeiner Erstickungstod vor der Haustür, wenn der Müllmann nicht wäre, der alles in den Kreislauf einspeist, weil Kreislauf Geheimnis des Daseins. Kreislauf sagt dir heute nicht nur der Herzchirurg, Kreislauf sagt dir nicht nur der Buddhist, den entscheidenden Kreislauf garantiert dir heute einzig und allein der Müllmann.

Der ehemalige Kollege Kopf aber noch ganz der Alte, der dürfte das noch nicht begriffen haben mit der neuen Zeit. Jedenfalls ist kein rechtes Gespräch zustande gekommen, sondern beide gleichzeitig: »So sieht man sich wieder.«

Gottseidank der Savic Eins-a-Gespür, der hat den beiden aus der Patsche geholfen, indem er den Brenner gefragt hat: »Wie schätzen Sie denn den Vorfall hier ein?«

»Heute verstehe ich die Zeiten ja nicht mehr«, hat der Brenner behauptet, sprich: Mach deine Arbeit schön selber.

»Und wie hätten Sie es früher eingeschätzt?«

Der Brenner kurz überlegt, soll ich ihn blöd sterben lassen, aber dann hat er ihm doch den Gefallen getan: »Früher hätten wir gesagt: Wahrscheinlich hat er die Frau verlassen wollen. Dann hat sie bei seinem Auszug einen Zorn gekriegt, wie sie gesehen hat, dass er die guten Messer auch noch eingepackt hat. Womöglich ein Hochzeitsgeschenk. Und ihr hat er nur das schlechteste Küchenmesser gelassen. Dann hat sie ihm das schlechte Küchenmesser in den Rücken gesteckt und ihn anschließend auf seine eigenen Umzugsschachteln verteilt.«

Die Mistleute haben Augen gemacht, ja was glaubst du.

»Wie kommst du darauf?«, hat der Exkollege Kopf gefragt.

»Was soll sonst dahinterstecken? 95 Prozent aller Morde Beziehungstat, oder gilt das heute nicht mehr?«

»Doch klar, das gilt heute auch noch.«

»Da muss man nicht unbedingt bei den 5 Prozent anfangen. Aber wie gesagt«, hat der Brenner sich wieder an den Savic gewandt. »So war das früher. Heutzutage werdet ihr wohl einen Profiler brauchen, damit er euch erklärt, dass es sich um eine Beziehungstat handelt.«

Da war das Eis natürlich endgültig gebrochen, frage nicht. Weil gemeinsames Feindbild immer gut, und Profiler bestes Feindbild für einen Kripomann seit Erfindung der Schmauchspur, viel besser als zum Beispiel Betrüger oder

Mörder, weil dem normalen Kripomann ist jeder anständige Mörder am Arsch lieber als ein Profiler im Gesicht.

Ausgerechnet in dem Moment, wo die Stimmung etwas besser geworden wäre, sind die Bilder von den Überwachungskameras hereingekommen. Auf das Handy vom Kopf sind sie gekommen, aber der Savic hat gesagt, schick sie mir weiter auf mein iPad, und auf dem iPad haben sie dann die Fotos in der Runde herumgezeigt, sprich: Habt ihr den schon einmal gesehen, ist euch der schon einmal aufgefallen?

Weil man hat den Transporter ganz genau gesehen, der mehrmals an diesem Tag zum Mistplatz gekommen ist und die Müllsäcke und Umzugskartons in die Wannen verteilt hat. Und als wäre es ihm darum gegangen, möglichst auffällig zu sein, hat der Transporter sogar eine Beschriftung gehabt. Ob du es glaubst oder nicht, auf dem weißen Transporter ist in großen roten Buchstaben gestanden: TOBIAS. WIR SIND LEGENDE.

Wie der Savic den Werbespruch der Transportfirma Tobias laut vorgelesen und dann das Bild in die Runde gezeigt hat, ist das betretene Schweigen im Aufenthaltsraum sehr laut geworden. Weil wenn fünf ausgewachsene Müllmänner in den Boden hineinschweigen, dann ist das lauter als jeder Altglascontainer, der um fünf Uhr früh vor deinem Schlafzimmerfenster in den Laster geleert wird.

»Immer wenn ich so einen Tobias-Wagen sehe, ärgere ich mich über die blöde Aufschrift«, hat der Udo sich aufgepudelt. »Ich frag mich, was das überhaupt heißen soll.«

Aber die Ablenkung hat nichts genützt, ein Blinder hätte ihnen an den Nasenspitzen angesehen, dass sie den Fahrer kennen. Weil zum Schweigen ist noch das Erröten gekommen. Und erröte einmal über einer orangen Arbeitskluft, das ist eine farbliche Mischung, die von jedem Gericht der Welt als Geständnis anerkannt wird.

Ich muss ganz ehrlich sagen, so groß war das Verbrechen der Belegschaft auch wieder nicht. Sondern normalste Sache der Welt. Der Fahrer vom Tobias hat die Mistler geschmiert, damit er ein bisschen mehr Müll dalassen kann als nur einen Kofferraum voll. Das waren schon eher, wie soll ich sagen, Kofferräumlichkeiten. Und in den letzten Wochen hat der Mengen abgeladen, das willst du gar nicht wissen. Den hätten sie jeden Tag zehnmal weiterschicken müssen zum Rinterzelt, aber natürlich Augen zugedrückt und Kaffeemaschine gekauft. Und darum jetzt die Mistleute auf einmal so still, Schweigekartell Hilfsausdruck.

»Die Kollegen haben schon angerufen bei der Firma Tobias«, hat der Savic ihnen erklärt. »Die bestreiten gar nicht, dass sie bei Ihnen die Umzugskartons abgegeben haben. Über den Inhalt war ihnen natürlich nichts bekannt. Wir werden jetzt einmal mit dem Chef der Firma Tobias reden. Und mit dem Fahrer. Sie können sich inzwischen eine gute Ausrede überlegen, warum der so viel Müll bei Ihnen abgeben durfte.«

»Na ja, wenn nicht viel los ist«, hat der Novak auf Unschuldslamm gemacht, quasi menschliche Hilfsbereitschaft.

Der Kopf hat ihnen einen Zettel hingelegt, da hat jeder seinen Namen eintragen müssen und Telefonnummer und Wohnadresse, sprich Formular.

»Sind wir eigentlich verdächtig?«, hat der Udo gefragt.

Und der Kopf natürlich: »Wer fragt, ist immer verdächtig.«

Sie haben der Reihe nach ihre Adressen in das Formular eingetragen, und der Brenner ein bisschen zu schwitzen angefangen, weil was soll er für eine Adresse angeben? Nicht dass er keine gehabt hätte. Er hat schon eine Adresse gehabt, sogar eine sehr noble, aber er kann sie ja nicht gut angeben. Da hätte er sich gleich selber anzeigen können beim Kopf oder beim Savic. Aber das ist das Gefährliche. Darum sage ich immer. Eine kleine Unregelmäßigkeit ist nicht das Schlimmste auf der Welt, ob das ein harmloses Nebengeschäft mit einem Fahrer ist oder meinetwegen ein Adressproblem, wo mit dem Meldeamt nicht alles hundertprozentig geregelt ist. Im Normalfall kriegst du damit keine Probleme, solange du dich nicht in der Nähe einer großen Unregelmäßigkeit aufhältst wie zum Beispiel Mord.

Während der Brenner seinen Namen in das Formular schreibt, schön lesbar, zuerst »Brenner« und dann »Simon«, und überlegt, was er in die Adresszeile schreiben soll, sagt der Kriminalpolizist Kopf: »Und eure Kaffeemaschine habt ihr mit der Provision vom Tobias-Fahrer bezahlt.«

Der Udo gleich ein paar Zentimeter kleiner geworden. Er war es ja, der diese kleinen Nebengeschäfte mit ein paar Kunden eingefädelt hat, weil der Udo immer Sonnenschein, da kommst du einfach durch das Reden automatisch mit den Leuten zusammen. Es waren zwar nur Groschengeschäfte, aber es hat sich dann doch zusammengeläppert, sprich Kaffeemaschine.

»Hast das jetzt aus dem Bauch heraus erkannt?«, hat der Brenner den Kopf gefragt und nebenbei die Adresse vom Mistplatz als private Wohnadresse in das Formular eingetragen.

Und ob du es glaubst oder nicht. Dem Savic ist vor Lachen über den Kommentar vom Brenner fast das Handy auf den Boden gefallen. Und da hat der Brenner begriffen, dass dieser alte Spruch über den Kopf sich über Jahre und Jahrzehnte und über Generationen von Polizeibeamten hinweg bei der Kripo erhalten hat, und da war er doch wieder froh, dass er damals auf die Polizeikarriere geschissen hat und seinen eigenen Weg gegangen ist.

3

In der Nacht hat der Brenner nicht einschlafen können. Einerseits die Leiche, andererseits der Exkollege. Weil die Leiche war wieder einmal so ein typischer Toter. Tagsüber sind sie schnell weggeräumt, Arzt, Sarg, Leichenwagen, da gibt es gar nichts, das geht zackzack, aber in der Nacht besuchen sie dich. Und der Exkollege auch so ein typischer Exkollege, sprich Vergangenheit, da schaust du als ein Brenner im Normalfall auch, dass du so wenig wie möglich damit zu tun hast. Du hast es längst abgehakt, und auf einmal wieder schöne Grüße von der Vergangenheit. Gefürchtet hat er sich aber nicht vor der Vergangenheit, sondern vor der Zukunft. Vor dem nächsten Tag hat er sich gefürchtet, vor den orangen Kollegen am Mistplatz, sprich Hilfssheriffs. Er hat sich ihre Mördergeschichten schon vorstellen können, den ganzen Tag Verdächtige, Spuren, Indizien, einer gescheiter als der andere.

Darum hat er sich im Bett herumgewälzt und überlegt, ob er sich einen Tag freinehmen soll. Oder überhaupt gleich ein paar Tage. Lieber eine Woche warten, bis Gras über die Sache gewachsen ist, hat er sich gesagt. Die Kripo hat eine Beziehungstat normalerweise in zwei Tagen geklärt, und danach wird es schnell ruhig werden. Bis dahin kann er einmal seine schöne Wohnung genießen. Weil der Brenner zum ersten Mal in seinem Leben richtig elegant gewohnt. Edelstahlküche, Geschirrspüler, Dunstabzugshaube, Mikrowelle, Thermomix, Abfallmanagement, amerikanischer Toaster, Umweltkühlschrank, alles! Und dieselbe Espressomaschine wie am Mistplatz, weil da war es ja sogar der Brenner, der den Kollegen den Einkaufstipp gegeben hat.

Nicht dass seine vorherige Wohnung so schlecht gewesen wäre. Im Gegenteil, sehr gemütlich gewesen. Aber Wohnung der Freundin, und da fliegst du schnell einmal hinaus, wenn du die Socken an der falschen Stelle liegen lässt. Oder um die ganze Wahrheit zu sagen, eigentlich war es nicht die falsche Stelle, sondern die falschen Socken, sprich Socken von der Freundin der Freundin. Mit dem Katzenbild drauf. Darum ist der Brenner noch am selben Tag auf der Straße gestanden, weil getrennte Befragung, und die Freundin der Freundin sofort umgefallen, da nützt es dir gar nichts, wenn du als Brenner noch so ein Abstreitweltmeister bist.

Unter der Brücke ist er nicht gelandet, aber in einer eigenen Wohnung auch nicht. Pass auf, er hat sich an den Immobilienverwalter erinnert, der ihn einmal auf einen Mietnomaden angesetzt hat. Damals hat der Brenner viel gelernt. Es gibt die Nomaden, die regulär mieten und dann nicht zahlen, aber es gibt auch die Gespenster. Die Surfer. Die Bettgeher. Die heimlichen Mitbewohner. Und im Gegensatz zum Nomaden, der etwas Unverschämtes hat wie ein Zechpreller, sind ihm diese heimlichen Mitbewohner nicht unsympathisch gewesen.

Der Bettgeher richtet keinen Schaden an. Er ist ja kein Vandale, sondern der Bettgeher elegant. Weil er nutzt nur die Leere. Und du darfst eines nicht vergessen. So wie ein

Auto fast immer steht, ist eine Wohnung fast immer leer. Die Leute in der Arbeit, die Leute auf Urlaub, die Leute im Zweitwohnsitz, die Leute im Krankenhaus oder die Leute überhaupt tot. Da kann man sich, während die Wohnung leer steht, die Wohnung ausleihen. Das merken die regulären Bewohner gar nicht! Man zerstört ja nichts als anständiger Bettgeher. Im Gegenteil, man verwandelt das Möbellager in eine belebte Wohnung. Der Bettgeher bringt erst den Geist in die vier Wände, der erweckt die tote Wohnung regelrecht zum Leben. Und er tut keinem weh, weil er geht nur dorthin, wo gerade keiner ist, so wie man sich auf eine Parkbank setzt, wenn kein anderer dort sitzt, das ist auch kein Verbrechen.

Heutzutage ist das eine beliebte Wohnform, weil sehr preisgünstig und flexibel. Ganz früher hat man gehabt Großfamilie, dann hat man gehabt Kleinfamilie, dann hat man gehabt Wohngemeinschaft, dann hat man gehabt Sekte, dann hat man gehabt Patchwork. Aber hat sich alles nicht bewährt. Weil überall sind die Leute verrückt geworden. Und heute gibt es immer mehr Leute, die sagen, eigene Wohnung muss überhaupt nicht sein, weil nur Belastung. Du musst nur den Mut haben, in die Leere hineinzugehen. Wenn die Familie in die Arbeit geht, die kleinen Kinder in den Kindergarten, die großen Kinder Schule, Geige, Magersuchtklinik, dann sind die alle nicht in der Wohnung. Die Leute ahnen gar nicht, wer bei ihnen wohnt, während sie im Wochenendhaus sind. Geschickt machen musst du es natürlich schon. Wenn sie es beim Zurückkommen merken, kannst du die Wohnung in Zukunft vergessen. Wer nicht sauber wohnt, ist nicht lang im Geschäft. Aber wenn du es ordentlich machst, ist es besser als jedes Eigentum.

Durch seine Berufserfahrung war es für den Brenner natürlich leicht, die richtige Wohnung herauszufinden, sprich Geldpaar auf Urlaub. Er hat sogar noch am selben Tag, wo er bei seiner Freundin hinausgeflogen ist, etwas sehr Schönes gefunden. Nur vier Sachen besichtigt, und dann in die allererste zurückgekehrt und eingezogen, weil das war die beste.

Der Luxus hat ihn sogar ein bisschen gestört, weil was braucht ein Brenner zweihundert Quadratmeter, offenen Kamin, Kunstwerke, Whirlpool, Designerlampen und ein Bett, aus dem du durch das bodentiefe Fenster einen Panoramablick auf die halbe Stadt hast und vor Angst nicht schlafen kannst, wenn die Scheibe zu sauber geputzt ist. Aber die Lage hat ihn überzeugt, weil günstiger Fluchtweg über die Terrasse, falls doch einmal etwas gewesen wäre. Und die drei wichtigsten Kriterien für den Wert einer Immobilie: erstens der Fluchtweg, zweitens der Fluchtweg, drittens der Fluchtweg. Weil goldene Regel: Wo du leicht hineinkommst, kommst du auch leicht hinaus, sprich Terrasse.

Aber da sieht man schon, wie ahnungslos der durchschnittliche Wohnungseigentümer heutzutage ist. Seine Gastgeber haben offenbar geglaubt, man arbeitet sich als Einbrecher durch die gut gesicherte Eingangstür. Hör zu, gleich bei der Wohnungstür war ein Garderobentischchen, und auf das haben sie ein Kuvert mit zehn Hundert-Euro-Scheinen gelegt, und auf das Kuvert haben sie geschrieben: »Liebe Einbrecher. Bitte zerstören Sie die Wohnung nicht. Nehmen Sie dieses Geld, weitere Wertgegenstände befinden sich nicht in der Wohnung.«

Und ob du es glaubst oder nicht, das Ganze in sieben Sprachen, Deutsch, Englisch und die fünf Haupteinbrechersprachen. Da hat sich einer viele Gedanken gemacht, wie er mit dem Einbrecher einen Deal macht, quasi Win-win-Situation. Und dann das Kuvert vor die falsche Tür gelegt. Vor die

Eingangstür! Bis du als Einbrecher von der Terrassentür zur Wohnungstür kommst, hast du ja schon die halbe Wohnung zerlegt. Da siehst du schon, auch wenn ein Wohnungseigentümer sich bemüht, ein bisschen mitzudenken, so ganz begreift er den Einbruch doch nicht. Typisch auch, dass sie nur mit einem altmodischen Einbrecher gerechnet haben, der es wegen dem Geld macht. Der entweder das Geld nimmt oder die ganze Wohnung davonträgt und auf jeden Fall so schnell wie möglich wieder verschwindet. Sie haben nicht mit dem friedlichen Mitbewohner gerechnet, mit dem unsichtbaren Untermieter, der den Müll trennt und am Freitag staubsaugt.

Das Geld hat der Brenner liegen gelassen, wo es war, er hat ja anständig verdient beim Mist. Aber weil er jetzt nicht und nicht eingeschlafen und dann noch einmal aufgestanden ist, hat er das Kuvert genommen und seinen Computer aufgedreht. Um sich von dem Toten am Mistplatz abzulenken, hat er nachgeforscht, welche Sprachen das auf dem Kuvert waren. Und auf einmal hat es ihn wahnsinnig gejuckt, das Geld in die entsprechenden Währungen umzuwechseln. Er hat sich vorgestellt, wie die Wohnungseigentümer zurückkommen und das Geld im Kuvert komplett vorfinden, aber nicht die Euroscheine, die sie hineingetan haben, sondern Dinar, Leu, Forint, Zloty und Rubel.

Da siehst du schon, dass die Sache am Mistplatz ihn mehr aufgeregt hat, als er sich vielleicht selber eingestehen wollte. Er ist immer wacher geworden, es ist regelrecht rundgegangen in seinem Hirn, und zu allem Überfluss hat dann auch noch sein Telefon geklingelt. Aber das war auch schon egal, wahrscheinlich hätte er auch so nicht einschlafen können, wenn ihn nicht auch noch sein Exkollege Kopf angerufen hätte.

»Das hätte ich mir fast denken können, dass du keine korrekte Wohnadresse in das Formular schreibst«, hat der Kopf in das Telefon gelacht.

»Zeugenadressen brauchst du jetzt eh nicht mehr. Ihr habt den Fall ja schon gelöst.«

»Nicht ganz«, hat der Kopf in dieser typischen Art gesagt, die den Brenner schon früher an ihm aufgeregt hat, weil immer so eine Trauermiene in der Stimme.

»Was heißt, nicht ganz?«

»Die Hauptverdächtige ist auf der Flucht.«

»Wer ist die Hauptverdächtige?«, hat der Brenner gefragt, natürlich nur, um ein bisschen Zeit zu gewinnen für eine gute Ausrede wegen der Adresse. Es war ja vollkommen klar, wer die Hauptverdächtige war.

Aber ganz blöd war der Kopf auch nicht und hat sich gleich aufgemandelt: »Zuerst sagst du, wir haben den Fall schon gelöst, und jetzt fragst du, wer die Hauptverdächtige ist.«

»Die Frau, oder?«

»Ja sicher, die Frau.«

»Die Ehefrau?«

»Ja sag ich doch. Wenn man ›die Frau‹ sagt, meint man die Ehefrau.«

»Wie habt ihr sie so schnell identifiziert?«

»Sie? Ihn haben wir zuerst einmal identifiziert.«

»Und wie?«

»Durch professionelle kriminalpolizeiliche Ermittlung«, hat der Kopf seinem ehemaligen Vorgesetzten genüsslich erklärt.

»Hat er den Personalausweis in der Hosentasche gehabt?«

»Der Fahrer hat uns den Kunden genannt. Für den er die Schachteln geliefert hat.«

»Der Tobias?«

»Der Fahrer vom Tobias. Der Fahrer heißt Nguyen.«

»Ist der Fahrer wichtig?«

»Nein, der Kunde ist wichtig. Für den er die Schachteln geliefert hat.«

»War das nicht die Frau?«

Der Brenner hat sich gedacht, jetzt haben wir uns so viele Jahre nicht gesehen und können uns ohne die geringste Anlaufzeit immer noch genauso schlecht unterhalten wie früher.

»Nein, eben nicht die Frau!«, hat der Kopf genervt geantwortet. »Hör mir doch einmal zu. Der Auftraggeber ist ein gewisser Franz Schall.«

»Franz Schall?«

»Ja, sagt dir das was?«

»Nein, wieso soll mir das was sagen?«

»Wieso sagst dann so: Franz Schall?«, hat der Kopf den Brenner nachgeäfft, als hätte er Franz Schall wie der reinste Opernsänger gesagt.

»Warum erzählst du mir das mitten in der Nacht?«

»Ich erzähl dir gar nichts«, hat der Kopf gesagt. »Ich brauch nur deine korrekte Adresse. Oder soll ich den Mistplatz in den Computer eingeben?«

»Und wie heißt der Tote?«, hat der Brenner gefragt.

»Franz Schall.«

»Franz Schall? Jetzt kommt er mir bekannt vor.«

»Was du nicht sagst.«

»Das war doch der Kunde, der die Schachteln mit den Leichenteilen verschickt hat, der hat auch Franz Schall geheißen.«

»Richtig, Brenner«, hat der Kopf gesagt. Man hat es durchs Telefon gespürt, wie befriedigt er war, dass dem

Brenner jetzt einmal die Spucke wegbleibt. »Der Kunde, der die Leichenteile verschickt hat, heißt Franz Schall, und der Tote heißt auch Franz Schall.«

Während der Brenner noch überlegt hat, ob er seinen Exkollegen wieder einmal auf die Schaufel nehmen und eine zufällige Namensgleichheit vermuten soll, ist der ihm schon zuvorgekommen: »Gehst noch schnell auf ein Bier mit mir?«

Du musst wissen, der Kopf hat auch nicht schlafen können. So wie er für den Brenner die unerwünschte Vergangenheit war, ist es auch umgekehrt gewesen, sprich für ihn wieder der Brenner die unangenehme Vergangenheit, die er sich am Mistplatz eingetreten hat.

»Wieso nicht«, hat der Brenner gesagt. »Wo wohnst du denn?«

»Jetzt fragst du mich, wo ich wohne«, hat der Kopf gelacht.

Getroffen haben sie sich dann in der Mitte der beiden unbekannten Adressen. Sie haben über die alten Zeiten geredet, Kollegen, Gauner, Frauen, alles. Und erst nach Mitternacht über die verschwundene Frau Schall. Eine anständige Krankenschwester, die auf einmal ihren Mann umbringt. Der Kopf hat gesagt, dass es ihm schon ein bisschen komisch vorkommt. Weil normalerweise bringt der Mann die Frau um, nicht umgekehrt. Und der Brenner hat gesagt, es kommt aber heutzutage schon öfter vor, dass die Frau den Mann heimdreht, und der Kopf hat gesagt, aber immer noch selten, und der Brenner hat gesagt, und wenn es schon einmal die Frau ist, dann stellt sie sich und rennt nicht davon wie ein feiger Mann.

Sie waren die letzten Gäste, und dem Brenner ist vorgekommen, dass die Kellnerin ihnen von der Schank aus zuhört. Der Kopf hat nachdenklich genickt, als würde er dem

Brenner recht geben, aber gesagt hat er: »Du bist ein Romantiker, Brenner.«

Und der Brenner hat gesagt: »Das hat mit Romantik nichts zu tun.«

Dann haben sie eine Zeit lang nichts gesagt, die Kellnerin hat schon die hinteren Lichter abgedreht, und der Kopf hat gesagt: »Wahrscheinlich wird sie morgen oder übermorgen irgendwo angeschwemmt.«

Der Brenner hat nichts mehr geantwortet, weil jetzt war er schon richtig müde. Die Vorstellung von einer angeschwemmten Leiche hat ihn auch nicht munterer gemacht, und er hat der Kellnerin gedeutet, dass sie zahlen wollen.

Auf dem Heimweg hat er sich gedacht, der Kopf macht keinen guten Eindruck auf mich. Er wirkt ein bisschen einsam. Ruft um elf Uhr die Leute an, ob sie auf ein Bier gehen. Und gerade an solchen Kraftausdrücken wie »Die wird bald angeschwemmt werden« merkst du es, dass er seine Einsamkeit damit überdeckt. Da siehst du schon, dass der Brenner auch nicht ganz ding war in dieser Nacht, weil er solche Sachen zusammengedacht hat.

Eine Stunde vom neuen Tag war schon weg, wie er durch die Wohnungstür heimgekommen ist mit seinem Schlüssel, den die Eigentümer für ihn griffbereit hinterlegt haben, aber den komischen Schlüsselanhänger hat er schon am ersten Tag entfernt. Er ist dann schnell eingeschlafen und am nächsten Morgen doch arbeiten gegangen. Weil was soll man sonst machen. Und vielleicht hätte es gar nicht viel geändert, wenn er ein paar Tage daheimgeblieben wäre. Weil die Frau Magdalena Schall ist auch nach einer Woche noch nicht angeschwemmt worden.

4

Ein paar Tage war bei den Männern auf dem Mistplatz schon noch eine spezielle Stimmung. Wo es keinen gewundert hätte, wenn ihm beim Wannenleeren ein halber Mensch entgegengekommen wäre. Es hat nicht jeder zugegeben, aber zumindest gestreift hat es jeden einmal. Einerseits Furcht, andererseits Hoffnung, weil doch auch eine gewisse Aufregung damit verbunden, eine menschliche Wichtigkeit, die du als Finder hast. Die Angst war aber schon im Vordergrund, dafür lege ich meine Hand ins Feuer, weil du bist kein Unmensch, dass dich so ein Fund komplett unberührt lässt.

Aber der größte Wirbel hält nicht ewig, und nach einer Woche haben sie schon fast nicht mehr darüber geredet. Ich möchte nicht sagen, komplett Schwamm drüber, aber das Leben geht weiter. Und es war sogar eine bessere Stimmung bei der Arbeit als sonst. Ob du es glaubst oder nicht, der Platzchef dieselbe Idee gehabt wie der Brenner, sprich Urlaub. Der wollte auch seine Ruhe haben. Und im Gegensatz zum Brenner hat er es durchgezogen, weil das ist ein eigenes Talent, mit dem du Chef wirst.

Der Brenner natürlich bei den Kollegen im Ansehen gestiegen, frage nicht. Speziell der Novak immer wieder damit angefangen. Der hat den Brenner regelrecht dafür verehrt und jedem dreimal erzählt, dass der Brenner es auf Anhieb richtig gesagt hat. Er hat sogar extra die Zeitung von vorgestern aus der Wanne 1 gefischt, um es schwarz auf weiß zu haben.

»In der ersten Sekunde hat der Brenner es gewusst. Und die Kieberer brauchen eine Woche dafür!«, hat der Novak sich immer wieder gewundert.

Der Brenner hat sich gewünscht, dass er endlich damit aufhört, aber keine Chance, weil Verehrung immer unerbittlich. Wenn der Brenner gesagt hat, dass das keine Kunst war, weil Mord immer Liebe, hat der Novak das nicht einmal gehört. Er hat nicht genug kriegen können von der Geschichte, weil der Novak muss geglaubt haben, ein bisschen von dem Ruhm fällt auch auf ihn ab, quasi Zeuge, wie der Prophet gesprochen hat.

Durch die Kunden ist das Thema natürlich auch immer wieder hereingetragen worden, weil altes Sprichwort: Der Kunde schläft nicht. Zum Beispiel die Millionärstochter, die wieder einmal ihr tägliches Foto vor der Wanne 2 gemacht hat. Du musst wissen, die ist jeden Tag mit einem einzelnen Kleidungsstück gekommen, und immer direkt vor der Wanne 2 ein Abschiedsfoto gemacht, bevor sie es hineingeschmissen hat. Der Udo war es, der sie Millionärstochter getauft hat. Weil der Udo nicht nur Zopf und Zahnlücke, der Udo auch Modeexperte, und der hat dir nicht nur die Familiengeschichte von jedem einzelnen Turnschuh in der Wanne 11 erklären können, der hat auch gewusst, dass das die teuersten Marken waren, die diese junge Frau mit den kurzen blonden Haaren immer für die Notleidenden in der Wanne 2 vorbeigebracht hat.

»Wahnsinn, was die immer wegschmeißt«, hat er geseufzt. Aber da muss ich ganz ehrlich sagen, auch ein bisschen Krokodilstränen, weil hat jeder gewusst, dass der Udo schon das eine oder andere Stück herausgefischt und privat auf eBay oder willhaben verklopft hat. Ganz legal war das natürlich nicht, weil wenn schon, hätte er die Sachen zum Flohmarkt tun müssen für die Gemeinschaftskassa. Aber jeder hat das eine oder andere Mal irgendwas brauchen können, der Brenner auch einmal ein Stück Altmetall mit heimgenommen, sprich eine verrostete Glock 17.

»Aber wo rennt denn die heute hin?«, hat der Udo sich gewundert.

Weil die Millionärstochter heute nicht zur Wanne 2, sondern ziellos von Wanne zu Wanne spaziert. Sie hat sich ein bisschen umgeschaut, dann ist sie wieder weiter, da hätte man schon glauben können, sie ist wirklich eine Millionärstochter, die vom morgendlichen Haschischspaziergang nicht mehr heimfindet.

Der Udo natürlich nichts wie hinaus. Über den ganzen Platz ist er ihr nach bis zur Kartonpresse hinüber, wo sie inzwischen herumflaniert ist. Bei der Wanne 9 hat er sie eingeholt und mit einem strengen Ordnungsruf gegrüßt: »Fräulein?« Dieser Tonfall hat ihm aber selber nicht gepasst, jetzt der Udo so freundlich wie immer: »Haben wir heute gar nicht Wanne 2?«

Sie ist mitten im Schritt erstarrt, als wäre sie mit einem Bildschirmgerät beim Gratiskompost erwischt worden.

»Doch, ich hab nur ein bisschen geschaut«, hat sie gesagt und ist gleich abgebogen zur Wanne 2.

Der Udo hat ihr angeboten, das Foto von ihr zu machen, aber sie hat ihm erklärt, es muss immer dieselbe Perspektive haben, sprich Selfie.

»Sind Sie sicher, dass Sie das weggeben wollen?«, hat der Udo auf das Nichts von einer Bluse gedeutet. »Das war bestimmt sehr teuer.«

»Ausverkauf«, hat sie gesagt. »Minus 50 Prozent.«

»Dann war es ja fast geschenkt.«

»Reines Polyester.«

»Na ja, Elektroschrott ist es trotzdem nicht«, hat der Udo seinen ganzen Charme ausgepackt. Und dann mit dem breitesten Udo-Grinsen samt Zahnlücke: »Obwohl bestimmt manchmal die Funken geflogen sind, wenn Sie die getragen haben, im Auge des Betrachters.«

Mein lieber Schwan. Sie hat die Bluse in das Altkleiderhäuschen gesteckt, weil Wanne in dem Sinn war es ja nicht mehr so ein Häuschen, und den Udo einfach stehenlassen. Während er noch immer über seinen eigenen Kommentar gegrinst hat, war sie schon bei den Problemstoffen drüben. Du musst wissen, bei den Problemstoffen hat der Praktikant gearbeitet, der die Finger bei den Folien gefunden hat. Bei den Problemstoffen immer Praktikant, von der Uni, Chemie oder was die studiert haben, und die haben da bei den Problemstoffen ein paar Wochen oder Monate geholfen und kleine Forschungen gemacht. Die Mistler haben jeden Praktikanten einfach »Praktikant« getauft, weil zahlt sich nicht aus für die paar Tage einen Namen. Sympathische auch dabei gewesen, da gibt es gar nichts, manche haben zum Abschied eine Runde springen lassen, und andere sind einfach nach ein paar Tagen verschwunden und nicht mehr aufgetaucht.

Aber der jetzige Praktikant hat ihnen Rätsel aufgegeben. Weil der war zaundürr, keine Statur, kein Garnichts, bei dem hast du dich wirklich gefragt, wie er es schafft, ohne Wirbelsäulenschaden seinen Haarknödel zu tragen, aber der hat Damenbesuch gehabt, das glaubst du nicht. Darüber haben sie sich wirklich den Kopf zerbrochen, oft zwei, drei Damenbesuche in der Woche, eine attraktiver als die andere, die haben oft nicht einmal etwas zum Abgeben gehabt, sondern stellen sich zu den Problemstoffen und halten den Praktikanten von der Arbeit ab.

Und jetzt sogar die Millionärstochter, die der Udo schon länger gekannt hat, als der Praktikant überhaupt bei ihnen war. Die Millionärstochter lässt den Udo einfach stehen und geht zu den Problemstoffen hinüber und sagt zum Praktikanten: »Warum hast du als Einziger keine orange Kluft an?«

»Ich bin nur der Praktikant.«

»Ich bin nur die Iris«, hat die Millionärstochter sich vorgestellt.

Aber der Praktikant nicht einmal mit der Wimper gezuckt, weil ihn hat gerade eine Druckerpatrone gefuchst.

»Hast du eine Zigarette?«

»Nein, ich rauch nicht«, hat der Praktikant gesagt. »Außerdem ist hier Rauchverbot. Wir haben da ein paar leicht entflammbare Stoffe.«

»Ich rauch eh auch nicht.«

»Wieso fragst du dann?«

Siehst du, das war es, was die Mistler so aufgeregt hat. Warum kommt einer, der so einen schwachen Spruch hat, so gut bei den Frauen an?

»Ist nur meine Methode, Leute anzuquatschen.«

»Ach so«, hat der Praktikant geflirtet auf Teufel komm raus.

»Und du heißt also Praktikant?«

»Ja, hier schon.«

»Ich bin Wanne 2«, hat die Iris es nicht lassen können, ihm ein Gespräch aus der Nase zu ziehen.

»Ja, ist mir schon aufgefallen«, hat der Praktikant seine Verehrerin schwindlig geredet. Vielleicht ist seine Zurückhaltung auch daran gelegen, dass er die Iris noch nicht richtig angeschaut hat. Seine Augen die ganze Zeit konzentriert auf die Werkbank gerichtet, weil die Druckerpatrone eine kitzlige Angelegenheit.

»Was suchst du da?«, hat sie ihn gefragt.

»Ich muss die Tinte separieren.«

»Schaut fast aus, als würdest du Drogen suchen.«

»Ja«, hat der Praktikant gelächelt, »schaut fast so aus.« Und ich muss auch sagen, es hat wirklich fast so ausgesehen, als würde er Drogen suchen, so konzentriert hat er sich mit der Druckerpatrone beschäftigt.

»Aber bei mir willst du nichts abgeben, oder?«, hat der Praktikant gefragt.

»Nein, der einzige Problemstoff, den ich habe, bin ich selber.«

»So schaust aber nicht aus.«

»Problemstoffe schauen oft harmlos aus.«

»Da hast recht.«

»Schau ich so harmlos aus?«

Jetzt hat er sie zum ersten Mal richtig angeschaut. Mit diesem Blick, wegen dem ihn der Novak sogar einmal »Philosoph« genannt hat, aber nicht dass du glaubst, nett gemeint.

»Das wollte ich damit nicht sagen. Warum machst du immer ein Selfie, bevor du deine Sachen wegschmeißt?«

»Das ist dir aufgefallen?«

»Na ja, das ist schon merkwürdig.«

»Merkwürdig«, hat die Iris wiederholt. Weil das Wort ist ihr merkwürdig vorgekommen.

»Oder ungewöhnlich«, hat der Praktikant sich verbessert.

»Weißt du, ich war früher kaufsüchtig«, hat die Iris ihm erklärt. »Und jetzt mach ich da so eine Aktion draus, ich bring jeden Tag ein Stück her zum Entsorgen. Statt einkaufen gehen. Und da mach ich ein paar Fotos. Und die stell ich dann rein. Ich krieg voll viele Likes.«

»Insta, oder?«

»Ja, sicher.«

»Warum gibst es nicht zum Humana?«

»Da wär's keine Aktion. Es geht ja darum, dass ich meine Kaufsucht überwinde. Dass ich den Zwang negiere. Wenn ich es weitergebe, gebe ich den Zwang weiter.«

»Verstehe. Und funktioniert's?«

»Voll!«

»Gratuliere«, hat der Praktikant gesagt. »Mir ist schon aufgefallen, dass du immer so schöne Sachen in die Wanne 2 haust. Ich hab sogar einmal überlegt, ob ich etwas herausfische und es meiner Freundin mitbringe.«

Die Iris hat gelacht. »Ich kann's dir leider nicht direkt geben, wegen der Aktion. Aber ich kann's dir vorher sagen, wenn ich was reinhau.«

»Passt schon. Wir sind eh nicht mehr zusammen.«

»Tut mir leid.«

»Und sonst wär mir nur der Udo böse. Der holt die besten Sachen heraus und verkauft sie auf willhaben.«

»Echt?«

»Mhm. Ich muss jetzt frühstücken. Ich hab einen Hirseporridge mit Mandelmilch. Magst was?«

»Nein danke, ich stör dich nicht länger.«

Wenn natürlich ein Mensch sagt, ich stör dich nicht länger, kannst du dir sicher sein, dass er dich noch länger stören wird. Jetzt was sagt man, wenn man nicht will, dass einer das Gespräch so schnell beendet?

»Weißt du was?«, hat die Iris angefangen und überlegt, wie sie den Praktikanten noch ein bisschen aufhalten könnte.

»Was?«

»Mein Vater ist letzte Woche gestorben.«

Sie hat es so gesagt, als wäre es das Normalste auf der Welt. Dabei war sie noch so jung, wo man heutzutage eher erwarten würde, sie sagt: Mein Vater ist noch einmal Vater geworden.

»Tut mir leid.«

»Du weißt schon. Wo der Leichnam bei euch aufgetaucht ist. Also die Teile.«

»Das war dein Vater?«

Jetzt hat er sie wieder angeschaut. Seine Augen haben der Iris wahnsinnig gut gefallen. Besonders wenn er so erschrocken geschaut hat.

»Die Polizei sagt, dass meine Mama die Mörderin ist«, hat sie den Augen erzählt. »Sie war es aber nicht.«

Der Praktikant nichts dazu gesagt, weil feinfühliger Mensch, und man muss nicht immer sagen, in der Zeitung steht aber, sie war es. Und du darfst eines nicht vergessen. Wenn du so schöne Augen hast wie der Praktikant, kannst du leicht nichts sagen und nur schauen, dann sind die Leute schon vollkommen zufrieden.

»Du hast bestimmt in der Zeitung gelesen, dass sie ihn umgebracht hat, weil es immer die Ehepartner sind. Aber ich kenn meine Mama. Die wäre zu so was nie im Leben fähig. Und überhaupt sind es ja immer die Männer, die ihre Frauen umbringen.«

»Ich hab gehört, dass deine Mutter verschwunden ist.«

»Aber weißt du, was auch verschwunden ist?«

»Hm?«

»Das Herz.«

»Was für ein Herz?«

»Alle Teile von meinem Vater habt ihr hier gefunden. Außer das Herz. Das ist nie aufgetaucht.«

»Das Herz? Von deinem Vater?«

»Ja sicher. Das Herz ist nicht gefunden worden.«

Mein lieber Schwan. Die Iris hätte geschworen, dass sie noch nie so schöne Augen gesehen hat.

»Merkwürdig«, haben die schönen Augen vom Praktikanten gesagt. Er selber kein Wort. Und die Augen hat er jetzt auch wieder seinem Arbeitstisch zugewandt, sprich Druckerpatrone. Weil der Appetit auf das Frühstück dürfte ihm vergangen sein. Er hat die restliche Tinte aus dem Plastikgehäuse in einen Behälter tropfen lassen und so konzentriert geschaut, als würde er jedem einzelnen Tropfen einen Namen geben. Für einen Moment hat die Iris geglaubt, er wird nie wieder etwas sagen. Als wäre sein Geist in die Druckerpatrone gefahren, und am ehesten würde sie noch etwas von ihm erfahren, wenn sie die Druckerpatrone mitnimmt und daheim in ihren Drucker schiebt und schaut, ob ihr die Patrone noch eine Botschaft vom verstummten Praktikanten ausdruckt.

Aber dann ist er doch noch einmal aufgewacht und hat gesagt, dass er etwas weiß. Im Nachhinein muss man natürlich schon sagen, wenn er geschwiegen hätte, wäre er ein Philosoph geblieben.

5

Aber interessant. Wenn du an der Seite einer jungen Frau einen Raum voller Männer betrittst, und du stellst die Frau einem von ihnen vor, dann glauben alle anderen, du hast sie ihnen auch vorgestellt. Eigentlich wollte der Praktikant die Iris nur mit dem Brenner bekannt machen, weil er gehört hat, dass der einmal bei der Kripo war. Und wer sagt guten Morgen? Der Udo sagt guten Morgen. Der Novak sagt guten Morgen. Der Schmid sagt guten Morgen. Alle sagen guten Morgen. Nur der Brenner nicht guten Morgen.

Du musst wissen, er hat gerade einen Schluck Kaffee aus seiner Snoopy-Tasse genommen und leider zu spät bemerkt, dass der Kaffee noch viel zu heiß war.

»Guten Morgen«, hat der Brenner mit zwei Sekunden Verspätung auch noch gesagt, wie er endlich den viel zu heißen Kaffee unten gehabt hat, sprich innere Verbrennungen zweiten Grades.

»Die Dame hat eine Beschwerde«, hat der Udo dem Brenner erklärt, weil er hat sich gedacht, wenn der Brenner nichts sagt, sag eben ich was.

Die Iris nur ihre Augen zum Praktikanten verdreht, sprich: Was führst du mich in diese Höhle voller oranger

Männer? Dann hat sie zum Brenner gesagt: »Nein, ich hab höchstens eine Bitte. Weil –«

»Bitten werden bei uns sofort erledigt«, war der Udo schon wieder schneller als der Brenner und hat laut gekichert: »Unmögliches dauert ein bisschen länger, nein, wie geht der Spruch?«

Weil mitten im Lachen über seinen eigenen Witz ist ihm aufgefallen, dass er ihn nicht mehr richtig zusammenbringt.

»Mögen Sie einen Kaffee?«, hat der Brenner gefragt.

»Nein danke.«

Aber von einem »Nein danke« hat sich ein Udo noch nie abschrecken lassen. »Trinkens doch einen Kaffee mit uns«, hat er sie gedrängt. »Und dann leiht der Brenner Ihnen sein Ohr. Aber zurückgeben müssen Sie es wieder.«

Der Praktikant ist sich mit der Hand so übers Gesicht gefahren, als würde er sich die Augen herausdrücken wollen. Aber im Grunde hat der Udo nichts dafür gekonnt, der hat nicht wissen können, dass er der Iris Schall gegenübersteht. Bestimmt hätte der Udo nicht »Ohr zurückgeben« gesagt, wenn er gewusst hätte, dass das ihr Vater war, den sie vor knapp einer Woche stückweise am Mistplatz zusammengeklaubt haben. Als Kniefinder hast du da eine natürliche Sensibilität und sagst nicht »Ohr leihen« zur Tochter von einem Zerstückelten. Aber er hat es ja nicht riechen können. Und normalerweise ist das nicht so schlimm, genauso wie ich sage, der Praktikant hätte sich fast die Augen herausgedrückt, das sagt man einfach so. Man sagt ja auch, sich ein Bein ausreißen oder sich einen Haxen ausfreuen. Oder meinetwegen jemandem den Kopf verdrehen. Weil ehrlich gesagt, die Iris hat den Männern den Kopf verdreht, rein als Erscheinung, frage nicht.

»Die Iris ist die Tochter von«, hat der Praktikant zum Brenner gesagt, und dann hat er nicht gewusst, wie er weiterreden soll. Die Tochter von der Leiche, die wir gefunden haben, klingt irgendwie zu brutal, und die Tochter von den sterblichen Überresten klingt auch blöd, als wäre man gar kein vollwertiger Mensch, sondern nur der Rest von den Überresten. Dadurch ist eine lange Nachdenkpause entstanden, und in diese Pause hat der Udo nichts hineingesagt, im Gegenteil. Einen wahnsinnigen Stress haben die Mistler in dieser Pause bekommen, das hat man regelrecht von den Gesichtern herunterlesen können, weil von wem ist das jetzt die Tochter, womöglich Cheftochter? Weil du darfst eines nicht vergessen. Wenn du beim Mist arbeitest, arbeitest du bei der Stadt, und wenn du bei der Stadt arbeitest, hast du viele Chefs.

»Schall«, hat die Iris sich vorgestellt und dem Brenner die Hand hingestreckt. »Mein Vater ist letzte Woche –«

»Ach so, Schall, vom vom vom«, hat der Brenner geantwortet und ihr die Hand gegeben.

Der Udo natürlich erleichtert, dass es nicht die Tochter vom Chef war. Der Brenner nicht erleichtert. Der Brenner alarmiert. Weil Ermordetentochter immer schlecht. Da brauchst du dich als Brenner nicht lange fragen, was sie von dir will. Er war nur froh, dass er seine Kaffeetasse noch in der Hand gehabt hat, quasi Schutzschild. Aus irgendeinem Grund ist er immer zu der Tasse mit dem Snoopy gekommen, nicht wegen dem Snoopy, sondern die hat ihm von der Größe her gerade gepasst, nicht zu groß und nicht zu klein, verstehst du. Jetzt hat er in seine Snoopy-Tasse hinein gesagt: »Herzliches Beileid.«

»Danke.«

Ausgerechnet jetzt war der Udo still. Nicht ein Wort, der

Udo. Vorher große Reden geschwungen, aber jetzt, wo der Brenner froh gewesen wäre, wenn er was gesagt hätte, hält er sich nobel zurück.

»Wenigstens hat die Polizei den Fall schnell abgeschlossen«, hat der Brenner gesagt. »Das ist für die Angehörigen immer am schlimmsten, wenn es sich ewig hinzieht.«

»Außer die Angehörige wird selbst zur Mörderin gestempelt«, hat die Iris sehr richtig gesagt.

Jetzt natürlich die große Stunde vom Novak geschlagen, der seit einer Woche die Zeitungen auswendig gelernt hat: »Das dürfen Sie nicht persönlich nehmen. 95 Prozent der Morde passieren aus Liebe. Der Brenner hat von der ersten Sekunde an gewusst, dass es Ihre Mutter war.«

Die Iris hat Hilfe bei den Augen vom Praktikanten gesucht, aber die waren geschlossen, so sehr hat er sich für den Novak geschämt. Dem Novak ist das natürlich nicht aufgefallen, und noch ein Schäuferl drauf gelegt: »Außerdem, jemand muss die Leichenteile ja eingepackt haben.«

»Können wir vielleicht unter vier Augen miteinander reden?«, hat die Iris den Brenner gefragt.

Jetzt ist dem Brenner auf einmal komisch vorgekommen, dass sie »vier Augen« sagt, als würden die vier Augen separat wo hinspazieren. Da siehst du schon, was so ein Mord auslöst bei den Menschen, du glaubst, du bist darüber hinweg, aber das Unbewusste zersägt dich in die Einzelteile.

Der Udo hat den Brenner fixiert, sprich: Sag ja nicht, es geht unter vier Augen, weil wir wollen zuhören.

Aber der Brenner natürlich auch lieber in Ruhe geredet, jetzt hat er der Iris die Tür aufgehalten, und sie sind auf den Mistplatz hinaus. Er hat die Tochter vom Mordopfer ganz nach hinten geführt, also hinter die Wanne 23, und sogar noch hinter den Bauschutt, wo er sicher war, dass der

Schmid nicht mehr hinsehen kann, sonst liest der den anderen noch seine Unterhaltung mit der Iris vor. Sie haben sich auf einen Reifenstapel gesetzt, und ob du es glaubst oder nicht, in dem Moment ist dem Brenner eingefallen, dass es einmal einen Radrennfahrer gegeben hat, der Schall geheißen hat. Willi Schall, der war wahnsinnig gut, der Willi Schall, und in der Polizeischule sind sie sogar einmal zu viert zur Österreich-Radrundfahrt gefahren und haben den Willi Schall angefeuert, und das hätten sie sich auch nicht träumen lassen, dass der sich ein paar Jahre später aufhängen wird, weil der Willi Schall kein glückliches Leben.

Aber der Iris Schall hat er das natürlich nicht erzählt, ich vermute, es ist ihm nur wegen den Fahrradreifen eingefallen, die hinter den Autoreifen auf einem Haufen gelegen sind. Zur Iris hat er nur gesagt: »Sie wissen schon, dass Sie alles der Polizei sagen müssen, was Ihnen wichtig vorkommt. Sonst machen Sie sich mitschuldig.«

»An mir liegt's nicht«, hat die Iris gebockt. »Ich erzähl denen alles. Aber die hören mir nicht zu.«

»Das kommt Ihnen vielleicht nur so vor«, hat der Brenner gesagt.

»Die Bullen sind nicht besser als Ihr Kollege da drinnen. 95 Prozent der Tötungsdelikte Beziehungstaten, dass ich nicht lache. Das sind doch immer die Männer!«

Der Brenner hat genickt. Er wollte nicht so uncharmant wie der Novak klingen, aber viel was Besseres ist ihm auch nicht eingefallen: »Ihre Mutter hätte nicht wegrennen sollen. Das macht sie zusätzlich verdächtig.«

»Was heißt zusätzlich?«

»Zusätzlich zu den 95 Prozent.«

»Ich versteh einfach nicht, wie die Polizei ignorieren kann, dass alle Teile von meinem Vater gefunden worden sind. Nur das Herz nicht.«

»Nur das Herz?« Der Brenner böse geschaut, wie man eben schaut, wenn man etwas nicht wissen will und lieber den Boten der Nachricht verdächtigt, dass es nicht stimmt. »Sonst haben sie alles gefunden?«

»Ja voll! Es waren ja gar nicht so viele Teile.«

»Und nur das Herz nicht?«

»Sag ich ja.«

So richtig geklingelt hat es beim Brenner erst jetzt, wo sie es zum zweiten Mal gesagt hat. Er hat eine Zeit lang das Profil der Reifen studiert, auf denen die Iris gesessen ist. Weil das fragt man sich schon, wer sich diese Muster ausdenkt. Ganz viele verschiedene Profilmuster auf dieser Welt, und gefährlich, wenn man sich als Beobachter zu sehr hineinziehen lässt. Ist schon der eine oder andere nicht mehr herausgekommen, ja was glaubst du. Aber der Brenner doch noch rechtzeitig gebremst und wieder aus dem Reifenlabyrinth hinausgefunden und zur Iris gesagt: »Wenn jetzt mehrere Teile fehlen würden, dann könnte man sagen –«

»Alles ist da. Nur das Herz ist weg.«

»Dass sie da nicht noch einmal hingeschaut haben, wundert mich auch.«

»Voll!«

Sie sind dann einfach eine Zeit lang stumm nebeneinander auf dem Reifenstapel sitzen geblieben. Und nach dem Dasitzen kommt bei den Hinterbliebenen immer der Moment, wo sie mit dem Erzählen anfangen. Das meiste hat der Brenner aber schon vom Novak gewusst, weil der hat sich seit einer Woche mit nichts anderem beschäftigt und mehr über die Familie Schall gewusst als die Iris selber. Millionärstochter war sie jedenfalls keine. Im Gegenteil. Geld ausgegeben hat sie wie eine Millionärstochter. Nur gehabt hat sie es nicht, sprich vor einem halben Jahr Privatkonkurs. Und wer war schuld daran? Dreimal darfst du raten. Natürlich der Vater.

»Mein Vater war ein wahnsinniger Geizkragen«, hat die Iris gesagt. »Darum bin ich ins Gegenteil gekippt.«

»Und erbst du jetzt was?«, hat der Brenner sie geduzt, weil vielleicht hat er ganz hinten in seinem Hirn geglaubt, Privatkonkurs, da gehört auch das »Sie« der Bank.

»Du kannst Iris zu mir sagen«, hat die Iris gesagt, weil sie hat sich gedacht, wenn er mich schon plötzlich duzt, stell ich mich gleich vor, und dann sagt er mir vielleicht auch seinen Namen.

Aber der Brenner nur »Okay«.

»Kann ich auch du sagen?«, hat die Iris ihn gefragt.

»Ja sicher«, hat der Brenner gesagt.

»Okay«, hat die Iris gesagt. »Mich wundert eh, dass die Bullen nicht mich verdächtigen. Privatkonkurs. Erbe. Das müsste doch reichen.«

»Dich verdächtigen sie wahrscheinlich deshalb nicht, weil deine Mutter zu viele Spuren hinterlassen hat.«

Fast hätte der Brenner gesagt: weil deine Mutter die Leiche zerlegt hat. Aber du hast der Tochter gegenüber eine gewisse Hemmung. Das Zerlegen und das Messer mit den Fingerabdrücken und die Blutspuren erwähnst du nicht gern der Tochter gegenüber, quasi Diskretion. Obwohl man ja ganz ehrlich sagen muss, bei »Spuren« hat die Iris genauso gewusst, dass nicht eine romantische Fußspur am Meeresstrand gemeint war oder Tiefschneespur von der Weihnachtswanderung.

»Ich hätte der Polizei vielleicht den Grund nicht sagen sollen, warum er gerade jetzt bei meiner Mutter ausgezogen ist«, hat die Iris überlegt. »Obwohl das mit der Roswitha schon seit Jahren gelaufen ist.«

Das hat der Brenner auch schon vom Novak gehört. Aber dem Novak hat er es nicht geglaubt. Und ich muss ganz ehrlich sagen, ich würde es am liebsten auch nicht glauben.

»Er wollte sich rechtzeitig scheiden lassen, damit keine Kosten auf ihn zukommen. Weil meine Mutter Krebs bekommen hat. Medikamente, verstehst du, Behandlungen, Ärzte. Das verwenden die Bullen jetzt gegen sie. Statt dass sie es gegen ihn verwenden würden!«

Der Brenner hat sich im Stillen gedacht, gegen ihn muss die Kripo nichts mehr verwenden, aber gesagt hat er nichts, weil die Iris noch mitten im Schimpfen über die Polizisten: »Diese Demütigung hat meine Mutter so gekränkt, behaupten sie. Was die zusammenfaseln! Das sind lauter verhinderte Psychologen! Aber ich sag dir, wenn es um Kränkung ginge, hätte meine Mutter ihn schon hundertmal abstechen müssen. Ich hätte ihn auch schon hundertmal abstechen können und hab's auch nicht getan.«

Abstechen ist ein brutales Wort für einen Menschen, hat der Brenner sich gedacht. Aber die Iris hat da nichts gekannt. Die hat »abstechen« gesagt. Jetzt hat er sich nichts anmerken lassen, weil Wortwahl immer Sache der Angehörigen. Und du darfst eines nicht vergessen. Wenn du gerade so einen Schicksalsschlag erlitten hast wie die Iris, hast du oft gar keine andere Wahl, als besonders unberührt zu tun. Das hat der Brenner früher bei der Kripo oft und oft erlebt. Da kämpft der Verzweifelte mit einer Energie ums Überleben, dass er völlig unberechenbar wird. Aus Erfahrung hat der Brenner gewusst, dass man wahnsinnig aufpassen muss, wenn der Hinterbliebene diesen Energiestrudel erzeugt.

Weil so schnell schaust du gar nicht, bist du schon der Blöde, der für die Iris das Herz ihres Vaters sucht.

»Mir wäre halt leichter, wenn man das Herz noch finden würde«, hat die Iris gesagt.

»Das wird jetzt schwierig sein.«

Wenn du dir das Problem nicht umhängen lassen willst, ist das natürlich die vollkommen falsche Antwort. »Schwierig« darf man in so einer Situation nie sagen. Man muss sagen »Unmöglich!«. Man muss sagen »Sinnlos!«. Aber du erklärst der Tochter des Ermordeten eben nicht gern, dass so ein Herz nach ein paar Tagen bestimmt nicht mehr zu finden ist. Du kannst nicht gut die Natur erwähnen, du kannst nicht die Recyclingmaschinerie erwähnen, du kannst nicht die Müllverbrennung erwähnen, du kannst nicht die Tiere erwähnen, du kannst gar nichts sagen außer: »Das wird jetzt« – an der Stelle hat der Brenner noch einmal das Reifenprofil um Rat gefragt – »schwierig sein.«

»Dann könnte ich leichter glauben, dass es nicht die Organmafia war.«

Jetzt natürlich. Organmafia. Der Brenner hat aufpassen müssen, dass ihm nicht das Lachen auskommt. »Die Organmafia? Wo hast du denn das her?«

»Na ja, das weiß doch jeder. Da hab ich eine super Doku gesehen. In China nehmen sie die Organe von den Häftlingen. Wenn da einer zum Tod verurteilt ist, dann bringen sie ihn nicht gleich um, sondern er muss weiterleben, damit er frisch bleibt, bis sie die Organe brauchen können. Wie die Fische am Fischmarkt. Oder in den Gasthäusern, wo sie diese Aquarien haben. Und umgekehrt, wenn sie gerade keinen vorrätig haben, verurteilen sie schnell einen.«

»Na ja, aber bei uns –«

»Bei uns auch«, hat die Iris gesagt.

»Wer sagt das?«

»Mein Vater.«

»Dein Vater? Der hat sich für die Organmafia interessiert?«

»Voll!«

6

Drei, vier Jahre hat der Brenner damals bei der Kripo mit dem Kollegen Kopf zusammengearbeitet, und kein einziges Mal ein privates Bier. Und jetzt sitzt er schon zum zweiten Mal mit ihm im selben Gasthaus. Aber dieses Mal hat nicht der Kopf ihn angerufen, sondern der Brenner den Kopf angerufen. Du musst wissen, er hat der Iris versprochen, dass er noch einmal mit ihm redet.

Es war aber gar nicht so einfach, den Kopf zum Reden zu bringen. Weil er war von vornherein schon so gesprächig, und nichts ist schwieriger, als einen gesprächigen Menschen zum Reden zu bringen. Der Kopf ja nur die Sachen erzählt, die den Brenner am allerwenigsten interessiert haben, sprich Privatleben. Genau die gleichen Geschichten, die er ihm beim ersten Treffen erzählt hat, erstes Bier erste Ehe, zweites Bier zweite Ehe. Drittes Bier Lebensgefährtin, aber nicht mehr geheiratet. Viertes Bier, und wie geht es bei dir so, Brenner?

»Ich such auch eine Frau«, hat der Brenner gesagt.

»Ich such keine!« Der Kopf hat den Brenner fast angefahren vor Schreck. »Bestimmt nicht. Ich bin froh, dass ich allein bin.«

»Solltest aber schon eine suchen.«

»Sicher nicht. Such du dir eine, und erzähl mir dann, wie's war.«

»Ich such eh eine.«

Der Kopf hat nach seinem neuen Bier gegriffen, aber der Bierdeckel ist am Glasboden picken geblieben, deshalb hat er es noch einmal zurück auf den Tisch gestellt und gefragt: »Was suchst denn für eine?«

»Eins siebzig groß«, sagt der Brenner.

»Größe ist mir nicht so wichtig«, sagt der Kopf. Und dieses Mal, wie von Zauberhand, bleibt der Deckel auf dem Tisch, und er kann trinken. »Zu groß natürlich nicht. Zu klein aber auch nicht.«

»73 Kilo«, sagt der Brenner.

»So genau nimmst es? Aber hast eh recht, zu mager soll eine Frau nicht sein, besonders ab einem bestimmten Alter, da wirkt sich das Magere negativ aus auf den –« Er hat sich selber in seine Hamsterbacke gezwickt und ein bisschen daran herumgebeutelt, aber das richtige Wort ist nicht herausgefallen. »Wie sagt man da?«

»Auf die Spannkraft.«

»Ja genau, auf die Spannkraft. Alter bist flexibel?«

»56 Jahre«, hat der Brenner gesagt.

»Ist eh gut, wenn man eine genaue Vorstellung hat.«

»Brünett.«

»Mit 56 wird sie ja schon gefärbt sein«, hat der Kopf sich immer noch blöd gestellt. Aber nicht blöd vor dem Brenner, blöd vor sich selber hat er sich gestellt. Weil er wollte es nicht wissen.

»Braune Augen.«

Der Kopf hat ein paarmal genickt mit diesem schweren Biertrinkernicken, das so viel heißt wie: Rede bitte einfach weiter, ich bin gerade mit Nicken beschäftigt.

»Hornbrille«, hat der Brenner gesagt.

»Haben sie jetzt wieder Hornbrillen?«

»Bekleidet mit einem Staubmantel der Firma Esprit.«

Der Brenner war nicht sicher, ob in der Küche gerade ein Schnitzel fertig geworden ist oder ob es im Hirn seines Exkollegen so laut geklingelt hat, dass man es im ganzen Lokal gehört hat.

»Vorname Magdalena«, hat der Kopf selber ergänzt.

Jetzt war es der Brenner, der genickt hat. Aber der Brenner kein Biertrinkernicken. Sein Nicken hat so viel geheißen wie: Bitte sprich einfach weiter, ich brauch meine ganze Energie, um mir die Frage zu verbeißen: Hast du das aus dem Bauch heraus erkannt?

»Was willst du mit der Magdalena Schall?«, hat der Kopf gefragt. »Die solltest du uns überlassen.«

»Ihr sucht sie ja nicht.«

»Was heißt, wir suchen sie nicht? Die Fahndung ist draußen.«

»Ihr wartet immer noch darauf, dass sie sich selber stellt, stimmt's? Wenn ein Mann der Täter wäre, würden wir hier unser eigenes Wort nicht mehr verstehen, so viele Hubschrauber würden über der Stadt kreisen. Aber die Frau Schall wird sich selber stellen, oder?«

»Die Schall wird bald auftauchen«, hat der Kopf ausgerechnet dem Brenner gegenüber den gelassenen Kripomann heraushängen lassen. »Aber was mich jetzt mehr interessiert – was willst du von ihr, Brenner?«

»Ihre Tochter ist bei uns am Mistplatz aufgetaucht.«

»Ah, das hätte ich mir gleich denken können, dass die keine Ruhe gibt. Das ist vielleicht eine Lästwanze. Der Savic ist schon ganz fertig!«

»Verstehst dich gut mit dem Savic, oder?«

»Wieso nicht? Der ist schon in Ordnung.«

»Und immer so gut frisiert«, hat der Brenner gestichelt, weil vielleicht doch ein bisschen eifersüchtig, womöglich macht der Kopf Vergleiche, damals der Brenner, heute der Savic.

»Was will die Iris von dir?«

»Sie sagt, ihr habt das Herz nicht gefunden.«

»Was heißt, wir haben es nicht gefunden? Ihr habt es nicht gefunden!«

»Ihr habt uns ja nicht suchen lassen«, hat der Brenner ihn erinnert.

»Ihr habt lang genug gesucht, und unsere Leute haben noch einmal alles abgesucht.«

»Jedenfalls ist es nicht da.«

»Ja, mein Gott. Glaubst du, die Frau hat das Herz auf die Flucht mitgenommen, oder was?«

»Das hast jetzt du gesagt, Kopf.«

»Oder hat dir die Iris schon eingeredet, dass die Organmafia dahintersteckt?«

Mein lieber Schwan. Das hätte der Brenner sich auch nicht träumen lassen, dass er sich ausgerechnet von diesem Schneebrunzer noch einmal blöd hinstellen lassen muss. Ich persönlich gönne dem Kripomann Kopf diesen kleinen Triumph gegen seinen ehemaligen Vorgesetzten. Weil ehrlich gesagt der Brenner nicht immer so nett gewesen zu ihm in der Vergangenheit. Und umgekehrt hat der Kopf es dann ja auch aushalten müssen, dass der Brenner ihm das Herz vom Schall vor der Nase weggeschnappt hat.

7

Eine halbe Stunde nach Mitternacht hat der Brenner sich von seinem Exkollegen mit einem lässigen Salutieren verabschiedet, sprich halb Kopfschuss, halb Mittelfinger. Auf dem Heimweg hat er sich noch überhaupt nichts dabei gedacht, dass ein leichter Wind aufgekommen ist. Weil Wien windige Stadt. Aber sieben Stunden später ist er schon bei der Einfahrt zum Mistplatz von der Wellpappe begrüßt worden. Und du darfst eines nicht vergessen. Auf dem Mistplatz gibt es keinen größeren Feind als den Wind. Natürlich, du hast die Wannen, in denen kann der Wind nicht viel ausrichten. Bauschutt, Reifen, da muss ein mittlerer Tornado daherkommen. Aber schon beim Elektroschrott, beim Sperrmüll fängt es an, da hast du überall die lockeren Teile, die kleinen Anhängsel, die dir der Wind über den Platz trägt. Vom Altpapier rede ich gar nicht. Oder du hast bei der Kartonpresse etwas übersehen. Und wenn dir ein Kunde einen Sack Altkleider hinter einer Wanne versteckt, wirst du als Müllmann zum Jäger der verlorenen Unterhosen, frage nicht.

Am empfindlichsten punkto Wind war aber der Schädel vom Brenner. Wenn er mit Kopfweh aufgewacht ist, hat er schon gewusst, draußen muss es windig sein. Und die vier Bier am Abend haben natürlich auch nicht geholfen. Jetzt hat der Brenner die Wellpappe dem Schmid und dem Novak überlassen und sich einmal im leeren Aufenthaltsraum verschanzt. Sofort das Radio abgedreht, und dann hat er sich zum Frühstück zwei schöne Brausetabletten gemacht. Er hat richtig Angst gehabt, dass gleich der Udo hereinkommt und wieder aufdreht. Weil der Udo nicht lebensfähig ohne Radio, und das Schlimmste war, dass er jedes Lied kommentiert hat oder sogar mitgesungen. Das war ja der Grund, dass der Brenner allen Ernstes überlegt hat, ob er das Kabel verstecken soll, am besten gleich auf Nimmerwiedersehen, sprich Wanne 8.

Du musst wissen, in so einer Wind-Schädel-Konstellation helfen nur drei Dinge. Entweder absolute Ruhe oder ein Spaziergang oder eine sanfte Ablenkung. Eine Ablenkung, die gerade stark genug ist, dass du deinen Zustand nicht mehr bemerkst, aber die ihrerseits kein eigener Zustand ist. Und ob du es glaubst oder nicht, genau zu so einer Ablenkung ist es gekommen.

Da hat der Brenner wirklich Glück gehabt, das muss man auch einmal sagen. Weil wie er so dasitzt und aus seinem Kopfwehkopf hinaus auf den Platz schaut, wo der Novak gerade mit dem kleinen Traktor zwischen der Wanne 9 und der Wanne 12 hin- und hergefahren ist, als ginge es darum, den Brenner in den Wahnsinn zu treiben, ist bei der Einfahrt ein Transporter hereingekommen. Ein Sprinter mit der Aufschrift *Wir sind Legende*, sprich Lieferdienst Tobias.

Der Novak natürlich sofort den Traktor abgestellt und entgeistert hinübergestarrt. Der Udo auch dumm vom Elektroschrott zur Einfahrt gegafft, weil sie hätten den Herrn

Nguyen lieber nicht mehr gesehen. Im Grunde bist du da als städtischer Angestellter wie ein Kind, und du wünschst dir einfach, dass dieses Fahrzeug, mit dem unangenehme Fragen verbunden sind, nie wieder bei dir auftaucht. Ich sage, wegen ein paar illegal abgeladenen Fuhren und einer Espressomaschine hätten sie sich auch nicht gleich wie die Obermafiosi fühlen müssen. Aber der Schreck hat ihnen aus den Augen geschaut, ja was glaubst du. Eigentlich eine Frechheit, wie die den Fahrer angestarrt haben. Punkto Benehmen hätten die sich eine Scheibe vom Herrn Nguyen abschneiden dürfen. Darum haben ja alle *Herr* Nguyen zu dem Fahrer gesagt, weil der hat so eine altmodische Höflichkeit gehabt, ich muss ganz ehrlich sagen, mir gefällt das. Eine elegante Ausstrahlung, der Herr Nguyen, und dann hat er noch diese komische Gewohnheit gehabt, dass er immer jedem die Hand gegeben hat, weil der Herr Nguyen nie ohne Handgeben.

Der Novak das genaue Gegenteil. Der hat mit der Hand gefuchtelt. Schon vom Traktor herüber hat der wie wild mit der Hand gedeutet, sprich, bleib mir vom Leib, wir können deinen Transporter nicht mehr ausladen, du musst weiterfahren zum Rinterzelt. Aber gegen die echte Wohlerzogenheit hat die Rüpelhaftigkeit von einem Novak überhaupt keine Chance. Weil was macht der Herr Nguyen? Klare Sache, er geht zum Novak und gibt ihm die Hand und sagt: »Grüß Gott, Herr Novak. Wie geht es Ihnen?«

Und der Novak: »Jaja, geht schon. Geht schon.«

Da stürmt schon der Udo herbei und will dem Herrn Nguyen erklären, dass er hier nicht mehr abladen kann, sondern ab ins Rinterzelt.

»Grüß Gott, Herr Udo«, sagt der Herr Nguyen, »wie geht es Ihnen?«

»Aja«, sagt der Udo. »Passt schon.«

Und der Herr Nguyen mit einem ernsten Gesicht, fast möchte ich sagen feierlich: »Ich möchte mir entschuldigen.«

»Entschuldigen?«, fragt der Udo.

Aber da war der Herr Nguyen schon wieder beim Novak und gibt dem Novak ein zweites Mal die Hand: »Entschuldigung! Es tut mir leid, dass ich Ihnen bereitet habe Un an«, er hat das Wort Stück für Stück vorgelegt wie ein Oberkellner, der im Nobelrestaurant einen Fisch filetiert, »nehm lich keiten.«

»Na ja, du kannst ja auch nichts dafür«, hat der Novak gesagt. »Woher sollst du wissen, was in den Schachteln drinnen ist.«

»Geschäft ist leider auch vorbei«, hat der Herr Nguyen gesagt. »Chef sagt, muss ich alles bringen zu Rinterzelt.«

»Ja, ist gescheiter«, hat der Udo erleichtert gesagt.

»Habe ich nur noch eine Frage«, hat der Herr Nguyen gesagt. »Wo finde ich Kollege Brenner?«

Die beiden dumm geschaut, weil was will der Herr Nguyen vom Brenner, und woher kennt der überhaupt seinen Namen? Und ehrlich gesagt, wie der Herr Nguyen dann im Büro gestanden ist, hat der Brenner sich genauso gewundert.

»Entschuldigung«, hat der Herr Nguyen gesagt. »Sind Sie Herr Brenner?«

»So ist es«, hat der Brenner gebrummt. Misstrauisch bis dorthinaus, weil die Tabletten haben noch nicht gewirkt, und er hat nicht wissen können, dass es sich ausgerechnet beim Herrn Nguyen um die sanfte Ablenkung handelt. Erst wie der höfliche Mensch ihm die Hand gegeben und er sich entschuldigt hat, ist im Brennerkopf ein Hauch von Erleichterung zu spüren gewesen, aber eigentlich noch nicht im Kopf, sondern zuerst einmal nur im Nacken.

»Haben Sie in der Firma Probleme gekriegt?«, hat der Brenner gefragt.

Und der Herr Nguyen mit der rechten Hand eine Bewegung gemacht, die man bei jedem anderen Menschen als wegwerfende Geste empfunden hätte, oder eher als wegwischende. Aber bei ihm war es so eine feine Armbewegung, als würde er mit der nach außen gedrehten Handfläche einen unsichtbaren Nebelvorhang mit der größten Sanftheit zur Seite schieben oder meinetwegen als müsste er einen herumfliegenden Staublurch aus der Luft fangen, und das hat so viel geheißen wie: Keine Probleme in der Firma.

Der Brenner hat genickt, weil keine Probleme immer gute Nachricht.

»Verzeihen Sie meine störende Frage«, hat der Herr Nguyen gesagt. »Kann ich Sie sprechen unter vier Augen?«

»Unter vier Augen?«

Jetzt typisch Kopfwehtag, dass dein Hirn völlig überflüssige Sachen denkt. Weil der Brenner hat sich gefragt, was das immer mit diesen vier Augen soll, wo ihn doch erst am Vortag die Iris ebenfalls unter vier Augen sprechen wollte. Er hat sich im leeren Aufenthaltsraum umgeschaut und gesagt: »Hier sind wir unter vier Augen.«

»Ja«, hat der Herr Nguyen höflich gelächelt und wieder den Staub aus der Luft entfernt. »Vier Augen, aber falsche vier Augen. In meinem Wagen jemand wartet. Will mit Ihnen unter vier Augen sprechen.«

Ob du es glaubst oder nicht, die Iris ist im Transporter gesessen. Da war es vorbei mit der sanften Ablenkung durch den sanften Herrn Nguyen. Weil unsanftes Erwachen, sprich: Was macht die Iris mit dem Herrn Nguyen? Pass auf, die Freundin von ihrem Vater, die Roswitha, zu der ihr Vater übersiedeln wollte, hat kurzen Prozess gemacht. Die

Roswitha hat einfach das ganze Zeug vom Schall, das ihr der Tobias-Transportdienst vor einer Woche in die Wohnung gebracht hat, zur Erbin zurückgeschickt. Und hilfsbereit, wie der Herr Nguyen war, hat er der Iris angeboten, alles, was sie nicht braucht, gleich zum Mistplatz zu bringen.

»Das ist aber auch ganz schön rabiat von dieser Roswitha«, hat der Brenner gesagt, weil der Herr Nguyen war nicht der Einzige, dem die Iris leidgetan hat, dem Brenner hat sie auch leidgetan. Und ich muss ganz ehrlich sagen, mir auch. Zuerst zieht ihr Vater aus, dann wird er ermordet, dann verschwindet die Mutter, und jetzt soll sie sich um das ganze Zeug kümmern, Schuhe, Kleidung, Zeitschriften, das ganze furchtbare Zeug, das so ein Mensch zurücklässt.

Aber interessant. Die Iris hat die Freundin in Schutz genommen.

»Die Roswitha ist fertig mit den Nerven«, hat sie dem Brenner erklärt.

Der Brenner hat sich gewundert, dass die Iris so vertraut von dieser Freundin redet. Aber gesagt hat er das nicht. Gesagt hat er: »Ja, aber sie muss ja nicht auf deine Kosten mit den Nerven fertig sein.«

»Sie hat mich angerufen und gesagt, sie schickt mir die Sachen zurück. Weil bei ihr ist jetzt auch noch eingebrochen worden.«

»Wieso ist bei ihr eingebrochen worden?«

Eigentlich war das eine blöde Frage vom Brenner, weil was heißt, wieso ist eingebrochen worden. Es wird eben eingebrochen bei den Leuten. Da gibt es kein Wieso. Aber man soll nie eine blöde Frage verurteilen, bevor sie beantwortet worden ist, weil jetzt hat sich herausgestellt, dass der Brenner mit seiner Frage mitten ins Schwarze getroffen hat.

»Sie ist überzeugt, dass es mit meinem Vater zusammenhängt. Darum wollte sie seine Sachen sofort loswerden. Sie will endlich ihre Ruhe. Sie fürchtet sich.«

»Und was sagt die Kripo dazu?«

Die Iris genervt geschaut und mit den Schultern gezuckt. »Ich hab der Roswitha ja gesagt, sie muss die Polizei verständigen. Aber sie hat nichts davon hören wollen. Ich glaub, der eine Besuch von der Kripo hat ihr schon gelangt.«

»Dann musst du es melden. Das wäre sonst Beweismittelunterdrückung.«

»Wieso ich? Bei mir ist ja nicht eingebrochen worden!«

»Was ist überhaupt weggekommen?«

»Die Roswitha sagt, es ist nichts weggekommen.«

Der Brenner hat einen zweifelnden Blick auf die Sachen im Transporter vom Herrn Nguyen geworfen, quasi: Wie will sie bei dem Haufen Zeug feststellen, dass nichts weggekommen ist?

Was soll ich sagen, der Brenner war bestimmt das Gegenteil von einem Zweihundertprozentigen. Aber auch der Nichtzweihundertprozentige kann einmal seinen zweihundertprozentigen Moment haben. Jetzt hat er ganz streng zur Iris gesagt, bevor das geklärt ist, darf sie die Sachen auf keinen Fall ins Rinterzelt bringen, weil wie soll man sonst feststellen, was fehlt. Aber wenn eine Iris so verzagt schaut, wird aus dem Zweihundertprozentigen natürlich schnell wieder ein Mensch, und der Brenner hat ihr den Vorschlag gemacht, dass er mit ihr zur Kripo fährt, und dort soll der Kopf sagen, was mit den Sachen zu tun ist, ob die Polizei nachschauen will, was fehlt.

»Fehlt nichts«, hat der Herr Nguyen gesagt. »Ich habe Liste.«

Aber dem Brenner hat die Liste nicht genügt, weil er wollte nicht, dass die Iris in Schwierigkeiten kommt, wenn sie die Sachen wegschmeißt, und man kann nie mehr feststellen, warum eingebrochen worden ist bei der Roswitha.

»Fehlt nichts«, hat der Herr Nguyen noch einmal gesagt, und dann hat er dem Brenner die Hand gegeben und gesagt: »Entschuldigung. Ich kann nicht mehr fahren zu Polizei. Nächster Termin.«

Was soll ich sagen, die Garage 3 war gerade leer, weil Umbau, jetzt hat der Brenner den Praktikanten um Hilfe gebeten, und zu viert, weil die Iris und der Herr Nguyen auch fest angepackt, haben sie den gesamten Lebensnachlass vom Herrn Schall in zehn Minuten in der Garage zwischengelagert gehabt. Nur bei der einen Kiste, wo Papiere und Dokumente drinnen waren, hat der Brenner gesagt, schau lieber nach, ob irgendwas Wichtiges dabei ist, das du besser nicht hierlässt.

»Ich glaub, die lass ich auch da«, hat die Iris gesagt, nachdem sie kurz hineingeschaut hat. Weil wer stiehlt schon die Geburtsurkunde von einem Toten oder den Mitgliedsausweis beim Alpenverein oder den Freischwimmschein aus der Kindheit. Der Praktikant hat vorgeschlagen, er stellt die Schachtel mit den Papieren ganz oben ins hinterste Eck, damit sie zumindest niemand so leicht durchwühlen kann. Und siehst du, dadurch ist sie ihm dann aus den Händen gerutscht und alles auf den Boden gefallen. Das Garagentor offen, da sind in dem verdammten Wiener Wind natürlich die Dokumente über den halben Hof geflattert, ja was glaubst du. Der Brenner hat ein paar Dokumente gerettet, indem er einfach mit seinen Arbeitsstiefeln hinaufgestiegen ist, und dann hat er sogar noch den Freischwimmschein unter der Wanne 5 herausgeholt. Die Iris hat es wieder mit der Gelenkigkeit gemacht, das glaubst du gar nicht, wie flink die ein paar von den Zetteln aus der Luft gefischt hat.

Der Herr Nguyen nur zugeschaut, weil die Gelassenheit, und der Wind soll auch seinen Spaß haben. Trotzdem haben sie die meisten Sachen gleich wieder beisammengehabt. Nur ein paar lose Zettel sind über den Hof geflattert, und denen ist der Praktikant hinterher, das hättest du sehen sollen.

Wie er zurückgekommen ist, hat sich sein Haarknödel gelöst gehabt, und die Haare sind im Wind geflattert, Reklamefilm nichts dagegen. Aber gefühlt hat er sich nicht wie in einem Reklamefilm. Gefühlt eher wie in einem Horrorfilm. Und die Haare nicht das Einzige, was bei ihm geflattert ist. Weil sein Puls auch ein bisschen geflattert. Und der Puls nicht das Schlimmste. Weil die Nerven vom Praktikanten auch geflattert. Die Nerven von der Iris dann auch geflattert, wie er ihr einen der Zettel hingehalten hat. Sie hat den Zettel dem Brenner gezeigt, und dann die Nerven vom Brenner auch geflattert, frage nicht. Ein Riesenglück war, dass es nicht geregnet hat. Sonst hätte man die handschriftliche Notiz vom Schall ja gar nicht mehr lesen können: »Niere 80 000 Euro«, hat der Brenner leise vorgelesen, oder eigentlich gar nicht vorgelesen, nur die Lippen bewegt beim Lesen, »Leber 130 000 Euro. Herz 130 000 Euro. Pankreas 110 000 Euro.«

»Du blutest ja«, hat die Iris ihn unterbrochen und erschrocken auf seine Hand gedeutet. Du musst wissen, für den Freischwimmschein ist genug Platz gewesen unter der Wanne 5, und für die Hand vom Brenner im Prinzip auch genug Platz, aber es muss wo ein Metallteil abgestanden sein, irgendein rostiges Blech aufgebogen oder eine abgebrochene Schraube, dass er sich die Hand beim Herausfischen vom Freischwimmschein gar so fies aufgerissen hat.

»Ist nicht so schlimm«, hat der Brenner behauptet und

versucht, die abwiegelnde Handbewegung vom Herrn Nguyen nachzumachen. Aber bei ihm hat es nicht ausgesehen, als würde er ein unsichtbares Problem sanft zur Seite kehren, weil gerade durch die Bewegung hat das Blut gespritzt.

Er hat versucht, sich ein Taschentuch herumzuwickeln, aber da war der Herr Nguyen schon mit dem Verbandszeug zur Stelle und hat ihm die Wunde desinfiziert und einen Eins-a-Verband gemacht.

»Ist nur ein Kratzer«, hat der Brenner gesagt. Nicht nur weil er vor der Iris den harten Müllmann spielen wollte, sondern, das garantiere ich dir, in dem Moment hat er es selber geglaubt, dass er nicht unbedingt einen Verband bräuchte. Nicht einmal an eine Blutvergiftung hat er gedacht, obwohl der Brenner sonst schnell Angst vor einer Blutvergiftung.

Während er verarztet worden ist, hat er schon versucht, mit der anderen Hand die Kripo anzurufen, aber der Kopf nicht und nicht abgehoben. Nur damit du verstehst, warum der Brenner dann einfach das kaputte Straßenreinigungsfahrzeug aus der Garage 2 geholt hat und mit der Iris zur Kripo gerast ist.

»Fahren wir gleich hinüber«, hat er zur Iris gesagt. »Ich bin lieber dabei, wenn du ihnen den Zettel übergibst.«

Zuerst wollte die Iris nicht in das komische Vehikel mit dem Plastik-Hochsitz einsteigen, aber er hat sie dann doch überredet. Ich glaub sogar, dass der Praktikant auch viel dazu beigetragen hat, weil der Praktikant ist von der feinfühligen Seite her gekommen. Er hat ihr erklärt, wenn sie den Zettel der Polizei gibt, ist sie ihn los, und besser für das Karma, wenn man so etwas nicht daheim herumliegen hat.

Ich muss ganz ehrlich sagen, besser für ihr Karma wäre

es gewesen, sie hätte den Zettel in die Wanne 1 geschmissen und vergessen. Aber das haben sie natürlich nicht wissen können. Sie haben sich ja noch bemüht, positiv zu bleiben.

»Man muss ja nicht gleich vom Schlimmsten ausgehen«, hat der Brenner gesagt. »Aber so ein Zettel gehört zur Polizei.«

»Vom Schlimmsten gehen sowieso nur die Optimisten aus«, hat der Praktikant behauptet.

Der Brenner hat ihn groß angeschaut. So viele Wörter hat der Praktikant noch nicht oft hintereinandergesagt, seit er hier angefangen hat. Und jetzt gleich so eine Behauptung.

»Wieso sollen die Optimisten vom Schlimmsten ausgehen?«, hat die Iris ihn gefragt. Sie hat ein bisschen angefressen geschaut, quasi: Spiel hier nicht den Philosophen auf meine Kosten.

»Wer an das Schlimmste glaubt«, hat der Praktikant gesagt, »muss nicht hinter das Schlimmste schauen.«

»Wieso? Was ist hinter dem Schlimmsten?«

»Komm, wir fahren jetzt zur Polizei«, hat der Brenner gedrängt.

Vielleicht hätte er sich ohne die Orakelsprüche vom Praktikanten gar nicht so entschlossen den Straßenspritzer geschnappt, der seit zwei Wochen kaputt in der Garage gestanden ist. Richtig hin war er ja nicht, nur die Spritzanlage war defekt und hat sich nicht mehr abdrehen lassen. Sonst war alles in Ordnung, und der Brenner hat jetzt einfach einmal eine Runde fahren müssen. Weil eine Runde fahren immer das Beste gegen das Schlimmste. Und vielleicht wäre die Iris gar nicht eingestiegen, wenn der Brenner sie nicht so überrumpelt hätte. Weil du darfst eines nicht vergessen. Die Iris mit jedem neuen Tag weniger Vertrauen in die Polizei gehabt, in den Savic kein Vertrauen und in den Kopf auch kein Vertrauen. Das hat sie dem Brenner auf der Fahrt wieder einmal erklärt, obwohl es ja im Prinzip zu spät war, weil sie schon im Straßenspritzer gesessen ist. Aber so sind die Menschen, zuerst steigen sie ein, und nachher reden sie die ganze Zeit darüber, dass sie lieber nicht eingestiegen und nicht zur Polizei gefahren wären.

Der Straßenspritzer eins a gefahren. So ein kleines Gefährt kannst du flott um die Kurven treten, frage nicht. Dass die Waschanlage ununterbrochen gelaufen ist, hat den Brenner in der Situation nicht gestört. Die Iris hat es auch nicht gestört. Die Leute am Straßenrand hat es gestört. Ein Jugendlicher, der vom Brenner an der Fußgängerampel eingewässert worden ist, hat ihm durch das offene Fenster hineingeschrien: »Bist hirntot?«

Die Iris hat ihm komisch nachgeschaut, und der Brenner demonstrativ zur Iris hinübergelacht: »Der weiß etwas.«

Weil er hat das Gefühl gehabt, er muss aufpassen, dass die Iris sich diese Erkundigung nach dem Hirntod nicht zu Herzen nimmt. Wenn du dich zu viel mit der Organmafia beschäftigst, kannst du leicht in eine Gemütslage kommen, wo du noch die kleinste Hirntodbemerkung in die falsche Kehle kriegst. Aber interessant. Umgekehrt hat die Iris auch versucht, den Brenner zu beruhigen und ihren eigenen Organmafia-Verdacht abzuschwächen.

»Der Zettel muss nicht viel bedeuten«, hat sie gesagt. »Dass mein Vater von dem Thema fasziniert war, hab ich ja sowieso gewusst. Wie viel Geld man mit seinen Organen machen kann.«

Wenn dich jemand beruhigen will, bist du natürlich sofort alarmiert.

»Das habt ihr die ganze Zeit gewusst?«

»Ja voll. Der war fasziniert von dem Thema, dass er so viel wert ist.«

»So viel ist achtzigtausend für eine Niere auch wieder nicht«, hat der Brenner gesagt.

»Ja, das ist aber nur eine Niere. Aber die Bullen interessiert das sowieso nicht. Und du glaubst mir auch nicht.«

»Ich kann mir schon vorstellen, dass bei uns mit den Organen auch das eine oder andere läuft. Dass mit den Wartelisten nicht immer alles korrekt ist. Vielleicht gibt es einmal einen bestechlichen Arzt, und jemand erschlägt den mit Geld und wird deshalb vorgereiht. Das wird schon vorkommen. Oder es werden kleinere Sachen gedreht. Da gibt es ja bestimmt viele Kosten. Aber Organmafia.«

Die Iris auf der restlichen Fahrt nichts mehr gesagt, sprich: Du kannst sagen, was du willst, ich bleib bei meiner Meinung.

Bei der Kripo hat der Brenner dann einfach im Innenhof direkt vorm Eingang geparkt, weil mit einem orangen Fahrzeug von der MA 48 nie Parkplatzprobleme. Dann mit dem gelernten Bullenschritt natürlich schneller am Eingangsbeamten vorbei, als der seine strenge Miene aufgesetzt gehabt hat. Und gleich hinauf in den zweiten Stock, wo der Kopf und der Savic daheim waren, weil das hat die Iris von ihrem letzten Besuch gewusst.

»Ausgestorben ist es hier«, hat die Iris gesagt.

Dem Brenner ist auch sofort aufgefallen, wie ausgestorben das Büro gewirkt hat. »Das kommt von den Computern«, hat er der Iris erklärt. »Heutzutage macht der Computer die ganze Arbeit, keine Menschen mehr bei der Kripo.«

Aber siehst du, man soll nicht sofort zu einer Erklärung ansetzen, wenn man selber noch mitten im Wundern ist. Das ist ein Fehler, den die Menschen immer wieder machen, der ist nicht auszurotten. Im Gegenteil, es wird immer schlimmer. Heutzutage hat keiner mehr die Geduld, sich fertig zu wundern. Aber man muss sich zuerst einmal fertig wundern, weil in diesem gedanklichen Hirntod, der das Wundern ausmacht, entsteht der Gedanke. Oder entstünde, wenn wir nicht Angst hätten, dass uns inzwischen jemand die Organe wegträgt.

Es waren nämlich nicht die Computer schuld daran, dass weder der Kopf in seinem Büro war noch der Savic noch der Profiler noch jemand von der Spurensicherung. Schuld war der Einsatz in der Rudolf-Simon-Gasse 12. Das hat ihm die Sekretärin gesagt, die als Einzige da war. Zuerst wollte sie gar nichts sagen, aber der Brenner natürlich gewusst, wie man bei der Kripo ein Vertrauen bei der Sekretärin aufbaut, jetzt ist sie doch damit herausgerückt, dass sie zu einem Alarm in der Rudolf-Simon-Gasse 12 ausgerückt sind.

»Simon-Gasse 12?«, hat die Iris wiederholt und den Brenner erschrocken angeschaut.

»Was schaust du so?«

»Da wohnt die Roswitha.«

8

An diesem Tag war die kürzeste Verbindung von der Kripozentrale zur Rudolf-Simon-Gasse durchgehend frisch geputzt. Aber nicht so sauber, wie es hätte sein können. Weil für eine picobello Sauberkeit hätte der Brenner langsamer fahren müssen, und er hat jetzt von seinem Plexiglas-Hochsitz aus das kleine Spuckerl mit den unermüdlich spritzenden Putzdüsen um die Ecken getrieben auf Teufel komm raus.

In so einer Situation kannst du als Brenner einfach nicht aus deiner Haut heraus. Wenn du gerade von einem Alarmeinsatz bei der Roswitha erfahren hast, gibt es nur noch Vollgas. Weil brauchst du nur zwei und zwei zusammenzählen, wenn bei der Flamme des Ermordeten, oder wie soll ich das jetzt ausdrücken, Zukünftige klingt auch blöd bei einem Toten, aber jedenfalls, wenn bei der ein Einsatz ist. Bei der Frau, zu der der Ermordete ziehen wollte, neutral gesprochen. Also, der Ermordete, bevor er der Ermordete war. Manchmal ist es verhext, je richtiger man es ausdrücken will, umso komplizierter wird es. Die Roswitha war einfach die Roswitha und aus!

Unterwegs ist die Iris über die Kripo hergezogen, mein

lieber Schwan. Sie hat ihnen schon vor einer Woche gesagt, sie sollten sich einmal um die Roswitha kümmern, nicht nur immer ihre Mutter verdächtigen. »Das haben die nicht einmal ignoriert. Aber jetzt haben sie auf einmal Füße gekriegt.«

»Man braucht immer einen Grund, um zu ermitteln«, hat der Brenner um Verständnis für die Kriminaler geworben, während er die Kreuzung in dem idealen Moment, wo alle Rot gehabt haben, besonders er selber, einer Generalreinigung unterzogen hat. Er hat sich gefragt, warum er die Kripo gegenüber der Iris in Schutz nimmt. Aber das hätte ich ihm erklären können. Weil durch nichts erzeugst du mehr Sympathie für einen Menschen, als wenn du dauernd über ihn schimpfst, quasi Automatismus. Bei der Iris war es umgekehrt genauso. Der Brenner ununterbrochen über die Baustellen geschimpft, und wen verteidigt die Iris? Die Baustellen! Irgendwann muss man die Sachen doch bauen, hat die Iris argumentiert. Da siehst du schon, in was für einer Anspannung die beiden waren, dass sie so dahingekeppelt haben, altes Ehepaar nichts dagegen.

Und weil ich gerade sage, altes Ehepaar. Unterwegs die Iris dem Brenner ein paar Sachen über ihre Eltern und die Roswitha erzählt. Dass die Roswitha immer die beste Freundin ihrer Mutter war. Und eigentlich mit ihrem Vater am Anfang gar nicht gut ausgekommen, weil die beiden haben um die Mutter der Iris rivalisiert, verstehst du. Um die Gunst. Nur einen Punkt hat es gegeben, wo der Schall und die Roswitha sich gegen die Mutter von der Iris einig waren. Ihre Verschwendungssucht, weil die Frau Schall mehr auf der geldausgeberischen Seite.

»Das hab ich von meiner Mutter«, hat die Iris dem Brenner erklärt.

»Besser als den Geiz vom Vater«, hat der Brenner gesagt und vor lauter Großzügigkeit ein paar Fußgängern gratis die Schuhe geputzt.

»Irgendwann gewöhnst du dich daran, wenn du es nicht anders kennst. Aber das mit den Organen ist noch einmal was anderes.«

Und erst jetzt, wo sie schon auf der Anfahrt zur Roswitha waren, erzählt ihm die Iris von der schweren Krankheit ihrer Mutter. Nur noch kurze Lebenserwartung, und da kommt der Widerling auf die Idee, sich zu erkundigen, ob man ihre Organe noch zu Geld machen könnte.

»Weißt du das, oder schließt du es nur aus dem Zettel mit den Organpreisen?«

»Ich kenn meinen Vater. Das mit der Krankheit erzähl ich der Polizei aber sowieso nicht«, hat die Iris gesagt. »Krankheiten sind Privatsache.«

Der Brenner hat nichts dazu gesagt. Er ist mit seinen Gedanken abgeschweift und hat überlegt, wieso manche Dinge Privatsache sind und andere nicht, wie da die genaue Regel lautet. Aber er ist zu keinem Schluss gekommen, weil die Iris hat ihn unterbrochen: »Sonst sagt die Kripo sofort wieder, das spricht auch für meine Mutter als Täterin. Die muss sich nicht mehr vor einer Gefängnisstrafe fürchten und kann machen, was sie will.«

»Der Profiler würde sagen, die Krankheit hat ihren Charakter verändert.«

»Der Profiler!«, hat die Iris geschnauft. »Hast du das Wort hartleibig schon einmal gehört?«

»Ja, gehört schon.«

»Ich hab das noch nie gehört. Und weißt du auch, was es heißt?«

»Na ja. So ungefähr schon.«

Er hat lieber nicht nachgefragt, wie sie darauf kommt, weil kein schönes Thema. Aber die Iris hat es ihm auch so erklärt.

»Der Profiler hat gesagt, die Gattin wollte wenigstens einmal was aus dem hartleibigen Geizkragen herausholen. Und wenn es mit dem Messer sein soll.«

»Hartleibig hat er gesagt?«

»Ja.«

»Die Profiler sind Poeten.«

»Aber es stimmt ja, mein Vater hat sie mit ihrem Geiz wirklich in den Wahnsinn getrieben. Geiz ist was Furchtbares.«

»Geizig war ich nie«, hat der Brenner gesagt. »Aber ausgeben tu ich auch nicht viel. Ich weiß nie, was ich mir kaufen soll. Ich brauch nicht viel.«

»Das ist typisch«, hat die Iris geantwortet. Aber keine Erklärung, wofür typisch oder für wen typisch, einfach typisch. »Ich sag dir ganz ehrlich, ich könnte es verstehen, wenn sie es getan hätte. Sie hätte ihn schon längst verlassen sollen. Ich hab ihr immer wieder gesagt, geh weg. Aber sie ist geblieben. Und dann ist er gegangen. Weil er Angst gehabt hat, die Medikamente werden zu teuer. So war der. Krank im Hirn! Aber den Krebs hat die Mutter bekommen.«

Der Brenner hat nichts dazu gesagt, weil er hat sich gedacht, er muss die Iris einfach einmal reden lassen, sprich seelische Erleichterung.

»Und die Umzugsschachteln hat er wochenlang in der Wohnung herumstehen lassen und nicht abgeholt. Mit ihrer Adresse drauf! Rudolf-Simon-Gasse 12. Die Adresse hat meine Mutter ja gut gekannt von früher. Auf der einen Seite sind die Schachteln gestanden mit dem Müll, auf der anderen Seite die Schachteln, die er mitnehmen wollte zur Roswitha. Da hab ich mich eh gewundert, dass er nicht alles mitnehmen wollte, was er in seinem Leben zusammengegeizt hat.«

»Zusammengegeizt«, hat der Brenner gebrummt und eine Zigarettenpackung aus dem Handschuhfach geholt, als wäre es die größte Selbstverständlichkeit auf der Welt, dass er dort Zigaretten findet.

»Wahrscheinlich wollte er unbedingt von der Gratis-Ablademöglichkeit bei euch am Mistplatz profitieren. Gratis-Sachen hat er nicht auslassen können, sogar wenn's ums Wegschmeißen gegangen ist.«

»Bist du durch ihn auf unseren Mistplatz gestoßen?«

»Wir waren immer schon viel am Mistplatz. Das waren unsere Familienausflüge. Weil man dadurch eine Mülltonne im Haus einsparen kann. Das war ihm wichtig. Aber jetzt brauchst dir keine mehr anzünden«, hat die Iris gesagt. »Wir sind da.«

Der Brenner die Zigarettenpackung in der Brusttasche und das Putzfahrzeug in der Ladezone rückwärts eingeparkt, weil als Müllfahrzeug bist du ja Ladezone aus Prinzip. Die Wohnhausanlage hat ihm gut gefallen, jede Wohnung mit Terrasse, gut zum Einsteigen, guter Fluchtweg.

Sie haben aber nicht einsteigen müssen. Die Iris hat geklingelt, und sofort der Türsummer. Beruhigt hat sie das auch nicht. Sondern beunruhigt. Weil die Roswitha war eine, bei der es immer lange gedauert hat, bis sie den Weg zum Türöffner gefunden hat. Und dann immer misstrauisch gefragt, wer da ist. Und dann dafür zu kurz gedrückt. Dieses rabiate Surren hat bei der Iris alle Alarmglocken läuten lassen. Sie sind im Laufschritt in den dritten Stock hinauf, als würde das jetzt noch einen Unterschied machen. Und siehst du, darum heißen bei mir die Alarmglocken Fehlalarmglocken. Weil die Roswitha ist ganz gelassen in der Tür gestanden und hat sich gewundert. Seit einer halben Stunde hat sie auf die Kriminalpolizei gewartet, und jetzt stürmen die zu Fuß in den dritten Stock herauf. Am Vortag hat sie sich gegenüber der Iris zwar dagegen gewehrt, aber dann muss es in ihr gearbeitet haben, und sie hat doch noch bei der Kripo angerufen wegen dem Einbruch.

Wie der Brenner bei der Roswitha in der Wohnung gestanden ist, hat er sofort verstanden, warum der Schall gleich bei ihr einziehen wollte. Weil sehr gemütliche Wohnung und die Roswitha Eins-a-Erscheinung. Gar nicht so eine Schönheit in dem Sinn. Vom Typ her war die Roswitha nicht unbedingt sein Fall, weil mit den langen grauen Haaren hat sie ihn ein bisschen an diese magere Yogalehrerin von seiner Ex erinnert, die er vor lauter Achtsamkeit am liebsten auf den Mond geschossen hätte. Aber vom Wesen her. Die Roswitha hat eine gewisse Ausstrahlung gehabt, die ihn angesprochen hat. Andererseits hat er sich gefragt, ob das nicht nur von der Trauer gekommen ist. Dem Brenner ist das in seinem Leben schon oft aufgefallen, dass die Leute von der Trauer eine eigene Schönheit bekommen. Da darfst du bei der Beurteilung nie vergessen, vom Menschen die Trauer abzuziehen. Sonst kriegst du ein vollkommen falsches Bild und verliebst dich in die Trauer statt in den Menschen, und später entpuppt sich der als fröhlicher Kobold.

»Endlich sind Sie da«, hat die Roswitha den Brenner begrüßt. Ihre Stimme hat so müde geklungen, als wäre sie gerade aus einer zehnjährigen Meditation erwacht. »Bis man als Staatsbürgerin überhaupt einmal wen ans Telefon kriegt bei der Polizei.«

Über diese Verwechslung hat der Brenner sich das Lachen schon ein bisschen verbeißen müssen. Weil hätte er sich gleich denken können, dass der Savic und der Kopf noch nicht da sind. Du musst wissen, die Sekretärin hat ihm gesagt, sie sind knapp vor Mittag aufgebrochen. Und das hat der Brenner noch von früher gewusst, dass der Kopf immer pünktlich sein Mittagessen gebraucht hat, weil ohne regelmäßige Ernährung ist der nervös geworden, Säugling nichts dagegen. Unterhalb von Mord oder meinetwegen Geiselnahme hat es da keinen Grund gegeben für den Kopf, das Mittagessen zu verschieben. Und sicher nicht einen Einbruch, bei dem nichts weggekommen ist.

Für den Brenner war das natürlich günstig, weil so hat sich jede Frage erledigt, warum er da war. Aber die Roswitha hat sich sowieso nur für die Iris interessiert.

»Wie geht es dir, Iris?«, hat sie so besorgt gehaucht, da hätte man glauben können, ihre Besucherin von den Toten auferstanden.

Die Iris umso trockener geantwortet: »Darüber denk ich lieber nicht nach.«

»Hast recht, nur nicht zu viel nachdenken. Ich hab seit einer Woche nichts gegessen. Das hilft auch gegen das Nachdenken.«

Die Roswitha hat sich gleich wieder an ihren Küchentisch gesetzt, weil sehr anstrengend das Stehen, wenn du seit einer Woche nichts gegessen hast.

»Bitte«, hat sie müde Richtung Brenner gedeutet, quasi: Setz dich her zu mir oder bleib stehen, ich kann mich nicht um alles kümmern.

»Wieso isst du nichts?«, hat die Iris sie ungeduldig gefragt.

Der Brenner hat sich gewundert, dass die Iris mit der Roswitha umgeht, als wäre das ihre Mutter und nicht die Rivalin ihrer Mutter.

»Ich bring nichts hinunter. Seit dem Tag –« Sie hat geseufzt und nachgedacht. Der Brenner hat erwartet, dass ihr jetzt wieder einfällt, warum sie die Polizei gerufen hat. Aber sie hat immer noch nicht von dem Einbruch erzählt, sondern nur gesagt: »Ich hab ganz auf das Essen vergessen.« Dann hat sie die Iris liebevoll angelächelt: »Essen, vergessen. Klingt fast wie ein Sprichwort, gell?«

»Du musst was essen. Das macht ihn auch nicht wieder lebendig, wenn du dich zu Tode hungerst. Ich mach dir eine Kleinigkeit.«

»Kann ich euch was anbieten?«, hat die Roswitha zurückgefragt, als wäre es der Iris darum gegangen. Weil sie wollte sich ihren Hunger nicht wegnehmen lassen. Ich würde fast darauf tippen, sie hat Angst davor gehabt, dass mit der Kraft die Schuldgefühle zurückkommen. Weil du darfst eines nicht vergessen. Die Trauer ist nicht das Schlimmste. Die Schuldgefühle sind das Schlimmste. Schon bei einem normalen Todesfall ist das so, und bei einem Mord natürlich zehnfach. Weil du fragst dich als Roswitha, hab ich das Unglück ausgelöst? Würde er noch leben, wenn ich nicht wäre? Diese Fragen nagen an dir, Ratte nichts dagegen.

Dabei hat ihr niemand die Schuld gegeben, das war das Schlimmste. Wenn dir niemand die Schuld gibt, kannst du dich nicht einmal dagegen wehren. Aber nichts, eisiges Schweigen. Die Kripo hat ihr nicht die Schuld gegeben, und die Iris hat ihr auch nicht die Schuld gegeben. Sie hat sich nicht einmal selber die Schuld geben können, weil sie war ja nicht schuld. Jetzt was tust du mit so einer Schuld? Wenn du finanziell verschuldet bist wie die Iris, kannst du zur Schuldnerberatung gehen. Schuldnerberatung ist viel leichter als Schuldberatung. Schulden kannst du zurückzahlen, aber Schuld nicht immer rückzahlbar. Besonders wenn der andere tot ist. Das ist, wie wenn du ein Paket für den Nachbarn annimmst. Wem gibst du das dann, wenn der Nachbar tot ist? Wenn die Schulden dich erdrücken, gehst du in Privatkonkurs. Wie die Iris. Aber wo ist der Privatkonkurs für die Schuld? Und siehst du, da hilft es, wenn du nichts isst. Ob du es glaubst oder nicht, je länger die Roswitha nichts gegessen hat, umso leichter ist ihre Schuld geworden. Weil der Hunger hilft gegen das Nagen.

»Ich mach dir etwas«, hat die Iris nicht lockergelassen und die Hand schon am Kühlschrank gehabt.

»Nein! Ich mach mir schon was.«

Die Roswitha hat die Iris vom Kühlschrank weggedrängt, sprich letzte Bastion, und die Frau im Haus bin immer noch ich.

»Woran haben Sie eigentlich bemerkt, dass eingebrochen worden ist?«, hat der Brenner die Geduld verloren. »Das Türschloss ist in Ordnung, weggekommen ist Ihnen auch nichts.«

Aber keine Chance. Die Iris ist ihm in den Rücken gefallen und hat zur Roswitha gesagt: »Wir essen eine Kleinigkeit mit dir.«

»Ja, aber lass es mich machen«, hat die Roswitha gestresst gesagt. Und dem Brenner ist vorgekommen, dass sie durch diesen Stress ein bisschen von ihrer gespensterhaften Schönheit verloren hat.

Aber die Roswitha hochsensibel, der muss das aufgefallen sein, weil sie hat den Brenner entschuldigend angelächelt. »Der Vater von der Iris war genauso heikel mit dem Kühlschrank wie ich. Er war der Einzige, der das verstanden hat. Die wahnsinnige Energieverschwendung.«

Sie hat dem Brenner dann erklärt, dass die Leute immer die Kühlschranktür zu lange offen lassen. Weil durch die Tür entweicht die Kälte. Und Kälte ist Strom, und Strom ist Geld.

Der Brenner Verständnis für die Kühlschrankfrage geheuchelt. »Sie haben aber eh einen modernen Umweltkühlschrank. Ich hab auch so einen daheim mit den Sternen. Da sparen Sie viel. Die alten Kühlschränke waren schlimm.«

»Das nützt gar nichts«, ist sie ihm regelrecht über den Mund gefahren. Mit einem entsetzten Schaudern in der Stimme hat sie gesagt: »Der moderne Kühlschrank spart zwar Strom. Aber die Ersparnis ist sofort weg, wenn man die Tür lang offen lässt. Da ist der ganze Umweltkühlschrank sinnlos. Die Leute machen die Tür auf, und dann fangen sie erst an mit dem Überlegen. Was will ich eigentlich? Da ist schnell das Doppelte an Energie heraußen, die man vielleicht mit dem Umweltkühlschrank hereinbringt. Das ist total sinnlos alles.«

Der Brenner hat sich nur im Stillen gedacht, gut, dass die Kripo noch nicht da ist, der Kopf würde verrückt, wenn er so lange auf das Essen warten müsste.

»Eigentlich sollte ja ein Kühlschrank gar nicht geöffnet werden. Im Idealfall«, hat die Roswitha gelächelt. »Physikalisch betrachtet!«

Und da hat der Brenner sich zum ersten Mal Sorgen gemacht, dass die Roswitha vor Trauer verrückt geworden sein könnte. Weil das hat er als Kripomann mehr als einmal erlebt. Und seit dem Tag, wo ihm als junger Kripomann klar geworden ist, dass der Mensch vor Trauer verrückt werden kann, hat er auch mit den Verrückten im Alltag mehr Geduld gehabt und sich gedacht, vielleicht steckt ein Trauerfall dahinter. Natürlich nicht bei jedem, weil so viele Trauerfälle gibt es gar nicht, wie du in Wien Verrückte siehst, aber du weißt es eben nicht, welcher ist der Trauerfall, und welcher ist aus reiner Bosheit verrückt geworden.

»Mein Vater war genauso«, hat die Iris geseufzt. »Der

hat getan, als müsste man wegen mir drei Atomkraftwerke bauen, nur weil ich mir was aus dem Kühlschrank nehme. Oder gar aus dem Tiefkühler!«

Die Roswitha hat genickt. »Da ist es am allerschlimmsten«, hat sie noch einmal Partei ergriffen für ihren ehemaligen Zukünftigen. »Die Leute ahnen ja gar nicht, wie viel Strom der frisst. Je tiefer die Temperatur, umso mehr Strom. Besonders wenn es draußen sehr warm ist. Im Sommer! Und dann öffnen sie den Tiefkühler –«, die Roswitha hat jetzt den dummen Blick der Energie-Deppen nachgeäfft, »und schauen einmal hinein: Was haben wir denn da?«

»Jetzt essen wir aber trotzdem was«, ist die Iris ihr in die Parade gefahren.

Die Roswitha hat aber die Iris nicht beachtet, sondern zum Brenner gesagt: »Nur weil Sie vorher gefragt haben, woher ich wissen will, dass bei mir eingebrochen worden ist. Ich weiß immer ganz genau, was wo liegt in den Tiefkühlladen. Da muss ich überhaupt nicht schauen. Da hab ich einen hundertprozentig genauen Plan im Kopf.«

Der Brenner hat genickt, quasi: Das ist bei mir genauso.

Mit einem derart entschlossenen Ruck, als ginge es um die Wohnungserstürmung durch eine Sondereinheit für Terrorbekämpfung, hat die Roswitha die Tür vom Tiefkühler aufgerissen. Weil ob du es glaubst oder nicht, durch den Einbruch ist zwar nichts weggekommen, aber es ist etwas dazugekommen. »Ich hab eine hundertprozentige Ordnung in den Schubladen. Das seh ich doch auf den ersten Blick, wenn etwas nicht stimmt.«

Der Brenner hat es nicht glauben können, wie lang sie die Tür offen gelassen hat, ohne etwas herauszunehmen. Sie ist nur dagestanden und hat ihm trotzig erklärt: »Sie haben mir ja am Telefon eingeschärft, dass ich nichts anrühren darf.«

»Das war mein Kollege«, hat der Brenner behauptet. »Jetzt, wo ich da bin, können Sie es mir schon geben.«

Die Roswitha überrascht geschaut und mit einer blitzschnellen Bewegung eine Tiefkühlbox aus der obersten Schublade geholt. Die Tiefkühlertür hat sie immer noch nicht zugemacht. Das war aber nicht der Grund dafür, dass dem Brenner auf einmal so kalt geworden ist. Es hat ihn gefröstelt, weil er begriffen hat, dass ihm die Roswitha ein menschliches Herz hinhält.

Und in dem Moment, wo der Brenner kapiert hat, dass statt dem Geliebten nur sein Herz bei der Roswitha eingezogen ist, hat es an der Wohnungstür geklingelt.

9

Nach dem dritten Klingeln hat die Roswitha sich noch immer nicht von der Stelle gerührt. Sie hat nur genervt den Kopf geschüttelt. »Ich soll immer nur die Pakete für die Nachbarn annehmen«, hat sie dem Brenner erklärt. »Das mach ich nicht mehr. Ich bin schon froh, wenn mir keiner was in meinen Tiefkühlschrank legt.«

Die Iris hat die Hand nach der Kühlbox ausgestreckt. Im ersten Moment hat der Brenner gemeint, er muss sie vor dem Anblick bewahren, weil immerhin ihr Vater, aber es hat nicht viel anders ausgeschaut als andere Tiefkühlbrocken, ein Rindfleisch oder ein Lamm, jetzt hat er es sie doch anschauen lassen.

»Ich hab sofort gewusst, dass mir die Dose jemand hineingelegt hat«, ist die Roswitha wieder zu ihrem Lieblingsthema zurückgekehrt. »Auf den ersten Blick seh ich das. Da kann mir keiner was erzählen. Ich weiß alles. Genau, wo ich es hingeräumt habe. Da hab ich einen Plan im Kopf.«

Richtig stolz hat sie das gesagt, ich möchte fast sagen, triumphierend, weil du übertünchst als Mensch gern mit der großen Freude, dass du es sofort gewusst hast, den großen

Schock, dass dir jemand das Herz deines Geliebten in den Tiefkühlschrank gelegt hat.

Die Iris den Zettel herausgefischt, der dem Kühlgut beigelegt war, und laut vorgelesen: »Da hast du es. Sein Herz gehört dir.«

Die Handschrift ihrer Mutter hat sie natürlich sofort erkannt. Dieses »r«, das sich immer so an den vorhergehenden Buchstaben gelehnt hat, dass sie statt »Herz« fast »Haz« gelesen hätte. Aber ich glaube, das war es nicht, worüber die Iris gelacht hat. Ihr galliges Auflachen ist mehr in die Richtung gegangen: Das hätte ich mir ja fast denken können, dass meine Eltern noch eine kleine Überraschung für mich parat haben. Und weil es schon wieder geklingelt hat, ist sie zur Sprechanlage im Vorzimmer und hat gefragt, wer da ist.

»Die Polizei steht vor der Tür«, hat die Iris gemeldet.

»Die Polizei?«, hat die Roswitha erstaunt gefragt und ihren Blick aus der unendlichen Ferne tiefgekühlter Welten zurück auf den Brenner gerichtet: »Ich hab geglaubt, Sie sind die Polizei?«

»Nein, ich hab nur die Iris begleitet.«

»Ich hab bei der Polizei angerufen«, hat die Roswitha gesagt. »Sind Sie nicht die Polizei?«

»Ich war einmal bei der Polizei«, hat der Brenner versucht, sie zu beruhigen. »Ich kenne die Kollegen, die jetzt kommen.«

Da hat die Iris schon den Kollegen mit der linken Hand die Tür aufgesperrt, weil in der rechten hat sie ja immer noch die Tiefkühlbox gehalten. Zuerst noch den Schlüssel in die falsche Richtung gedreht, wenn du mit der falschen Hand sperrst, drehst du leicht einmal in die verkehrte Richtung, aber dann ist die Polizei schon hereingewachsen.

Der Savic und der Kopf natürlich dumm geschaut, dass

die Iris ihnen die Tür aufsperrt. Aber sie haben versucht, sich nichts anmerken zu lassen, weil stumpf schauen trainierst du schon am ersten Schultag in der Polizeischule. Das Einzige, was der Kopf und der Savic wissen wollten, war, ob sie die Schuhe anlassen dürfen.

»Dürfen die Polizisten die Schuhe anlassen?«, hat die Iris Richtung Wohnzimmer gefragt.

»Nein, bitte nicht«, hat die Roswitha gerufen. »Es ist so viel Dreck auf der Straße.«

Der Kopf und der Savic brav gefolgt und in Socken hereingekommen. Da kannst du dir vorstellen, was für angefressene Blicke der Brenner von ihnen geerntet hat, weil er seine Mistplatzschuhe angehabt hat.

»Mahlzeit«, hat der Brenner zur Begrüßung gesagt, weil er wollte ihnen gleich klarmachen, dass er weiß, wo sie herkommen. Ihm ist sogar vorgekommen, dass der Kopf im linken Mundwinkel noch einen Hauch von Sauce gehabt hat, vielleicht von einem Gulasch oder auch von einem Curry oder Spaghetti mit Tomatensauce.

Die Iris hat ihnen gleich die Tiefkühlbox hingehalten: »Das ist das Herz von meinem Vater. Jemand hat es ihr in den Tiefkühler gelegt.«

Jetzt natürlich. Die Blicke der beiden Kripomänner binnen weniger Sekunden drei Bände gesprochen. Erster Band: Angefressenes Nichtglauben. Zweiter Band: Schockiertes Glauben. Dritter Band: Vorwurfsvolles Nichtglaubenwollen. Die vorwurfsvollen Blicke der beiden Kripomänner sind im Kreis gegangen, Ringelspiel nichts dagegen. Die Iris haben sie böse angeschaut, sprich: Was hast du das Beweisstück in der Hand zu halten mit deinen dreckigen Fingern? Den Brenner haben sie böse angeschaut, sprich: Was hast du überhaupt hier zu suchen mit deinen dreckigen Mistschuhen? Und wenn du nicht weißt, wem du den größeren Vorwurf machen sollst, trifft es natürlich immer den Falschen, jetzt grantelt der Savic ausgerechnet die Roswitha an: »Und das haben Sie heute erst gefunden?«

Aber an der Roswitha ist der freche Tonfall abgeperlt wie nichts.

»Ich hab ja die ganze Woche nichts gegessen«, hat sie unbeeindruckt geantwortet. »Und wie ich gestern doch einen Anlauf nehmen wollte, hab ich sofort gesehen, dass jemand in meinen Tiefkühlschrank eingebrochen ist. Da ist mir erst recht der Appetit vergangen, und ich hab gleich wieder die Tür zugemacht.«

»Und was macht der Herr Brenner da?«, hat der Savic den Brenner gefragt. »Spuren verwischen?«

Aber nicht einmal eine Antwort abgewartet, sondern sofort zur Iris: »Woher wollen Sie wissen, dass es das Herz von Ihrem Vater ist?«

»Es ist ein Zettel dabei«, hat die Iris gesagt.

»Ein Zettel?« Der Kopf hat das so angefressen wiederholt, als würde die Iris ihn verarschen. Er hat nicht ahnen können, dass durch das genervte Mundverziehen der Saucenrest in seinem Mundwinkel noch mehr zur Geltung gekommen ist. »Und den haben Sie auch in die Hand genommen? Das ist ja schon vorsätzliche Beweismittelverfälschung!«

»Mach dich nicht lächerlich«, hat der Brenner gesagt. »Ihr hättet ja ausnahmsweise vor dem Mittagessen zum Tatort fahren können.«

Der Kopf hat ihr den Zettel aus der Hand gerissen, Motto: Jetzt ist es auch schon egal.

»Das ist die Handschrift meiner Mutter.«

»Da hast du es«, hat der Kopf leise vorgelesen und dann die Stirn gerunzelt. »Sein Haz gehört dir.«

»Sein Herz«, hat die Iris korrigiert.

»Ja. Sein Herz gehört dir.« Der Kopf hat einen entsetzten Blick mit dem Savic gewechselt und dann die Iris streng angeschaut: »Sind Sie sicher, dass es die Handschrift Ihrer Mutter ist?«

»Sicher bin ich sicher«, hat die Iris gesagt. Sie war so angefressen über diese Behandlung durch die Kripo, dass ihr noch herausgerutscht ist: »Aber vielleicht ist es ja auch die Schrift vom Weihnachtsmann.«

»Natürlich ist das die Handschrift von der Magdalena«, hat die Roswitha gezischt. »Wer soll mir das Herz denn sonst in den Tiefkühler gelegt haben!«

»Aber wie ist sie hereingekommen?«, hat der Kopf gefragt.

»Ja, wie wird sie schon hereingekommen sein!«, ist die Roswitha auf einmal richtig rabiat geworden. »Der Weihnachtsmann wird ihr nicht aufgesperrt haben!«

Siehst du, das hat ihr gefallen, wie die Iris das mit dem Weihnachtsmann gesagt hat. Aber dann hat sie es dem Kopf doch noch vorbuchstabiert: »Sie wird eben seinen Schlüssel verwendet haben. Er hat ja meinen Wohnungsschlüssel gehabt. Ein Toter kann sich nicht dagegen wehren, dass man ihm den Schlüssel abnimmt.«

Der Kopf hat genickt und gleichzeitig skeptisch geschaut, quasi: Ich lasse das einmal vorläufig als These gelten.

»Wir müssen jetzt sowieso die Spuren sichern, sofern überhaupt noch was zu finden ist«, hat der Savic gesagt und dem Brenner und der Iris gedeutet, dass sie sich schleichen sollen.

»Wir sprechen uns später«, hat der Kopf zum Brenner gesagt.

»Ich bin jederzeit erreichbar.«

Er hat es nur so gesagt, um möglichst unbeeindruckt zu

wirken. Jederzeit erreichbar, das sagt man schnell einmal gedankenlos. Und schließlich hat er nicht wissen können, dass er nur ein paar Stunden später viel dafür gegeben hätte, wenn es wahr gewesen wäre.

10

Am meisten hat mir imponiert, wie die Iris sich gegen den ganzen Wahnsinn gestemmt hat, der über sie hereingebrochen ist. Im Grunde hast du in so einer Situation nur zwei Möglichkeiten. Entweder du verlierst den Verstand oder Flucht nach vorn, und ich lass mir mein Leben nicht wegnehmen. Ich sag das nur, weil man oft Leute verurteilt, dass sie zu wenig Trauer zeigen, womöglich das Trauerjahr auf einen Trauermonat verkürzen oder im Fall der Iris: Trauerwoche. Aber ich möchte nicht, dass sich irgendwer über die Iris das Maul zerreißt, nur weil sie am selben Abend, wo sie das Herz ihres Vaters in der Hand gehalten hat, dem Praktikanten aufgelauert hat. Gerade nach so einem Erlebnis willst du nicht allein sein, und sie hat sich am Abend einfach zur Ausfahrt vom Mistplatz gestellt und gewartet.

Aber wie er endlich herausgekommen ist, hätte sie sich ihm fast vor das Rad werfen müssen. Weil der Praktikant ist mit seinem Fahrrad herausgeschossen, das glaubst du nicht. In letzter Sekunde hat er aber doch freiwillig gebremst.

»Gehst du mit mir schwimmen?«, hat die Iris gefragt.

»Ich kann nicht schwimmen.«

»Dann wird es Zeit, dass du es lernst.«

»Nein, ich kann eh schwimmen«, ist der Praktikant gleich wieder seriös geworden. »Aber ich hab mir schon was ausgemacht.«

»Was tust du denn?«

»Du, ich hab's leider eilig. Aber wir können ein anderes Mal schwimmen gehen.«

»Ich will aber heute.«

»Heute geht nicht«, hat er ihr geduldig erklärt. »Ich hab Yoga.«

Und siehst du, da hat die Iris sich gesagt, gegen Yoga hilft nur Gewalt, und ist mit ihrer Neuigkeit herausgerückt. »Das Herz von meinem Vater ist aufgetaucht.«

Sicher könnte man sagen, es ist ein bisschen ding, wenn man gerade noch das Herz vom eigenen Vater in der Hand gehalten hat, und schon verwendet man es, um den Praktikanten zu erpressen. Aber umgekehrt könnte man auch sagen, wenn du schon keinen lebenden Vater mehr hast, der dich unterstützen kann, darfst du auch einmal ein bisschen Mitleid schinden.

»Tut mir leid«, hat der Praktikant gesagt.

»Das braucht dir nicht leidtun. Er war ja sowieso schon tot.«

»Ich bin Buddhist«, hat der Praktikant gesagt. »Ich glaub nicht an den Tod.«

»Du glaubst an den Kreislauf, oder?«

»Ja sicher.«

»Und man soll sich nicht so anklammern an seine irdischen Yogatermine, stimmt's?«

Der Praktikant hat gelacht. »Das heißt aber nicht, dass ich jetzt mit dir schwimmen gehen muss. Ich muss wirklich weiter. Die Leute warten auf mich.«

»Ich trau mich nicht mehr in meine Wohnung«, hat die

Iris behauptet, obwohl es überhaupt nicht gestimmt hat. Erstens war das Herz nicht in der Wohnung, sondern bei der Kripo, zweitens hat sie schon die ganze Woche in der Wohnung geschlafen.

»Bei mir kannst du leider nicht schlafen«, hat der Praktikant gesagt. »Ich hab nur ein Bett. Aber wenn du willst, schau ich am Heimweg auf einen Sprung bei dir vorbei. Wir können auch ein Ritual machen. Würde dir das was bringen?«

»Voll!«

Sie hat ihm die Adresse gesagt, und er hat versprochen, dass er um neun bei ihr ist, weil bis halb acht Yoga, und danach muss er noch einem Bekannten mit einem Computerproblem helfen.

Die Iris ist dann heim und hat sogar etwas Vegetarisches gekocht, aber um neun kein Praktikant, um halb zehn kein Praktikant und um zehn, wie das Essen schon lange wieder kalt war, immer noch kein Praktikant. Ob du es glaubst oder nicht, um halb elf hat es bei ihr an der Tür geklingelt. Er hat getan, als wäre nichts, und nur nebenbei erwähnt, dass der Computer ihn gefuchst hat.

Die Iris hat ihm das kalte Essen hingestellt, und der dünne Praktikant gegessen für drei, da hätte man glauben können, der war in seinem früheren Leben irgend so ein Tier, das nur zweimal im Jahr frisst. Und geredet hat er nicht viel, weil konzentriertes Kauen. Die Iris auch nichts geredet, weil gekränkt.

»Warum isst du nichts?«, hat der Praktikant sie gefragt.

»Ich ärgere mich, dass du so spät kommst und dich nicht einmal entschuldigst.«

»Ich wollte mich ja entschuldigen«, hat der Praktikant gesagt.

»Du wolltest dich entschuldigen? Und warum sagst dann nichts?«

Und dann hat die Iris wirklich einmal etwas gelernt. Pass auf, es sind nicht immer das die verständnisvollen Menschen, die sich sofort entschuldigen. Es kann auch einmal umgekehrt sein. Weil der Praktikant hat ihr erklärt, er wollte sie nicht mit dem Thema deprimieren, und er wollte sie vor allem nicht damit belasten, wer mit dem Computerproblem zu ihm gekommen ist. Und vor lauter Aufpassen, dass er nichts Falsches sagt, hat er dann eben gar nichts gesagt.

Natürlich wollte die Iris jetzt erst recht wissen, wer zu ihm gekommen ist.

»Der Fahrer vom Tobias.«

»Der Herr Nguyen?«

»Ja genau.«

Der Praktikant hat ihr erzählt, dass sein Chef den Herrn Nguyen mit einer alten Festplatte zur Schredderfirma Reisswolf geschickt hat. Aber der Herr Nguyen hat die Festplatte vom Chef nicht schreddern lassen, weil vielleicht kann er noch was lernen über Buchhaltung und Firmentricks, wenn er sich einmal selbständig macht.

Und jetzt der Praktikant nicht mehr aufgehört mit dem Reden. Dass er es schon fragwürdig findet, die Daten zu stehlen, aber andererseits werden die Fahrer von den Transportfirmen so ausgenutzt, dass er dem Herrn Nguyen doch gern helfen würde, wenn er sich selbständig machen will.

»Außerdem sind die alten Computer und Handys eine wahnsinnige Umweltbelastung. Insofern bin ich auch gegen das Schreddern. Alles wird geschreddert, und dann wird der Müll auf Weltreise geschickt.«

»Kann man es nicht recyceln?«, hat die Iris gefragt und ein Gähnen unterdrückt.

»Das meiste ist ja gar nicht recycelbar«, hat der Praktikant ihr erklärt. »Es wird nur klein gehackt und dann irgendwohin verschifft nach Malaysia oder so und dort ins Meer gekippt.«

Wie ein Wasserfall hat der Praktikant auf einmal geredet, über die uninteressantesten Dinge, die es auf der Welt gibt, sprich Computer. Obwohl der Iris schon die Augen zugefallen sind, hat er ihr erklärt, wie man es versuchen könnte, die Daten wiederherzustellen.

»Fragwürdig ist es schon«, hat er immer wieder gesagt. »Wenn jemand etwas gelöscht hat, ist es ja seine Entscheidung. Andererseits. Nichts ist endgültig gelöscht.«

»Das hat ja auch etwas Buddhistisches«, hat die Iris gesagt, nur damit sie irgendwas sagt. »Alles taucht wieder auf.«

»Das ist schon etwas anderes«, hat der Praktikant gelächelt und ihr ganz genau erklärt, wie man es machen müsste, damit man etwas findet. Aber das Blöde war, er hätte dafür an den zentralen Firmencomputer herankommen müssen.

Dann hat er geschwiegen und nachgedacht.

»Was denkst du?«, hat die Iris gefragt.

»Wie ich an den Computer vom Tobias herankommen könnte. Und was denkst du?«

»Willst du es wirklich wissen?«, hat die Iris gefragt.

»Ja sicher.«

Sie hat es ihm aber nicht gesagt, was sie gedacht hat. Sie hat es ihm gezeigt.

11

Aber interessant, wie stark die körperliche Annäherung zwischen zwei Menschen vom Tempo abhängt, also ob es angenehm ist oder unangenehm. Weil bei der Iris und dem Praktikanten sanftes Tempo, angenehme Gefühle. Und schau dir jetzt den Brenner an. Der ist durch eine sehr schnelle und unsanfte Annäherung um vier Uhr früh aus dem Schlaf gerissen worden.

Normalerweise glaubt man ja, »aus dem Schlaf gerissen« bedeutet, dass man danach wach ist. So ist es auch meistens. Aber nicht immer. Weil im Prinzip kannst du auch von einem Schlaf in einen noch tieferen befördert werden. Aus dem Schlaf gerissen, ja, aber in die Gegenrichtung. Es klingt nicht schön, aber du kannst auch im Schlaf bewusstlos geschlagen werden. Wie es zum Beispiel dem Brenner in dieser Nacht gegangen ist. Der ist um vier Uhr früh mit einem acht Kilo schweren Metallgegenstand aus dem Tiefschlaf in die Bewusstlosigkeit befördert worden.

Wie der Brenner nach ein paar Minuten zu sich gekommen ist, hat er sich als Erstes über die Handschellen gewundert und als Zweites darüber, dass er die Person nicht hereinkommen gehört hat. Aber nach und nach ist es ihm klar geworden. Er hat sich erinnert, dass ihm beim Einschlafen seine aufgerissene Hand auf einmal Probleme gemacht hat. Den ganzen Tag nicht weh getan, aber natürlich beim Einschlafen muss sie damit anfangen. Und du darfst eines nicht vergessen. Der Brenner von klein auf eine übertriebene Angst vor Blutvergiftung, oder genauer gesagt seit der dritten Klasse Volksschule. Weil sein Banknachbar ein wahnsinnig guter Raufer gewesen, der Rudi, aber die Hand hat er sich am Hasengitter aufgerissen. Und vor lauter Ein-Indianer-kennt-keinen-Schmerz der Rudi den blauen Streifen übersehen.

Seither hat der Brenner einen rostigen Nagel mehr gefürchtet als jede Pistolenkugel, die a) sauber ist und b) meistens danebengeht. Da ist die Gefahr in einer Zehntelsekunde vorbei. Ein rostiger Nagel wartet hundert Jahre auf dich, und früher oder später bleibst du daran hängen. Mit garantierter Blutvergiftung. Dass er sich ausgerechnet an dem Tag, wo das Herz vom Schall aufgetaucht ist, so in die Blutvergiftung hineingesteigert hat, ist natürlich schon auffällig. Umgekehrt hat er wegen der Blutvergiftung nicht aufhören können, an das Herz und an die Mutter der Iris zu denken. Statt einzuschlafen, hat er abwechselnd den blauen Streifen gesucht und sich Gedanken über die Frau Schall gemacht. Wie das möglich war, dass sie so einen Hass entwickelt hat.

Bis es ihm zu blöd geworden ist. Um Viertel nach eins ist er aufgestanden und hat sich eine der Schlaftabletten aus dem Medikamentenschrank geschnappt. Eine große Hausapotheke haben die nicht gehabt, und das hätte dem Brenner eigentlich zu denken geben müssen. Wo sind die ganzen Medikamente, die du normalerweise in so einem Haushalt findest? Und siehst du, das ist eben an dem riesigen Schminkkoffer gelegen, den die Frau Rossi letzte Weihnachten von ihrem Schönheitschirurgen bekommen hat. Weil da hat neben den Schönheitssachen auch die komplette Hausapotheke hineingepasst. Darum war der Koffer ja so schwer, dass sie den Fremden in ihrem Bett, der von ihrer besten Schlaftablette schon halb im Koma gelegen ist, damit fast tot geschlagen hätte.

Ein bisschen hat die Wut in ihrem Schlag vielleicht auch ihrem Mann gegolten. Dem Doktor Rossi. Du musst wissen, die beiden haben im Urlaub gestritten, und das ist natürlich nichts Besonderes, weil Urlaub ursprünglich sogar von den Scheidungsanwälten erfunden, quasi Geschäftsidee. Die ersten Urlaubstage waren noch ganz nett, und vielleicht wäre es ja noch einmal gut gegangen, wenn der neue Tesla nicht gewesen wäre. Mit dem batterieschonenden Fahren hat es angefangen, und auf einmal hat ihr Mann überhaupt geglaubt, er muss ihr das Autofahren neu beibringen. Auf dem Weg zum Hafen, den sie schon tausendmal gefahren ist, hat sie sich zwei Mal von ihm sagen lassen, dass sie die Spur wechseln soll, ein Mal, dass sie blinken soll, dann ein Mal, dass sie hier nicht blinken braucht, dann der tägliche Vortrag, wie genau sie beim Tesla Gas geben soll. Dass sie hier parken soll, war das Letzte, was sie von ihm gehört hat, nein, das Vorletzte. Das Letzte war, dass sie doch besser die andere Parklücke nehmen soll.

Sie hat ihn dann ganz freundlich am Parkplatz aussteigen lassen, und wie er sich an der Hafenmauer nach seiner Frau umgedreht hat, ist ihm die Lade hinunterfallen, frage nicht. Weil Auto weg und Frau weg. Gottseidank hat sie von der Ausfahrt aus im Rückspiegel noch sein dummes Gesicht gesehen. Im Hotel hat sie nur mehr ihr Gepäck geholt, und der nächste Stopp war erst drei Stunden später, weil letzte Gelegenheit auf der Heimfahrt, noch einmal ins Meer zu hüpfen. Und ob du es glaubst oder nicht, das war der schönste Nachmittag am Meer seit vielen Jahren. Sie ist erst nach dem Abendessen weitergefahren, weil was kostet die Welt. Und die Batterie war aufgeladen bis zum Anschlag.

Aber erst wie sie um vier Uhr früh ihre Haustür aufsperren wollte, ist ihr aufgefallen, dass sie die Schlüssel nicht mitgehabt hat. Die Wohnungsschlüssel hat ja nur er in den Urlaub mitgenommen, ihre waren in der Wohnung, unter uns gesagt, die Brennerschlüssel. Sprich Schlüsseldienst, nach Mitternacht bitte fünfhundert Euro in bar und im Voraus. Die Schuld daran hat sie genauso ihrem Mann in die Schuhe geschoben wie das Flaschengeschepper beim Öffnen der Wohnungstür. Der verdammte Rotweindegustierer hat nicht einmal seine Flaschen zum Altglas getragen!

Wenn du dann mit dieser Stinkwut ins Schlafzimmer kommst, wo auf der Rossi-Seite ein Fremder liegt, und du hältst gerade deinen acht Kilo schweren Schminkkoffer in der Hand, kann es schon passieren, dass man dem Eindringling einmal den Schönheitskoffer auf den Kopf haut. Sie hat ja Beautycase dazu gesagt, aber das hat für den Brenner in der Situation, wo er vom Tiefschlaf direkt in die Bewusstlosigkeit gesunken ist, keinen Unterschied gemacht. Für ihn hat die Schönheit überhaupt nicht gezählt, weil nur die Wut gezählt. Die Wut, die diese Frau schon gehabt hat, bevor sie ihn entdeckt hat. Die Urlaubswut. Und die zwölfjährige Ehewut. Eine zwölf Jahre aufgestaute Ehewut hat sich auf den Mann auf der rechten Bettseite entladen. Und zusätzlich noch Wut über den vergessenen Schlüssel, Wut auf den Schlüsseldienst, da war die Wut auf den Fremden im Schlafzimmer schon fast nur noch eine bessere Nebenwut. Nur so kann ich mir die brutale Reaktion der

Frau Rossi erklären. Weil die Frau Rossi sonst nie körperliche Gewalt. Aber der Brenner hat sie eben gerade im falschen Moment kennengelernt, wo sie schon vorher bereit war, den nächstbesten Mann, der ihr unterkommt, zu erschlagen.

Und du darfst eines nicht vergessen. Am allergrößten war ihre Wut auf die Handschellen, die ihr Mann immer gebraucht hat, damit er im Bett überhaupt noch was zusammengebracht hat. Die waren auch in dem Schönheitskoffer, und mit denen hat sie den Bewusstlosen jetzt ans Bett geschnallt. Ihre Finger haben aber so gezittert, halb von der Aufregung, halb von der Kraftanstrengung beim Schlag, dass sie ihm versehentlich seinen Verband von der rechten Hand gerissen hat.

Und das war das Erste, was der Brenner wieder mitgekriegt hat. Im Aufwachen hat er sie fluchen gehört über das Blut, das von seiner Hand auf das Bett getropft ist.

»Tut mir leid«, hat der Brenner gesagt, quasi Begrüßung.

Ganz beim Zeug war er noch nicht, aber sogar in seinem Aufwachtaumel hat er schnell begriffen, dass ein »Tut mir leid« auf jeden Fall kein Fehler ist. Und dann war er auch gleich hellwach. Er hat es nicht glauben können, dass er sich in diese Lage gebracht hat. Übertölpelt wie ein Anfänger. Und noch dazu von dieser Frau, die er im Fotoalbum so bewundert hat, und er hat sich immer gefragt, wie so eine Naturschönheit ausgerechnet einen Schönheitschirurgen heiraten kann.

Sein Kopf hat gepocht, und die Hand hat gepocht. Er wollte gleich schauen, ob sich ein blauer Streifen gebildet hat, weil ihm ist sofort wieder der Rudi eingefallen, wo sie sogar beim Begräbnis noch gesagt haben, es war keine Blutvergiftung. Aber der Brenner ist so blöd gelegen, dass er nur seinen Oberarm gesehen hat, also bis zur Armbeuge. Die war wenigstens noch nicht blau. Vielleicht hat man das Blaue aber nur unter dem verschmierten Blut nicht gesehen. Angefühlt hat es sich gar nicht gut. Weil wie kann etwas gleichzeitig völlig gefühllos sein und wahnsinnig weh tun? Das Einzige, was ihn getröstet hat, war der Schmerz in der anderen Hand. Weil die andere Hand hat ihm genauso weh getan, jetzt hat er gehofft, es kommt einfach von den zu engen Handschellen.

Aber du darfst eines nicht vergessen. Wenn die Handschellen zu eng sind, können die Hände auch absterben. Das haben sie einmal bei einer Verhaftung fast übersehen. In Linz, dem haben sie die Handschellen zu fest zugemacht, der hat in seiner Zelle geschrien, frage nicht. Und wie sie es dann endlich gehört haben, weil sie haben drei Zimmer weiter Karten gespielt, war es fast zu spät. Sie hätten es fast nicht mehr vertuschen können! Es hat ihnen dann auch furchtbar leidgetan, weil gerade als Kartenspieler bist du sensibel dafür, wie wichtig die Hände sind.

Aber so ist es im Leben. Einmal bist du der Kartenspieler, einmal bist du der mit den zu engen Handschellen. Der Brenner hat seine ganze Hoffnung auf das Eintreffen der Polizei gesetzt. Er hat sich gesagt, mit einem guten Anwalt werde ich da nicht so viel Strafe ausfassen, ich werde einfach mit der Wohnungsnot argumentieren, und kaputt gemacht habe ich nichts. Im Gegenteil, ich hab ihr ja sogar den lockeren Pfannengriff angeschraubt und die Messer geschliffen.

Die Frau Rossi muss aber auch einen Schock gehabt haben. Nicht nur der Brenner Schock, sie auch Schock. Weil sie hat die Polizei nicht gerufen. Ob du es glaubst oder nicht, sie hat zuerst einmal seelenruhig ihren Koffer ausgeräumt und die Waschmaschine eingeschaltet. Da hat der Brenner erst so richtig Angst gekriegt. Weil vor solchen Pedanten, die nach dem Urlaub noch um vier Uhr früh den Koffer komplett ausräumen, muss man sich immer fürchten, frage nicht.

Zur Beruhigung hat er sich gefährliche Situationen in Erinnerung gerufen, die er in seinem Leben schon überstanden hat. Du musst wissen, der Brenner dem Totengräber schon ein paarmal in letzter Sekunde von der Schaufel gesprungen. Er hätte schon fünfmal tot sein können, sechs-, siebenmal auch. Und da zähle ich die weitschichtig Verwandten vom Tod noch nicht dazu. Ein Streifschuss, der dir einen schöneren Scheitel zieht als jeder Friseurweltmeister, zählt da nicht mehr als ein Besuch der Schusswaffenmesse. Weil der Brenner schon Konfliktbewältigung mit richtig schwierigen Zeitgenossen hinter sich gehabt, ja was glaubst du. Da muss man nicht nervös werden, nur weil eine Frau noch schnell ihren Koffer ausräumt, bevor sie die Polizei ruft.

Und wie sie sich dann auch noch geduscht hat, ist er schon wieder optimistischer geworden. Sie hat so lang geduscht, dass es draußen inzwischen hell geworden ist. Vor allem das Föhnen hat eine Ewigkeit gebraucht, weil die langen Haare, das dauert ja immer. Aber dann ist sie endlich wieder in das Schlafzimmer gekommen mit dem Telefon in der Hand. Er hat sich gedacht, wegen den Polizisten hat sie aufgeräumt und sich geduscht, und jetzt wird sie anrufen. Sie wollte nur einen ordentlichen Eindruck machen. Gerade als Opfer willst du der Polizei keine Angriffsfläche bieten. Und vielleicht ist sie so eine Frau, die scharf auf Uniformierte ist, hat der Brenner überlegt. Sind ja viele scharf auf Uniformierte, am meisten die, die es nicht zugeben.

Aber sie hat die Polizei nicht angerufen. Sie hat drei Fotos von ihm gemacht, eines vom Fußende des Bettes aus, ohne Blitz, weil schon genug Tageslicht, eines von der Seite und dann noch Nahaufnahme vom Gesicht. Ausgerechnet die Nahaufnahme hat sie mit Blitz machen müssen. Nicht sehr angenehm, aber das war das kleinste Problem für den Brenner. Nicht einmal die Fotos waren ihm ein richtiges Problem. Soll sie die Fotos in der Welt herumschicken, hat er sich gesagt, ich hab schon Schlimmeres überlebt. Hauptsache, sie ruft endlich die Polizei.

Aber dann hat ihr Mann angerufen, und sie hat abgehoben. Dass es ihr Mann war, hat er an ihrem Tonfall sofort erkannt, weil Eheleute immer Tonfall.

»Ruf nicht dauernd an, ich hab schon sechsunddreißig Anrufe von dir drauf«, hat sie zur Begrüßung gesagt. Dann hat sie ihm ein paar Minuten schweigend zugehört und sich nebenbei ein Glas Wodka eingeschenkt. Der Brenner hat seine winselnde Stimme aus dem Handy gehört, aber verstanden hat er nichts. Er war gespannt, wann sie den Überraschungsgast in der Wohnung erwähnen wird.

»Du kannst tun, was du willst«, hat sie ihn ganz ruhig unterbrochen, »in die Wohnung kommst du nicht mehr. Ich lass heute noch das Schloss austauschen.«

Und aufgelegt. Mein lieber Schwan. Den Brenner mit keinem Wort erwähnt. Er hat sich gedacht, hoffentlich muss das jetzt nicht ich büßen, dass sie sich über ihren Mann geärgert hat.

Sie hat dann auf ihrem Handy herumgesucht, und dann hat sie endlich ihren Anruf gemacht. Aber nicht bei der Polizei, sondern sie hat der Schlüsselfirma eine Nachricht auf die Mailbox gesprochen. Sie braucht dringend das Wohnungsschloss ausgewechselt. Weil bei ihr ist eingebrochen worden.

Der Brenner hat sich gedacht, jetzt wird sie die Polizei anrufen. Und dann kann ich endlich aufs Klo gehen. Darauf freue ich mich am meisten.

Aber sie hat die Polizei nicht gerufen.

12

Aber interessant. Obwohl kein Anruf von der Frau Rossi eingegangen ist, war die Polizei mit dem Brenner beschäftigt. Sein Exkollege Kopf war natürlich gar nicht erfreut, dass der Brenner ihnen bei der Roswitha zuvorgekommen ist und das Herz gefunden hat. Und der Savic langsam Stress gekriegt, weil immer noch keine Spur von der Frau Schall. Darum sind sie gleich am nächsten Morgen auf dem Mistplatz vorgefahren, Motto: Wo darf man hier unangenehme Fragen deponieren?

Normalerweise ist es eine erhöhte Herztätigkeit, die den Menschen Beine macht, aber beim Savic und beim Kopf war es jetzt umgekehrt, die haben von einem toten Herz Füße gekriegt. Das Fahndungsfoto der Frau Schall im ganzen Land verbreitet, Baadermeinhof nichts dagegen. »Steht im dringenden Tatverdacht, am Morgen des 17. September ihren Mann ermordet zu haben. Besondere Kennzeichen: keine.« Sie haben sogar den Polizeigrafiker gezwungen, dass er der Frau Schall verschiedene Frisuren aufsetzt, weil kann man nie wissen, ob die nicht zum Friseur geht, und dann erkennt man sie nicht. Und im Labor haben sie im Halbstundentakt nachgefragt, einmal der Kopf nachgefragt, einmal der Savic nachgefragt. Ob sie schon etwas Genaueres wissen. Weil ja immer noch die Tatwaffe nicht klar, und die hätten sie unbedingt für eine gute Fahndung gebraucht, sprich nicht nur ermordet, sondern mit dem Brotmesser erstochen, mit der Schere, mit der Nagelfeile, mit dem Brieföffner, tausend Möglichkeiten, Linkshänderin, Rechtshänderin, oder womöglich sogar Damenpistole.

Aber das Labor hat sie noch zappeln lassen, weil als Labor bist du immer überbeschäftigt. Jetzt, um nicht beim Warten verrückt zu werden, sind der Kopf und der Savic schnell zum Mistplatz gedüst. Aber da sind sie ihre Aggressionen auch nicht losgeworden, weil der Brenner nicht da. Der Novak hat ihnen nur gesagt, er weiß nichts Genaues, er müsste schon da sein. Und der Udo hat gesagt, vielleicht kommt er heute später. Und der Schmid hat gesagt, vielleicht kommt er heute gar nicht. Und der Praktikant ist selber nicht da gewesen.

Jetzt was machst du in so einer Situation? Du musst irgendwohin mit deiner Energie als Kripomann. Ob du es glaubst oder nicht, sie sind zur Iris gefahren und haben statt dem Brenner die Iris in die Zange genommen. Weil sie haben es nicht mehr geglaubt, dass die Tochter keine Ahnung hat, wo die Mutter sich versteckt. Und jetzt, mit dem Herz in der Hand, mit dem Begleitbrief noch dazu, war es für die Kripo natürlich peinlich, dass sie die Tatverdächtige nicht schon längst gefunden haben. Und doppelt peinlich, weil sie die Iris die längste Zeit nicht ernst genommen haben mit ihrem Hinweis, sie sollten einmal der Roswitha einen Besuch abstatten.

Und wer hat den Fehler büßen müssen? Natürlich die Iris. Der Kopf und der Savic nicht gut zu sprechen auf die Iris. Weil nie bist du einem Menschen so böse, wie wenn du ihm ein Unrecht getan hast. In der Hinsicht sind alle Menschen gleich. Ob das ein kleines Versäumnis ist oder ein Versagen auf der ganzen Linie, ob das eine lässliche Sünde ist oder eine ausgewachsene Schuld, ob das eine außereheliche Sache mit einer Person oder mit der halben Stadt ist, für den Täter gibt es in jedem Fall nur eines: Ein Sündenbock muss her, ein anderer soll es büßen, weil schuld immer die anderen. Und natürlich die Iris schuld, dass die Kripo ihre Mutter immer noch nicht gefunden hat.

Aber jetzt hat die Kripo einen Lauf gehabt. Stell dir vor, sie waren noch gar nicht bei ihr in der Wohnung, sondern gerade erst beim Einparken vor dem Haus, und schon hat die Fahrt zur Iris sich ausgezahlt, weil interessante Beobachtung. Es ist jemand zur Haustür herausgekommen, den sie gekannt haben. Aber nicht die Iris und nicht ihre Mutter. Sondern einer von den Mistlern, der junge Typ mit dem Haarknödel, sprich Praktikant. Das hat die beiden Kieberer schon ein bisschen gewundert, weil wohnt der im selben Haus, oder kennt er die Iris, was ist da los?

Dem Kopf ist aufgefallen, dass der Savic neben ihm ein bisschen verfällt, nicht einmal ein Foto mit seinem Handy hat er gemacht, und sonst der Savic immer sofort Handyfoto. Pass auf, was ich dir sage. Der Kopf hat seinen Kollegen schon länger verdächtigt, dass ihm die Iris gefällt. Der Savic natürlich im polizeilichen Alltag viel zu korrekt, um sich irgendwas anmerken zu lassen. Weder im Umgang mit der Iris noch durch irgendwelche Bemerkungen über sie. Nicht das Geringste! Aber der Kopf eben einfühlsam in solchen Sachen, und neben den groben Schnitzern, die einem Savic nie passiert wären, gibt es auch noch die feineren Signale, eine stimmliche Veränderung, ein Zögern, ein Schnaufen, ein Kratzen, ein Zupfen am Bärtchen, ein Richten der Frisur, ein Tun, als wäre nichts. Oder ein komplettes Verfallen auf dem Autositz, wenn der Praktikant bei der Iris aus der Haustür kommt.

Und jetzt muss ich wirklich sagen, Hut ab vor dem Kriminalbeamten Kopf, wie elegant der es geschafft hat, seinerseits so zu tun, als wäre nichts. Weil um seinen Kollegen nicht bloßzustellen, hat er nur gesagt: »Der kommt heute auch zu spät in die Arbeit.«

Dann nichts wie hinauf zur Iris und Druck machen. Wo ist deine Mutter? Lüg uns nicht an! Der Savic hat ihr jedes Gefängnisjahr einzeln aufgezählt, das der Iris droht, wenn sie eine Mörderin deckt. Der Kopf hat sich gewundert, wie kalt der Savic die Iris behandelt. Das hat gleich wieder seinen Verdacht auf den Kollegen bestärkt, sprich Gefühle verbergen. Er selber hat es von der einfühlsamen Seite probiert, und als Tochter weiß man doch, wo die Mutter ist. Darüber hat die Iris lachen müssen, wie der Mann sich das vorgestellt hat.

Sicher, ihre Mutter hat schon eine Nachricht auf das Handy gesprochen, wo sie der Iris gesagt hat, dass sie sich keine Sorgen machen soll. Sie hat ihr erzählt, dass sie noch nie so schön gewohnt hat, weil Blick aufs Wasser. »Ich schau den ganzen Tag den Schiffen zu«, hat sie ins Telefon gesprochen, »wie sie still über das Wasser segeln, das beruhigt mich. Die großen Ausflugsschiffe gefallen mir auch. Aber die Segelschiffe gefallen mir besonders.«

Aber natürlich war sie nicht so blöd, dass sie die Nachricht abgeschickt hat. Sonst wäre ja sofort die Polizei bei ihr im Zimmer gestanden. Nur hinaufgesprochen hat sie es auf ihr Handy, das hat ihr das Gefühl gegeben, mit ihrer Tochter in Verbindung zu sein.

Für die Iris natürlich auch gut, dass sie diese Nachricht

erst viel später bekommen hat. So hat sie die Kripo besser auf Abstand halten können. Die Stunden mit dem Praktikanten natürlich auch geholfen. Du musst wissen, die Iris auf Wolke sieben nach dieser Nacht mit dem Praktikanten, Seelenwanderung Hilfsausdruck. Sie hat die Fragen der Bullen gar nicht richtig verstanden, weil die Hormone. Die Hormone und die tröstlichen Kräuter, die sie mit dem Praktikanten geraucht hat. Alles haben die Polizisten ausprobiert, guter Bulle, böser Bulle, junger Bulle, alter Bulle, schöner Bulle, väterlicher Bulle, alles umsonst. Die Iris war eine Steherin, alter Häfenbruder nichts dagegen. Das Einzige, was die Iris herausgelassen hat, war, dass ihre Mutter Rechtshänderin war. Dafür haben sich die beiden Kripomänner auch nicht viel kaufen können.

»Mir wäre auch lieber, wenn Sie meine Mutter endlich finden«, hat die Iris den Spieß umgedreht.

Dann ist sie wieder mit der Organmafia dahergekommen, da wäre der Savic fast aus der Haut gefahren. Er ist regelrecht hämisch geworden, wenn man bedenkt, dass es immerhin um den Vater der Iris gegangen ist: »Wollen Sie uns weismachen, dass die Organmafia Ihrem Vater das Herz herausgeschnitten hat, um es seiner Geliebten mit einem Brief Ihrer Mutter ins Tiefkühlfach zu legen?«

Der Kopf blöd gelacht, dafür hat er einen tödlichen Blick von der Iris bekommen, frage nicht. Später hat der Kopf sich manchmal eingeredet, dass er in diesem Moment, wo ihn der tödliche Blick getroffen hat, eine Tausendstelsekunde lang alles durchschaut hat. Dass er in diesen Augen alles gesehen hat, die Zusammenhänge. Aber ich sage, so etwas ist reine Einbildung, im Nachhinein kann man sich das leicht zusammenreimen, aber in der Situation keine Chance.

»Eine Frage hätten wir noch«, hat der Savic gesagt, aber die Frage hat er nicht gestellt.

Der Kopf hat ihm den Gefallen getan und ist für ihn eingesprungen, weil er hat gewusst, der Savic fürchtet die Antwort, also stellt er die Frage für ihn: »Der junge Mistler – der mit dem Haarknödel. Wohnt der auch hier im Haus?«

»Wieso?«

»Weil er vorhin bei der Haustür hinausgerannt ist.«

»Der hat nur die Nacht mit mir verbracht«, hat die Iris geantwortet. »Aber ich glaub, er steht nicht auf Männer. Sonst könnte ich ihn als Liebhaber wirklich empfehlen!«

Mein lieber Schwan. Der Savic hat sich nichts anmerken lassen, aber sein Kollege war für ihn gekränkt. Gebracht hat das natürlich weder dem Savic noch dem Kopf etwas. Was willst du machen, du kannst nicht einen Menschen in Beugehaft nehmen, nur weil er von seinem Liebhaber begeistert ist oder weil er sagt, er weiß nicht, wohin die Tatverdächtige geflüchtet ist. Also haben sie nur noch ein paar sinnlose Fragen gestellt, weil Gesichtwahren immer wichtig, und dann sind sie abgezogen.

Der Kopf hat sich ans Steuer gesetzt und darauf gewartet, dass der Savic endlich seine Tür zumacht.

»Warum fährst du nicht?«, hat der Savic blöd gefragt, obwohl er einen Fuß noch auf dem Asphalt gehabt hat.

»Soll ich mit offener Tür fahren?«

Der Savic die Tür immer noch nicht zugemacht, weil er hat bei offener Autotür besser nachdenken können. Das Ergebnis vom Nachdenkprozess war dann aber nicht so berühmt, dass man dafür unbedingt die Tür offen lassen müsste, hör zu: »Ich weiß, dass sie was weiß.«

»Woher willst du das wissen?«

»Ich spür es.«

»Spüren heißt nichts wissen.«

Aber der Savic nur die Augenbrauen gehoben und gesagt: »Wir müssen die Iris beschatten.«

»Beschatten?«

Der Kopf hat seinen jungen Kollegen besorgt angeschaut. Er wollte nicht, dass der sich in irgendwas verrennt. Bei aller Korrektheit, die Hand hätte er nicht dafür ins Feuer gelegt, dass der Savic die Iris zu 100 Prozent aus beruflichen Gründen beschatten will.

»Das ist aber schon ein bisschen übertrieben«, hat der Kopf protestiert. »Ich hab sonst auch noch was zu tun.«

»Dann mach ich es allein.«

Der Kopf hat überlegt, ob er eine Anspielung machen soll. Ob er seinem feschen Kollegen zeigen soll, dass es ihm schon aufgefallen ist. Wie er die Iris immer anschaut, indem er extra wegschaut. Und immer im falschen Moment abweisend und im falschen Moment freundlich. Aber gerade wie dem Kopf was Gutes eingefallen wäre, eine kleine Gemeinheit, ist die Iris bei der Haustür herausgekommen und zur Straßenbahnhaltestelle gerannt. Die Bim ist schon dahergekommen, und die Iris einen Sechzig-Meter-Sprint hingelegt.

»Die kann ganz schön rennen«, hat der Kopf voll Respekt gesagt, weil er selber nie ein guter Läufer gewesen, da haben sie schon in der Polizeischule alle Augen zudrücken müssen.

»Fahr nach!«

Der Savic war ein bisschen schadenfroh, dass sie jetzt doch zu zweit bei der Beschattung waren, weil Überstürzung der Ereignisse. Aber wie die Iris nach fünf Straßenbahnstationen ausgestiegen ist, hat er die Autotür aufgerissen und war schon draußen im Hupkonzert.

»Verschau dich nicht«, hat der Kopf ihm nachgerufen. Aber er war nicht sicher, ob der Savic es noch gehört hat. Er ist dann einfach zurückgefahren, weil er hat sich gedacht, ich frag einmal im Labor nach, ob sie das Herz vom Schall schon angeschaut haben.

Der Savic hat sich das Handy vors Gesicht gehalten, quasi Tarnung, und ist hinter ihr her. Beschattung natürlich immer eine mühsame Angelegenheit. Die Iris in den Drogeriemarkt hinein und ein Haarshampoo gekauft, der Savic auch in den Drogeriemarkt hinein und einen Swiffer gekauft, weil er wollte schon seit Tagen einen Swiffer kaufen. Du musst wissen, der Savic nicht nur Nussallergie, sondern auch Hausstauballergie und Wohnung immer picobello. Dann die Iris wieder auf die Straße hinaus, und der Savic auch wieder hinaus. Neben dem Drogeriemarkt war eine Einfahrt, und da hat die Iris ihr Handy herausgeholt. Der Savic auf der anderen Straßenseite gewartet und gleich ein paar Wiener Blicke geerntet, sprich: Was hast du da herumzustehen?

Wie die Iris endlich ihr Telefon eingesteckt hat und weitergegangen ist, hat der Savic sie aus zwanzig Meter Entfernung angerufen. Er war nur neugierig, ob sie abhebt. Wenn sie abgehoben hätte, wäre ihm schon irgendwas eingefallen, aber natürlich nicht abgehoben. Sie hat kurz aufs Handy geschaut und es einfach läuten lassen. Das hat den Savic zwar auch nicht weitergebracht, aber wenigstens hat er irgendwas getan. Die Untätigkeit macht dich ja wahnsinnig. Zumindest eine Aktivität. Und fürs Protokoll hat er auch etwas gehabt, weil was schreibst du hinein in ein Beschattungsprotokoll, wo die ganze Zeit nichts passiert, da wirst du zum Nägelbeißer und bist froh um so eine Beobachtung mit präziser Uhrzeit: »11:42. Die beschattete Person verweigert die Entgegennahme des polizeilichen Telefonanrufs.« Er kann ja nicht gut den Swiffer ins Protokoll schreiben.

Ein bisschen gekränkt hat es ihn schon, dass sie nicht abgehoben hat. Und wie die Iris gleich darauf wieder zum Handy gegriffen hat, kurze Hoffnung: Sie ruft mich zurück, aber nichts da. Sein Handy hat nicht geläutet. Dann ist die Iris über die Straße und in der Pizzeria Take Away To Go verschwunden. Zum Glück sind die zwei Tischchen dieser winzigen Pizzeria direkt in der Auslage gestanden, jetzt hat der Savic sie vom gegenüberliegenden Café Babsi aus gut im Blick gehabt. Ehemaliges Café Babsi, muss ich sagen. Weil jahrelang leer gestanden, und jetzt neu eröffnet als Coffee and More. Der Savic war noch nicht im Dienst, wie sie das Café Babsi damals zugedreht haben. Während er beobachtet hat, wie die Iris mit einem Mineralwasser in der Auslage gesessen ist, hat er versucht, sich an die Geschichte zu erinnern, die ihm der Kopf einmal im Vorbeifahren erzählt hat. Aber außer dass es wegen fünfzig Schilling drei Tote gegeben hat, ist ihm nicht mehr viel eingefallen.

Vis-à-vis die Iris die ganze Zeit so suchend aus dem Fenster geschaut, dass der Savic sicher war, sie wartet auf wen. Die Iris bei einem Mineral gewartet, der Savic bei einem Red Bull gewartet. Gewundert hätte es ihn nicht, wenn auf einmal ihre Mutter dahergekommen wäre und mit der Iris eine Pizza gegessen hätte. Und wenn es nicht ihre Mutter ist, auf die sie wartet, dann wartet sie vielleicht auf den Brenner, hat der Savic getippt. Er hat ja nicht wissen können, dass der Brenner seinerseits sehnsüchtig auf ihn wartet oder wenigstens auf einen seiner Kollegen.

Was soll ich sagen, keiner von beiden ist gekommen. Der Brenner nicht und die Frau Schall auch nicht. Nur der Kellner vom Coffee and More ist gekommen und hat den Savic gefragt, ob er etwas essen will, weil jetzt beginnt das Mittagsgeschäft, und er braucht sonst den Tisch.

»Das Mittagsgeschäft?«, hat der Savic ungläubig geantwortet und seinen Blick amüsiert über die leeren Tische streifen lassen. Und vor lauter Blick hätte er fast übersehen, dass gegenüber jemand das Lokal betreten hat.

»11:59. Die beschattete Person verlässt die beschattete Lokalität Pizzeria Take Away To Go in Begleitung der im Mordfall Schall als Zeuge ersten Grades geführten Person Nguyen, Fahrer bei der Transportunternehmung Tobias.«

So hat es der Savic später in sein Protokoll geschrieben. Momentan natürlich kein Gedanke an das Protokoll, sondern nichts wie hinaus. In der nächsten Straße hat er die beiden eingeholt und gerade noch ein Foto machen können, wie der Herr Nguyen und die Iris in den Tobias-Transporter gestiegen sind. So eine erfolgreiche Beschattung hat der Savic überhaupt noch nie gemacht. Er hat das Foto auf seinem Handy vergrößert und sich gefreut, dass es so gut geworden ist. Ein Eins-a-Beschattungsfoto, wie die Iris einsteigt, gut erkennbar und schön mit der Aufschrift hinten auf dem Transporter: *Wir sind Legende.*

Lange gefreut hat er sich aber nicht. Weil in dem Moment, wo er das Gesicht der Iris auf dem Foto genauer anschaut, fragt er sich: Was hat der Kopf eigentlich damit gemeint, dass ich mich nicht verschauen soll?

13

Aufgewacht ist der Brenner erst, wie der Schlüsseldienst geklingelt hat. Neben ihm hat die Frau Rossi einfach weitergeschlafen. Die reichen Leute haben ja oft Betten, die sind größer als die ganze Wohnung von einem Armen. Jetzt hat sie sich einen halben Kilometer vom Brenner entfernt auf ihre Bettseite gelegt. So hat sie genug Abstand und gleichzeitig die Geisel im Blick gehabt. Dass sie nicht schlafen kann, war sowieso klar für sie. Aber interessant. Je klarer einem Menschen eine Sache ist, umso falscher liegt er oft. Weil jetzt hat es schon zum dritten Mal an der Haustür geklingelt, und sie ist immer noch nicht aufgewacht.

Verschlafen ist das eine, mein Gott, muss der Schlüsseldienst eben noch einmal kommen. Tot sein ist das andere. Weil der Brenner hat sie auch nicht atmen gehört. Der Brenner natürlich Panik gekriegt, frage nicht. Wenn sie stirbt, ist er hier an das Bett gekettet. Der Brenner auch zu atmen aufgehört, nur damit er sie hört. Aber kein Mucks, die Frau Rossi vollkommen starr dagelegen. Zuerst hat er es mit Räuspern probiert, aber nicht lang. Dann mit Zappeln, aber auch nicht lang.

»Frau Rossi!«, hat er geflüstert.

Geflüstert auch nicht lang, und schnell mit normaler Lautstärke: »Frau Rossi!« Und dann der Brenner volles Rohr: »Schnaufen! Aufwachen! Hallo!«

Der Schlüsseldienst hat wieder geklingelt, und jetzt der Brenner aus voller Kehle um Hilfe gerufen. Bringt natürlich gar nichts, weil wer soll das hören, wenn der Schlüsseldienst bei der Haustür unten läutet. Sagen wir einmal so, der Hilferuf, den der Brenner für mehrere Stockwerke und Schallschutztüren dosiert hat, ist wenigstens beim Ohr der Frau Rossi angekommen. Sein Gebrüll hat sie endlich zum Leben erweckt. Das hat dem Brenner aber gleich wieder leidgetan. Weil falscher Moment. Er hätte sie noch ein bisschen schlafen lassen sollen. Dann hätte sie sich vielleicht noch in eine bessere Stimmung hinübergeschlafen und wäre nicht derart angefressen aufgewacht.

Den Schlosser hat sie insgesamt fünf Minuten vor der Haustür warten lassen, weil so lang hat sie gebraucht, um dem Brenner einen Socken ihres Mannes in den Mund zu stopfen, ausgerechnet die mit dem Golfspieler, und sicherheitshalber auch noch Paketkleber drüber. Die Verzögerung hat sich natürlich brutal auf die Rechnung ausgewirkt, ja was glaubst du. Das Schloss war in zehn Minuten ausgewechselt, sprich zwei Stunden Anfahrtszeit, eine Stunde Arbeit, und wie sie zum Brenner zurückgekommen ist, war sie so sauer, als hätte er ihr die Rechnung geschrieben. »Siebenhundertzwanzig Euro!«, hat sie geschimpft. »Und da sind nur zwei Schlüssel dabei! Was mach ich jetzt mit dir?«

Sie hat ihn herausfordernd angeschaut, quasi, wie wär's mit einer Antwort? Oder nicht angeschaut in dem Sinn. Weil ihre Augen sind immer so hin- und hergewandert, als würde links und rechts vom Brenner noch ein Besucher hängen wie die Schächer am Berg Golgota, und ausgerechnet in der Mitte niemand, weil immer nur: links, rechts, links, rechts.

Mit diesen hin- und herzuckenden Pupillen hat sie ihn ein bisschen an einen Raubvogel erinnert. Jeder Mensch schaut ja einem bestimmten Tier ähnlich. Untergründig. Oberflächlich schaut der vielleicht wie ein ganz normaler Mensch aus, das ist die Briefträgerin, das ist der Fernsehsprecher, das ist der Dachdecker, das ist die Ministerin, das ist die Sportskanone. Wenn du unaufmerksam den Alltag herunterlebst, dann denkst du dir nur bei den deutlichsten Fällen, eine Löwin mit der Mähne, ein Reh mit den Augen, ein Hase mit den Zähnen, ein Gorilla mit dem Gang. Aber wenn du lange genug hinschaust, spaziert aus jedem Gesicht ein Äffchen heraus oder ein Dackel oder eine Katze oder eine Schlange oder ein Grizzlybär.

Und sogar für die Naturschönheit vom Schönheitschirurgen hat das gegolten. Je länger sie mit ihren prächtigen Federn über ihm gekreist ist, umso deutlicher ist es geworden. Je intensiver sie den Brenner mit ihren runden Augen fixiert hat, umso weniger hat man es leugnen können. Ein Raubvogel. Ich möchte jetzt nicht sofort sagen Aasgeier, aber Raubvogel auf jeden Fall. Nicht sehr angenehm, wenn du ans Bett geschnallt bist wie der eine an seinen Felsen, und der Adler hat ihm jeden Tag die Leber gestohlen. Ich bin mir nicht sicher, ob es mehr an der Nase gelegen ist, weil leicht gebogene Nase, oder doch mehr an den angefressen nach unten gezogenen Mundwinkeln. Aber wahrscheinlich waren es in erster Linie die Augen. Das ganze Gesicht hat sich vor den eigenen Augen gefürchtet und ist ein bisschen schnabelförmig davongerannt. Und die Augen immer links, rechts, links, rechts. Da siehst du schon, dass nicht nur der Brenner einen Schock gehabt hat, weil ihre unruhigen Pupillen auch typisch Schock.

Der Brenner sehr erleichtert, wie sie einmal Richtung Küche davongeflogen ist. Aber nur kurz erleichtert. Und dann gleich wieder Angst, ihr könnte auffallen, dass er die Espressomaschine entkalkt hat, sprich Kränkung der Privatsphäre. Er hätte sich aber lieber vor etwas anderem fürchten sollen. Wie sie zurückgekommen ist, hat sie in der einen Hand die Espressotasse gehabt, ganz eine winzige Tasse, damit wäre der Brenner auf dem Mistplatz nicht über die Runden gekommen, und in der anderen Hand das mittelgroße Küchenmesser. Und das hat er ja auch geschliffen. Kein sehr angenehmer Anblick, wenn du nicht sicher bist, ist dein Gegenüber noch ganz normal, oder will es womöglich deine Leber der Caritas spenden.

Du musst wissen, die stumpfen Messer haben den Brenner schon am ersten Tag gestört. Diese Leute waren nicht einmal fähig, ihre Messer zu schleifen! Eine super Wohnung, aber ungeschliffene Messer, so etwas hat der Brenner nicht verstanden. Gleich am ersten Tag hat er sie hergeschliffen, am Tellerboden, weil alter Trick von seinem Großvater. Aber jetzt hat er es bereut, frage nicht.

Er hat furchtbare Angst gehabt, dass sie sich schneidet. Wenn sie sich jetzt schneidet auch noch, weil ich die Messer geschliffen habe, dann neue Wutnahrung und endgültig Blutrausch. Er wollte sie warnen, aber warne einmal wen mit einem Socken im Mund. Vielleicht war es auch besser so, weil Warnung oft gegenteiliger Effekt. Und sie hat sich auch ohne Warnung nicht geschnitten, sondern sehr sauber den Paketkleber vom Brennerkopf herunteroperiert und den Knebel entfernt.

Dann hat sie angefangen, den Brenner auszufragen. Wer er ist, was er so tut und wie er auf die Idee kommt, bei ihr einzuziehen. Aber interessant. Sie hat nicht Einbruch gesagt, sie hat die ganze Zeit ein englisches Wort verwendet, hör zu: *home invasion.* Wie kommst du dazu, bei mir eine *home invasion* zu machen, hat sie ihn gefragt, weißt du nicht, wie traumatisierend eine *home invasion* für die Menschen ist, das kann man überall lesen, dass sich die Opfer ihr Leben lang nicht erholen von einer *home invasion.*

Nebenbei hat sie den Kaffee getrunken und bei jedem Schluck das Gesicht verzogen. Einmal hat sie die Wodkaflasche kopfschüttelnd angeschaut, weil sie konnte es nicht glauben, dass sie vor dem Einschlafen so viel gesoffen hat.

»Die war doch vor unserer Abfahrt noch fast voll. Ich weiß es, weil wir Gäste gehabt haben und –«

Zuerst hat sie die Flasche prüfend angeschaut, dann den Brenner prüfend angeschaut. Sicher, er hat sich zwei, drei Mal einen Schluck gegönnt, und jetzt hat er es bitter bereut, dass er nicht rechtzeitig ein bisschen Wasser nachgefüllt hat. Aber zum Glück war ihr Kater stark genug, und sie hat ihn nicht gefragt, ob er die halbe Flasche getrunken hat. Sie hat nur gesagt: »Was tu ich mit einem, der bei mir eine *home invasion* macht?«

Sein Schweigen hat sie auch nicht beruhigt, sondern im Gegenteil, das Schweigen hat sie erst recht aggressiv gemacht. Und ich muss auch sagen, Menschen, die gar nichts reden, machen einen aggressiv. Leute, die zu viel reden, machen einen auch aggressiv. Im Grunde macht das Reden an und für sich aggressiv, egal ob zu wenig oder zu viel, außer du erwischst gerade diesen hauchdünnen Bereich, wo es erträglich ist. Jetzt hat der Brenner versucht, diesen hauchdünnen Bereich zu erwischen, und gesagt: »*Home invasion* in dem Sinn war es eigentlich nicht.«

»Wieso?«

Der Vogel mit einem Ruck erstarrt. Also, nicht einfach erstarrt, sondern mit so einem Erstarrungsruck erstarrt, dass jedes normale Erstarren dagegen ein reines Erschlaffen ist. Und das ist natürlich an den Augen gelegen, die nicht starr waren. Alles war starr, aber die Augen: links, rechts, links, rechts. Jetzt war sie es, die nichts gesagt hat. Nach dem »Wieso« ist nichts mehr aus dem erstarrten Geierschnabel herausgekommen, und das hat so viel geheißen wie: Überleg dir eine gute Antwort, Bürschchen.

»Na ja«, hat der Brenner gesagt.

Links, rechts, links, rechts.

Er war nicht sicher, wie deutlich er es sagen soll, ohne sie zu kritisieren und noch mehr gegen sich aufzubringen. Aber irgendwas hat er ja sagen müssen. »*Home invasion* ist eigentlich der polizeiliche Fachbegriff für Einbruch, wenn die Eigentümer daheim sind. Also Einbruch in Anwesenhei–«

»Und Einbruch ist, wenn die Bewohner nicht daheim sind, verstehe«, hat sie ihn unterbrochen.

»Ja genau. Und so gesehen bin ich das Gegenteil von *home invasion*, weil ich ja gerade da bin, wenn niemand daheim ist.«

»War«, hat sie gesagt.

»Ja«, hat der Brenner gesagt, weil er hat so ein Gefühl gehabt, dass ein bisschen Jasagerei kein Fehler ist in dieser Situation.

Links, rechts, links, rechts.

»Jetzt bin ich aber da.«

Und weil dem Brenner darauf nichts eingefallen ist, hat sie es einfach noch einmal gesagt, genau im selben Tonfall:

»Jetzt bin ich aber da.«

Sie hat in ihre leere Tasse gestarrt und über etwas nachgedacht. Sehr intensiv nachgedacht. Das ganze Nachstudieren dürfte aber nicht zu viel geführt haben, weil sie hat nur gefragt: »Und wie nennt man Leute, die gleich wohnen bleiben in der Wohnung, wo sie einbrechen?«

»Bettgeher«, hat der Brenner gesagt, »oder Gespenst oder Geist.«

»Was? Geist?«

»Ja, weil die Leute merken das gar nicht, wenn man es ordentlich macht.«

Sie hat verzagt aufgelacht: »Ist ja unglaublich.«

»Es gibt viel mehr, als man glaubt. Fast jeder hat schon einmal einen Geist gehabt. Man merkt das nicht.«

»Wieso kennst du dich da so gut aus? Müssen heutzutage die Einbrecher auch schon eine Berufsschule machen? Oder ein Einbrechergymnasium?«

»Na ja, ich hab einmal bei den Kollegen gearbeitet, die Sie jetzt gleich anrufen werden.«

Er hat geglaubt, das ist seine Rettung. Der Impuls, damit sie endlich telefoniert.

»Wieso, wo ruf ich an?«

»Ich war früher einmal bei der Polizei.«

»Aha«, hat sie gesagt.

Sie war überhaupt nicht überrascht.

»Bei der Kripo.«

»Aha.«

Null neugierig war die Frau. Weniger als null! Möchte man glauben, da fragt jemand, hast du viele interessante Sachen erlebt, erzähl einmal, Fälle und alles, Todesgefahr, Kämpfe, Entführungen, Feuergefechte, Verfolgungsjagden, perverse Psychopathen, eiskalte Mörderinnen und und und. Aber nichts da. Sie sagt nur: »Bei denen ruf ich bestimmt nicht an.«

»Wieso nicht?«

»Damit ich die auch noch am Hals hab? Du hast mir ja gerade erzählt, dass bei der Polizei so Typen wie du arbeiten.«

Sie hat ein Lachen ausgestoßen, von dem der Brenner eine Gänsehaut bekommen hat. Ein vollkommen klangloses Lachen war das, fast hätte ich gesagt, tonlos, aber tonlos war es ja nicht, weil die Luft macht ja doch einen Hauch von einem Ton. Die Lachluft ist aus ihren Lippen hervorgezischt, als wäre nicht der Brenner das Gespenst, sondern sie selber das Gespenst und heute zweihundertster Geburtstag, und jetzt muss das Gespenst alle Kerzen auf einmal ausblasen, so ein Lachen hat sie ausgestoßen, mein lieber Schwan, da vergeht es dir, wenn jemand so lacht. Dann wieder ganz sachlich, als wäre das Lachen nur ein Betriebsunfall gewesen: »Wenn ich die Bullen ruf, dann bist du morgen wieder auf freiem Fuß. Aber ich fürchte mich mein restliches Leben beim Heimkommen, dass du wieder in meinem Bett liegst.«

»Da kann ich Sie beruhigen«, hat der Brenner gesagt. »Das mach ich bestimmt nicht, das kann ich Ihnen versprechen. Ich such mir ja extra Wohnungen aus, wo niemand ist und wo mich keiner kennt.«

»Aber in meiner Erinnerung« – dabei hat sie mit ihrem Daumenknöchel auf ihre Stirn geklopft – »da wohnst du jetzt für immer. Das kannst du nicht verstehen, oder?«

»Tut mir leid«, hat der Brenner gesagt, und er hat es absolut ehrlich gemeint, dafür leg ich meine Hand ins Feuer.

Sie hat es aber überhört, weil gerade damit beschäftigt, den Rest aus der Wodkaflasche in ihre Espressotasse zu gießen. Das hat dem Brenner gar nicht gepasst. Und beim Zurückstellen der Flasche hat sie aus Versehen das Messer vom Nachtkästchen auf den Boden geworfen. Aber gottseidank hat sie es liegen gelassen. Und noch einmal gottseidank: Sie hat den Wodka nicht getrunken. Sie hat nur vorsichtig an der randvollen Tasse gerochen und das Gesicht verzogen.

»Ekelhaft.« Dann hat sie dem Brenner die Tasse hingehalten: »Trink einen Schluck.«

»Nein danke. Tagsüber trinke ich nie.«

»Wieso nicht?«

»Man soll es nicht übertreiben«, hat der Brenner gesagt. »Wissen Sie, Alkohol ist der Grund für 80 Prozent aller Gewaltverbrechen.«

Zuerst hat er schon geglaubt, das war eine gute Antwort, weil sie hat ihm den Schluck nicht aufgedrängt, sondern noch einmal daran gerochen und dann die Tasse zurück auf den Nachttisch gestellt. Blöderweise hat sie aber auch das Messer vom Boden aufgehoben.

»80 Prozent?« Sie hat die Messerschneide so konzentriert betrachtet, als würde sie jedes einzelne Prozent nachrechnen. »Das glaub ich nicht.«

»Ist statistisch erwiesen.«

Der Brenner dumm geschaut, wie sie sich eine Zigarette angezündet hat. Du musst wissen, er hat aus Rücksicht auf die Hauptbewohner kein einziges Mal im Schlafzimmer geraucht, und jetzt raucht sie selber.

»Wenn ich zum Beispiel dir jetzt was abschneide«, hat sie laut überlegt, »ist Alkohol vielleicht im Spiel. Falls ich das vorher austrinke.« Sie hat kurz überlegt, und dann ganz präzise, als würde sie sich schon auf die Aussage vor dem Richter vorbereiten: »Falls ich das ausgetrunken haben werde. Oder der Restalkohol von gestern ist im Spiel. Aber das ist deshalb noch lange nicht der Grund. Es ist höchstens der Auslöser. Die Hemmschwelle sinkt. Aber der Grund ist was anderes.«

»Ja, so gesehen haben Sie recht.«

»Der Grund, dass ich dir was abschneide, ist sicher nicht der Alkohol, sondern dass du bei mir eine *home invasion* gemacht hast. Zu 100 Prozent ist das der Grund! Nicht der Alkohol zu 80 Prozent.«

Jetzt hat ihr Lachen fast schon etwas Übermütiges gehabt, quasi: Wenn ich *home invasion* sagen will, sag ich *home invasion*, und wenn du dich auf den Kopf stellst. Wieder nur mit der Luft gelacht, aber dieses Mal war es kein glatter Luftstrom, mit dem man die Kerzen ausbläst, sondern rhythmisch unterbrochen, sodass es schon fast wie ein richtiges Lachen geklungen hat, wie ein a-loses Hahahaha, sprich S-s-s-s-s.

»Dann haben wir beide eine lebenslange Erinnerung an deinen Besuch, nicht nur ich allein.«

»Da haben Sie schon recht, der eigentliche Grund ist sicher nicht der Alkohol.«

Der Brenner hat das nicht nur aus Angst gesagt, sondern er hat sich gedacht, da muss ich ihr recht geben, eine korrekte Analyse.

»Umgekehrt ist das ganz gut«, hat sie gesagt und vielsagend genickt, quasi Zustimmung zur eigenen Aussage.

Aber interessant, gerade das Vielsagende versteht man oft nicht. Darum hat der Brenner nachfragen müssen: »Was ist umgekehrt gut?«

»Das hat jetzt zehn Jahre lang mein Ex mit mir gemacht. Bis gestern, zwölf Jahre lang. Wenn ich gesagt hätte, bei 80 Prozent aller Gewaltverbrechen ist der Alkohol der Grund, hätte er mir stundenlang erklärt, dass ich einen Unsinn geredet habe. Und es ist nicht der Grund, höchstens der Auslöser, bla bla bla! Der Grund ist die *home invasion*, bla bla bla! Der Alkohol der Auslöser, bla bla bla. So hätte er stun–«

In dem Moment ist ihr die Zigarette auf das Bett gefallen, und der Brenner richtig dumm geschaut. Sie auch dumm geschaut. Dann hat sie die Zigarette einfach wieder genommen, ist nicht einmal ein richtiger Brandfleck geworden, der ist neben den Blutspritzern gar nicht aufgefallen. Sie hat einen Zug genommen und mit dem ausgeblasenen Rauch weitergeredet, als wäre nichts gewesen:

»–denlang gefaselt. Aber wenn man den Spieß einmal umdreht, dann ist es gut, verstehst du? Jetzt erklär einmal ich dir die Welt, du Arsch!«

Links, rechts, links, rechts.

»Es tut mir ehrlich leid, dass Sie jetzt mit mir auch noch Ärger haben«, hat er gesagt, ganz bewusst so formuliert, weil er wollte verhindern, dass sie ihn endgültig mit ihrem Mann verwechselt, darum »mit mir auch noch«, sprich zwei verschiedene Personen. »Aber ich wollte ja weg sein, bevor Sie zurück sind. Dann wäre Ihnen gar nichts aufgefallen.«

»Glaubst du wirklich?«

»Bestimmt. Ich schau immer, dass ich keine Spuren hinterlasse.«

»Das ist ja noch unheimlicher. Wieso bist du eigentlich nicht mehr bei der Polizei?«

»Ich arbeite jetzt am Mistplatz.«

»Ein Mistler?« Jetzt hat sie zum ersten Mal richtig gelacht. »Die mag ich eigentlich. In ihren orangen Anzügen. Das sind geile Typen irgendwie. Und weißt du, was mir auch gefällt? Die Sprüche auf den Mistkübeln. *Hasta la Mista* und so.«

»Ja, das ist gut.«

»Hast du dann auch Leichenteile gefunden vorige Woche?«

»Ist Ihnen das sogar im Urlaub untergekommen?«

»Sicher. Und wer hat's getan? Seine Frau? In der Zeitung ist gestanden, dass sie ihn einfach der Umzugsfirma in den Kisten mitgegeben hat. Wie hat die geheißen?«

»Schall. Magdalena Schall.«

»Nein, die Umzugsfirma. Ich muss auch Sachen loswerden.«

»Tobias.«

Ob du es glaubst oder nicht, die Frau Rossi ist aufgestanden, hat den begehbaren Schrank geöffnet und die Sachen von ihrem Mann auf einen Haufen geschmissen. Anzüge, Hemden, Mäntel, alles ist auf dem Haufen gelandet. Dann hinaus zum riesigen Vorzimmerschrank, von dort hat der Brenner die Schuhe auf den Boden rumpeln gehört, Felssturz nichts dagegen. Wie sie zurückgekommen ist, hat sie ihn gefragt: »Wo krieg ich jetzt am schnellsten Schachteln her?«

»Die kriegen Sie vom Spediteur.«

Aber interessant ist das schon. Eine halbe Stunde lang hat er ihr dabei zugeschaut, wie sie das ganze Zeug von ihrem Mann auf einen Haufen geschmissen hat. Aber erst wie ihr die Umzugskartons eingefallen sind, hat er auf einmal die Panik gekriegt, sie könnte auf die Idee kommen, ihn dazuzupacken.

14

Der neue Wiener Stützpunkt der Firma Tobias war schon hinter der Stadtgrenze, sprich Industriegebiet. Aber die Frau Rossi trotzdem in zehn Minuten dort, weil ohne Mann befreite Fahrweise.

So hat sie sich das aber nicht vorgestellt, weil kein Kundenbüro, nur Autos und Garagen, Frachtenbahnhof nichts dagegen. Dazwischen waren ein paar Fahrer im Laufschritt unterwegs und haben sie nicht einmal bemerkt. Sie ist dann einfach einem von ihnen nach, der mit ein paar Zetteln in einer schmalen Tür verschwunden ist. Und was soll ich sagen, war genau die richtige Entscheidung. Weil der lange, fensterlose Gang hat zu einer Glastür geführt, und dort ist der Fahrer hinein und hat seine Zettel auf den Schreibtisch geknallt.

Aber interessant. Die Frau Rossi hat sich in ihrem ganzen Leben noch nie Gedanken darüber gemacht, dass jeder Mensch einem bestimmten Tier ähnlich schaut, weil so etwas hat die nicht interessiert. Aber der Mann hinter dem Schreibtisch ist so schwer in seinem viel zu kleinen Bürosessel gehängt, und das Handy war in seiner Pranke so ein kleines Spielzeug, dass sie den telefonierenden Bären förmlich vor sich gesehen. Kein gefährlicher Grizzlybär, aber auch kein Teddybär, sondern gerade so ein mittelgroßer Menschenbär. Bei dem hat man sich nicht vorstellen können, dass er schon immer am Schreibtisch gearbeitet hat, sondern wahrscheinlich früher die schweren Trümmer noch auf den eigenen Schultern in die Lastwägen gehoben.

»Ist das der Herr Tobias?«, hat sie den Fahrer gefragt, der sie auf dem Retourweg fast umgerannt hätte.

»Jaja«, hat der Fahrer gesagt, »ist Chef.«

Und weg war er.

Sie ist einfach hinein in das Büro, obwohl sie schon geahnt hat, dass sie besser vorher angerufen hätte. Weil das war der typische Dauertelefonierer. Er hat beim Telefonieren die ganze Zeit Richtung Satellit geblickt, als müsste er aufpassen, dass seine Worte da oben gut ankommen. Und die Kundin hat er keines Blickes gewürdigt, genau wie vorher den Fahrer.

Unter dem Schreibtisch hat er seine Cowboystiefel herausgestreckt, aber dass die Frau Rossi dieses Schuhwerk verächtlich gemustert hat, wäre ihm in hundert Jahren nicht aufgefallen, weil er hat ihre Anwesenheit nicht einmal bemerkt. Der Mann hat keinen Stress gekannt, das hat die Frau Rossi nervös gemacht. Im Gegensatz zu seinen Fahrern hat er eine fast schon provokante Bedächtigkeit ausgestrahlt. Rein vom Tempo hättest du den sofort in den nächstbesten Biomarkt stellen können, damit er die Kunden berät, von welcher Seite sie das Frühstückskipferl am besten anbeißen sollen.

»Was soll ich denn machen«, hat er den Kunden am Telefon zum dritten Mal um Verständnis dafür gebeten, dass er den Auftrag nicht übernehmen kann. »Wenn ich genug Fahrer hätte, sofort. Jaja, Autos. Freilich. Autos wären nicht das Problem. Fahrzeuge krieg ich überall, klar. Aber die Fahrer. Verstengans?«

Seinen breiten Dialekt hat der Transportunternehmer aus mindestens dreihundert Kilometern Entfernung nach Wien transportiert, wahrscheinlich sogar über die bayrische Grenze, hat die Frau Rossi vermutet. Die Fahrzeuge haben bei ihm geklungen wie Vor-Zeuge, und das R hat er gerollt, als wäre das eine moralische Verpflichtung für einen, der so rund ist wie ein Schneemann.

»Wo soll ich denn die Fahrer hernehmen? Ich kann sie ja nicht herzaubern. Woher nehmen, wenn nicht stehlen? Ja eben. Die Fahrzeuge wären nicht das Problem, gell.«

Die Frau Rossi hat sich einfach einen Stuhl aus der hintersten Ecke geholt und sich direkt vor ihn gesetzt.

»Aber die menschliche Ressource«, hat er noch ein paar R in das Weltall rollen lassen. »Die ist das Nadelöhr.«

Und auf einmal hat er sie bemerkt.

»Bitte einen Moment, es hat sich eine Dame in mein Büro verirrt«, hat er ins Telefon gesagt und dann mit einem verwunderten Blick zur Kundin, die nicht im Telefon, sondern direkt vor ihm gesessen ist: »Was kann ich für Sie tun, Fräulein?«

»Ich brauche eine Übersiedlung. Sind nur so zehn größere Schachteln und zehn Müllsäcke ungefähr. Von meiner Wohnung zu einem Selfstorage hier in der Nähe.«

»Sie, ich ruf Sie gleich zurück«, hat er sein Schlussgebet zum Satelliten gesprochen und aufgelegt mit einer gravitätischen Bewegung, als müsste er mit reiner Muskelkraft die Verbindung zum Weltall kappen.

»Da sind Sie bei mir falsch«, hat er ihr erklärt. »Wir machen schon auch Übersiedlungen und Transporte. Aber das ist unsere Filiale sozusagen. Hier ist nur der Paketdienst.«

Ein bisschen hat er sie an diesen Schauspieler erinnert, den ihre Mutter so verehrt hat. Der Tobias hat auch so einen eigenen Charme gehabt in seiner plumpen Schwerfälligkeit. Eigentlich hat sie jetzt zum ersten Mal verstanden, was ihre Mutter an diesem Schauspieler gefunden hat. Weil die Widersprüchlichkeit. Und zu allem Überfluss ist auch noch hinter ihm ein Plakat gehängt mit der Fahrzeugflotte und dem Spruch: *Wir sind Legende.*

Ihre Sympathie ist aber schnell verflogen, wie sein Telefon schon wieder geklingelt hat. Wenigstens hat er den Anruf weggedrückt, aber er hat eine Ewigkeit dafür gebraucht. Bei ihm hätte man glauben können, das Handy ist ein mechanisches Spielzeug aus dem Spielzeugmuseum, so umständlich hat er mit seinem Zeigefinger getippt.

»Das ist furchtbar mit der Telefoniererei.«

»Rerei«, hat sie innerlich wiederholt und dabei ihre Zunge gerollt.

Der Tobias hat den Kopf geschüttelt. »Wissens. Wir sind hier der Paketdienst. Die Übersiedlungen macht nur unsere Filiale sozusagen.«

»Da waren wir schon.«

»Da waren Sie schon? Und die haben Sie hierher geschickt?«

»Ich war da noch nicht! Sie waren da schon.«

»Ich? Ja freilich. Es ist ja meine Firma.«

»Sie haben mir das schon erklärt. In dem Sinn waren wir da schon.«

»Ach so.« Er hat hilflos gelacht. »Entschuldigen Sie. Die Telefoniererei macht einen ganz meschugge. Alles gleichzeitig. Dieses Multitasking. Das ist gar nichts für mich.«

»Können Sie nicht in der Filiale anrufen und das für mich checken? Sie sind doch der Herr Tobias, oder?«

»Checken? Jaja, kann ich schon checken, gell. Wenn Sie meinen. Warten Sie. Wissens, Übersiedlungen werden wir früher oder später ganz einstellen. Der Paketdienst floriert, da kommen wir gar nicht nach. Der brummt, der Paketdienst. Aber Übersiedlungen. Und Entrümpelungen, furchtbar. Wissens, mir graust vor dem alten Zeug.«

Am liebsten hätte sie ihn gefragt, in welche Abteilung das Ausliefern von Leichenteilen fällt. Aber nach so einer Nacht, wie die Frau Rossi sie hinter sich gehabt hat, gibt man es auch einmal billiger, jetzt hat sie einfach gesagt: »Ich brauch nur wen, der so zehn Schachteln und ein paar Müllsäcke vom 19. in den 20. liefert.«

»Und verpackt haben Sie schon alles?«

»Ich krieg noch ein paar Umzugskartons von Ihnen. Zehn reichen.«

»Zehn reichen, sagen Sie. Und wollen Sie die gleich mitnehmen, oder wie?«

»Ja sicher. Ich will das Zeug heute noch los sein.«

»Sie haben ein Tempo drauf, Fräulein«, hat der Tobias gelacht. »Am selben Tag geht bei uns gar nichts.«

Spätestens bei dem »Fräulein« ist ihr aufgefallen, was das Komische an ihm war. Der hat sich viel älter gegeben, als er war. Seine ganze Art, wie er dagesessen ist und wie er geschnauft und geredet hat. Als wäre er ein Großvater. Und dabei war der höchstens fünfzig. Macht aber auf Opa mit seiner Statur und mit seinem Dialekt und mit seinem komischen Blick, weil der hat einen angeschaut, als könnte er nicht bis drei zählen.

»So schnell geht das bei uns normalerweise nicht. Also, beim Paketdienst schon. Da sind wir am selben Tag in, in – überall sind wir da. Aber bei den Entrümpelungen ist es ja nicht so eilig. Die sind ja tot in den meisten Fällen. Also, die Auftraggeber nicht, natürlich. Aber die Bewohner. Die ehemaligen Bewohner, wo man entrümpelt. Die sind tot, wissens. Die Toten haben es nicht mehr eilig.«

»Ich schon.«

Der Tobias hat sie neugierig gemustert, quasi: Was ist denn das für eine, schneit da unangemeldet herein und hat es eilig. Dann hat er endlich nach dem Festnetzhörer auf dem Schreibtisch gegriffen, quasi Antiquität: »Du, haben wir noch Umzugskartons hinten? Nein, normale Umzugsschachteln. Ja gut. Bringst du mir zwanzig Stück. Moment.«

Er hat die Frau Rossi wieder so komisch angeschaut, als müsste er sie erst im Raum suchen, bevor er sie findet: »Wo stehen Sie denn?«

»Direkt neben der Einfahrt. Da ist so ein Installateur.«

»Da stehn Sie? Direkt vorm Installateur?«

»Sag ich doch.«

»Du, sie steht direkt im Halteverbot«, hat er wieder zu seinem Festnetzhörer gesagt. »Bringst die Kartons gleich hinaus, gell.«

Sie hat sich gefragt, wie der Typ so eine Firma führen kann.

Er hat dann ihre Daten aufgenommen, wahnsinnig schnell getippt mit seinen fleischigen Fingern, das hat sie fasziniert. »Sie kriegen dann am Nachmittag einen Anruf von uns wegen dem Termin.«

»Aber ich will nicht nur einen Anruf, ich will, dass die Schachteln heute geholt werden.«

»Jaja. Ich schick Ihnen meinen persönlichen Fahrer. Den Herrn Nguyen. Ein anderer ist ja gar nicht frei heute. Der Fahrer ruft Sie an, wann genau er kommt, wissens. So auf die Minute genau kann ich das jetzt nicht sagen.«

»Guuut«, hat die Frau Rossi abschließend ausgestoßen.

Aber das hätte sie sich auch nicht träumen lassen, dass der Tobias sich über sie genauso wundert wie sie über ihn. Weil er hat sich gefragt, wo das herkommt, dass heutzutage immer mehr Leute ihre Gespräche mit diesem »Guuut« beenden.

»Dann zahl ich das gleich«, hat sie gesagt und das Kuvert herausgezogen, das ihr beim Verlassen der Wohnung im Vorzimmer aufgefallen ist. Sie hat ihren Mann immer dafür verachtet, dass er dieses Geld für die Einbrecher hingelegt hat, jetzt war es ihr eine wahnsinnige Freude, seinen eigenen Rausschmiss damit zu finanzieren.

»Nein, gleich können Sie das nicht zahlen. Der Fahrer sieht dann, wie viel es wirklich ist, und Sie kriegen eine Rechnung. Das läuft alles ganz korrekt bei uns.«

Aber es wäre nicht die Frau Rossi gewesen, wenn sie so schnell nachgegeben hätte. »Jetzt hab ich das Geld schon dabei. Sagen Sie mir einfach, was es kostet.«

Der Tobias verzagt den Kopf geschüttelt, und sie hat in ihr Kuvert gegriffen, und dann hat sie es sich doch anders überlegt: »Wenn Sie meinen, schicken Sie mir eben eine Rechnung.«

Weil ob du es glaubst oder nicht. Das Kuvert war zwar dick mit Geld gefüllt, aber sie hat nicht die zehn Hundert-Euro-Scheine in den Fingern gehalten, die ihr Mann hineingesteckt hat, sondern Zloty, Dinar, Forint, Leu und Rubel. Darum hat sie so schnell klein beigegeben und die Scheine hastig im Kuvert versteckt, als wäre sie beim Stehlen erwischt worden.

Um vor dem Tobias das Gesicht zu wahren, hat sie sich dann aber im Hinausgehen doch noch einmal umgedreht und gefragt: »Wo haben Sie eigentlich diesen Slogan her?«

»Was für einen Slogan?«

»Na, dieses –«, sie hat auf das Plakat mit dem *Wir sind Legende* gezeigt.

»Ah, den hab ich schon lang. Hab ich mir einmal ausdenkt, wissens. Es hat ja nicht jeder eine Legende.«

»Und Sie haben eine?«

»Ja freilich. Die Tobias-Legende. Die kennt aber niemand. Ich hab mir denkt, wenn ich schon eine Legende hab, gell. Dann nehm ich das gleich. Ist aus der Bibel. Oder nicht direkt. Eigentlich aus den Apokryphen, wissens?«

»Apokryphen«, hat die Frau Rossi mit rollendem R wiederholt.

»Sagt Ihnen das was?«

»Nicht direkt.«

»Die nicht offiziell anerkannten Teile der Bibel, gell.«

»Und Sie kennen so was?«

»Ja freilich.«

»Na ja.«

Mehr hat sie dazu nicht mehr gesagt. Weil die falschen Geldscheine im Kuvert haben sie zu sehr beschäftigt.

»Ich mach alles selber, Fräulein. Wenn ich Ihnen einen Rat geben darf. Das Delegieren bringt nichts.«

»Aber fahren tun Sie nicht selber.«

»Fahren nicht«, hat er gelacht. »Fahren tu ich aus Prinzip nicht. Ich hab ja gar keinen Führerschein, wissens«, hat der Tobias geschmunzelt.

Das hat ihr den Rest gegeben.

15

Dem Brenner ist sofort aufgefallen, dass die Frau Rossi bei ihrer Rückkehr verändert war. Von der ganzen dings her ein anderer Mensch! Im ersten Moment hat er geglaubt, sie ist vielleicht durch die frische Luft zur Besinnung gekommen. Aber dann hat er gleich kapiert, woher der Wind weht. Weil sie hat wortlos das Geldkuvert auf das Bett gefeuert, ungefähr einen Millimeter neben sein linkes Ohr.

Dann hat sie die Umzugskartons hereingeschleppt, auseinandergefaltet und die Sachen von ihrem Mann hineingeschmissen. Die längste Zeit kein Wort geredet, und der Brenner hat überlegt, wie er sie daran erinnern könnte, dass er nicht ihr Mann ist. Mit dem Golfsocken im Mund natürlich schwierig, weil den hat sie ihm nicht ersparen können, wie sie zum Tobias gefahren ist. Aber wie sie den Brenner endlich davon befreit hat, war es erst recht wieder sie, die etwas gesagt hat, als wäre es ihr Knebel gewesen: »Das ist vielleicht ein Typ, dein Freund!«

»Was für ein Freund?«

»Na, der Tobias. Hat mich Fräulein genannt.«

»Ich kenn den gar nicht.«

»Du kennst den gar nicht? Da hast was versäumt.«

Der Brenner hat überlegt, ob jetzt ein guter Moment wäre, um ihr zu sagen, dass er seit achtzehn Stunden nicht auf dem Klo war, und immerhin ihre Matratze, quasi gemeinsames Interesse. Aber während er noch Anlauf genommen hat, war sie schon beim nächsten Thema.

»Und diese Frau Schall hat da einfach ihren Mann dazugepackt?«

»Falls es die Frau war.«

»Was heißt, falls es die Frau war?«

Sie hat ihn herausfordernd angestarrt, sprich: Erzähl mir da keinen Schmarren. Aber interessant. Ihre Pupillen haben nicht mehr gezuckt. Das hat der Brenner als gutes Zeichen gewertet.

»Es ist ja noch nicht geklärt«, hat er vorsichtig gesagt. »Sie ist flüchtig.«

»Klar war es die Frau!«

Innerlich hat der Brenner ihr recht geben müssen. Aber gesagt hat er: »Laut Polizei war es seine Frau. Laut ihrer Tochter war es die Organmafia.«

»Blödsinn! Bei uns gibt's keine Organmafia. Bei uns gibt's genug Organe. Die liegen auf der Straße. Im wahrsten Sinn des Wortes! Wir haben ja das freie Entnahmerecht. Im Frühling, wenn die Motorräder ausfahren, wissen sie nicht, wohin mit den Organen.«

Vor ein paar Stunden hat er noch gefürchtet, sie peckt ihm mit ihrem Schnabel die Leber aus dem Leib, und jetzt die Frau Rossi auf einmal vollkommen überzeugter Meinungsmensch. »Organe haben wir mehr als genug in Österreich«, hat sie ihn belehrt. »Wir haben ja die Widerspruchsregelung. Eher gibt es eine Organmafia in Ländern, wo man die Zustimmungsregelung hat.«

»Sie kennen sich ja richtig gut aus.«

»Das weiß doch jeder. Außerdem bin ich Juristin. Ich hab auch einmal eine Fernsehdiskussion darüber gesehen. Bei uns kann jeder die Organe entnehmen, wenn du nicht extra widersprochen hast. Bei den Deutschen ist es schon anders. Die müssen zustimmen«

»Ach so?«, hat der Brenner getan, als würde er das zum ersten Mal hören.

»Da lässt sich nicht jeder Hirntote die Organe klauen.«

»Haben die Deutschen einen besseren Hirntod als die Österreicher?«

Sie hat ihn angeschaut, als wüsste sie nicht, ob sie ihm wieder das Maul mit dem Paketkleber verbinden soll.

Aber gesagt hat sie: »Sogar einen besseren als alle anderen Länder.«

»Ach so? Den besten Hirntod, die Deutschen?«

Er hat sich nichts so sehr gewünscht, wie dieser Frau wenigstens einen Ansatz von einem Lachen zu entlocken. Aber nichts da. Todernst sagt sie: »Sicher. Hast du das nicht gewusst?«

Ihm ist aber vorgekommen, dass sie sich anstrengen muss, um nicht wenigstens ein bisschen zu grinsen. Und damit ihr ja nichts auskommt, hat sie zur Sicherheit gleich die nächste Weisheit herausgelassen, weil die hat mindestens so gern die Leute belehrt wie ihr Schönheitschirurg: »Dafür haben sie die Organmafia am Hals, das ist auch nicht gut. Bei uns gibt's das nicht.«

Der Brenner natürlich froh, dass sie geredet hat, und einziges Interesse: das Gespräch am Laufen halten.

»Das hab ich der Iris auch gesagt.«

»Wer ist die Iris?«

»Die Tochter von – von der Leiche. Von dem Toten, den sie bei uns gefunden haben.«

»Wofür bist du?«

»Was wofür?«

»Für Zustimmung oder für Widerspruch?«

Weil das war ein Thema, das die Juristin interessiert hat.

»Bei den Organen?«

»Ja sicher bei den Organen, wo denn sonst?«

»Schwer zu sagen«, hat der Brenner gesagt.

»Ja oder nein!«, ist sie ihm über den Mund gefahren. Weil solche Antworten hat sie überhaupt nicht ausstehen können. »Schwarz oder Weiß! Da kann man sich nicht herumdrücken. Also sag deine Meinung!«

»Ich bin froh, dass ich das nicht entscheiden muss.«

»Du musst es aber entscheiden! Wenn ich dich jetzt aus dem Fenster schmeiß, dürfen die dann die Sachen nehmen oder nicht?«

»Was für Sachen?«

»Deine Organe!«

Mein lieber Schwan. Für den Brenner war das natürlich ein unerfreuliches Beispiel. Einerseits: Sie hat offenbar nicht vor, mich in die Umzugsschachteln zu packen. Andererseits: Sie kommt auf die Idee, mich aus dem Fenster zu schmeißen. Und das Fenster direkt neben dem Bett und bis zum Boden hinunter. Das Einzige, was ihn beruhigt hat: Das Fenster hat sich nicht öffnen lassen. Aus Sicherheitsgründen. Weil wenn du beim Fenster hinausgefallen wärst, zehn Meter bestimmt. Fenster, die nicht aufgehen, natürlich immer so eine Sache, aber der Brenner war jetzt sehr froh darüber. Weil sie hätte ihn zuerst einmal zur Terrassentür im Wohnzimmer bringen müssen, um ihn hinunterzuschmeißen.

»Zustimmung oder Widerspruch?«

Der Brenner hat nicht geantwortet. Dass er so viel Zeit zum Überlegen gebraucht hat, hat sie gleich wieder grantig gemacht. Sie ist aus dem Zimmer hinausgestampft und mit einem kleinen Schlüssel zurückgekommen. Den hat sie in den Fensterrahmen gesteckt.

»Sag schon! Was ist besser?«

»Die Deutschen sagen Zustimmung, die Österreicher sagen Widerspruch«, hat der Brenner wiederholt, ohne eine Antwort zu geben, quasi Spitzendiplomat.

»Da sind wir schon durch. Ich möchte eine klare Antwort.«

»Was heißt überhaupt Hirntod?«, hat der Brenner versucht, noch einmal mit einer Grundsatzfrage Zeit zu gewinnen.

»Das muss man die Ärzte fragen. Die sind selber hirntot«, hat sie mit Grabesstimme behauptet. Dann hat sie mit einem einzigen Klick das Fenster aufgesperrt. Beim Hinaufschieben der Scheibe ist dem Brenner zum ersten Mal aufgefallen, wie gut trainiert sie war. Um Hilfe geschrien hat er nicht. Erstens keine Nachbarn weit und breit. Zweitens Schrei immer letzte Eskalationsstufe, und er hat immer noch darauf gesetzt, dass sie es nicht so meint.

»So schwer kann die Entscheidung doch nicht sein«, hat sie gesagt. »Wenn ich dich jetzt aus dem Fenster schmeiße, damit ich mein Trauma bewältige – was schüttelst du den Kopf? Glaubst du, dass man kein Trauma hat von einer *home invasion*?«

Der Brenner weiter den Kopf geschüttelt, weil ihm ist sonst nichts eingefallen.

»Oder glaubst du, dass ich dich nicht beim Fenster hinausbringe? So schön gefesselt, wie du bist? Ich geh seit zehn Jahren jeden zweiten Tag ins Fitnessstudio.«

»Das sieht man.«

»Ich häng zuerst deine Füße hinaus, und dann sperr ich

die Handschellen auf. Damit du dir nicht die Arme ausreißt, wenn du das Übergewicht kriegst.«

Ihre Pupillen sind nicht mehr gewandert. Eher würde ich noch sagen, die Pupillen vom Brenner langsam auf Wanderschaft gegangen. Und seine Stimme auch ein bisschen zittrig, hör zu: »Machen Sie sich nicht unglücklich!«

»Mich mach ich glücklich«, hat sie ihm erklärt. »Und dich mach ich auch nicht unglücklich. Weil du weißt nichts mehr, wenn du hirntot bist. Vor der Geburt warst du ja auch nicht unglücklich, oder? Sicher, unterwegs, während du hinunterfällst, bist du vielleicht kurz unglücklich. Aber das ist nicht länger als – was schätzt du? Zwei Sekunden?«

Der Brenner nur den Kopf geschüttelt.

Und ob du es glaubst oder nicht. Sie hat einfach sein Handy genommen und es beim Fenster hinausgeworfen.

»Einundzwanzig, zweiundzwanzig«, hat sie gezählt, bis man es unten scheppern gehört hat. »Nicht ganz zwei Sekunden.«

Der Brenner natürlich erleichtert bis dorthinaus, weil Erfahrungsschatz, wer dich extra erschreckt, tut dir nichts. Er hat gehofft, jetzt, wo sie sein Handy umgebracht hat, ist die Sache für sie vielleicht erledigt.

Und dann hat es an der Tür geklingelt, und sie ist hinaus.

Aber nicht dass du glaubst, jemand hat ihr die Handyteile vorbeibringen wollen. Und der Fahrer vom Tobias war es auch nicht.

»Mein Mann steht vor der Tür«, hat sie dem Brenner erklärt, wie sie aus dem Vorzimmer zurückgekommen ist. »Du verschwindest jetzt über die Terrasse.«

Sie hat dem Brenner die Handschellen aufgesperrt und ihm im Wohnzimmer die Terrassentür aufgehalten. Er war schon froh, dass sie ihm noch eine halbe Minute zum Anziehen gegeben hat. Und deine wichtigsten Sachen hast du als Bettgeher natürlich immer fertig gepackt, das versteht sich von selbst.

»Wenn du abstürzt, war es ein Gottesurteil«, hat sie noch sagen müssen. »Und wenn du dich noch einmal in der Gegend blicken lässt, schick ich die Fotos an deine Kollegen am Mistplatz.«

Obwohl der Brenner in seinem ganzen Leben noch nie so schnell angezogen war, hat es währenddessen noch zweimal geklingelt. So etwas war dem Brenner zuwider, und er hat fast ein schlechtes Gewissen gehabt, dass er die Frau mit diesem Typen allein lässt. Zum Abschied hätte er ihr am liebsten die Hand gegeben. Wangenbussi wäre ihm übertrieben vorgekommen, aber irgendeinen Abschied braucht es doch. Du kannst nicht einfach davonrennen, auch wenn sie noch so gebieterisch mit den Augen zur Terrassentür weist. Jetzt hat er wenigstens noch etwas gesagt.

»Wieso lassen Sie Ihren Mann jetzt doch herein, wenn Sie extra das Schloss ausgewechselt haben?«

Sie hat sich das Geldkuvert geschnappt, auf dem die Einbrecher in so vielen Sprachen begrüßt worden sind, und den Brenner angestrahlt, als wäre er auf einmal ihr bester Freund.

»Ich muss ihm doch sein Geld zurückgeben, oder nicht? Er kann mir bestimmt erklären, wodurch sich das Geld an die Schrift angepasst hat.«

Du musst wissen, wie ihr im Büro vom Tobias gedämmert ist, dass der Brenner das Geld in die Sprachen umgewechselt hat, ist ihr das Herz aufgegangen. Aber es hat sie wahnsinnig gegiftet, dass es ihrem schlauen Mann erspart geblieben ist, sein verdammtes Einbrecherkuvert so geschändet wiederzufinden.

Der Brenner hat eine gute Antwort auf den Lippen gehabt,

aber er ist nicht mehr dazu gekommen. Weil sie hat ausgeholt und ihm zum Abschied mit dem Kuvert eine Ohrfeige gegeben. Aber das war schon fast eine nett gemeinte Kuvertwatschn, Abschiedskuss nichts dagegen.

16

Ohne Technik bist du heute als Kripo rein gar nichts. Der Verbrecher technisch sowieso immer einen Schritt voraus. Und zwar einen großen Schritt. Aber die Kripo auch aufgeholt. Du hast DNA, du hast Kameras, du hast Handyüberwachung. Das hilft viel, keine Frage. Aber es erschwert auch vieles. Bei der Technik bist du immer in Gefahr, dass du zu sehr auf sie setzt und deinem Instinkt nicht mehr traust. Du kümmerst dich im entscheidenden Moment um eine technische Sache zu viel, und während du noch ein Handyfoto machst, scheißt dir die Wirklichkeit auf den Kopf.

Zum Beispiel der Savic. Wenn der nicht noch ein Foto gemacht hätte, wie die Iris zum Nguyen in den Tobias-Transporter gestiegen ist, hätte er vielleicht wie in der guten alten Zeit doch noch händeringend ein Taxi aufgehalten und wäre ihnen nach. Aber so war es zu spät, weil sie waren weg. Und ihm ist nichts anderes übriggeblieben, als in der Tobias-Zentrale anzurufen. Dort hat er zuerst keinen erreicht, und nach einem halben Tag Warteschleife hat er erfahren, dass er einen Fahrer am ehesten gegen Abend erwischt, wenn die Wagen nach Hause kommen.

Natürlich der Fahrer dann auch am Abend nicht dort. Der

Tobias hat dem Savic nur sagen können, dass er noch unterwegs ist, der hat eine Tour, tausend Pakete, ja was glaubst du.

»Aber darf ich fragen«, hat der Tobias geschnauft in seiner schwerfälligen Art, »ist noch irgendeine Unregelmäßigkeit im Schwange?«

»Im Schwange nicht direkt«, hat der Savic gesagt. »Aber diese Touren – da geht es doch um jede Sekunde, oder? Die sind doch eng eingeteilt.«

»Sekunde nicht.« Der Tobias hat überlegt, wie er das dem Polizisten am besten erklärt. »Aber Minute schon natürlich. Wir haben da nicht die Philosophie, dass wir die Fahrer so extrem unter Druck setzen. Wissens, wie sag ich das am blödesten, also – Kaffee? Cappuccino? Ich hab da ganz eine neue Maschine, die spielt alle Stücke, wenn ich den richtigen Knopf erwische. Latte macchiato, dann Cappuccino, dann Espresso, dann Ristretto.«

»Nein danke.«

»Also, wie erklär ich Ihnen das. Ein gewisser Druck ist gut. Vom Zeitlichen her natürlich nur. Vom Menschlichen her machen wir keinen Druck. Dass da herumgebrüllt wird oder was. Weil das Menschliche musst du schon bei der Einstellung regeln. Da musst du das Gespür haben, dass du nur einen Verlässlichen einstellst. Aber bei der Zeit muss ein gewisser Druck sein. Kein zu extremer Druck. Verstengans. Gerade richtig viel Druck. Drum sag ich immer, wenn die Leute über Effizienz reden: Das ist ein kompliziertes Thema. Da kannst du nicht immer nur den Druck steigern. Du musst auch einmal den Druck reduzieren. Drum sag ich, die Minute zählt, verstengans? Aber die Sekunde zählt nicht. Die Sekunde geht nach hinten los, wissens, Herr –«

»Savic.«

»Verstengans, Herr Savic?«

»Das versteh ich«, hat der Savic gesagt, »die Sekunde geht nach hinten los.«

»Und was soll das für eine Sekunde sein«, hat der Tobias gelacht, »die nach hinten losgeht. Das kann von mir aus jede x-beliebige Sekunde sein, Herr Savic, aber keine effiziente Sekunde. Normalerweise.«

Der Savic hat es wirklich verstanden, weil solche Sachen hat er auch schon manchmal überlegt, und er hat sich gedacht, auf dem Weg die Karriereleiter hinauf kann er das vielleicht noch einmal brauchen, was ihm der Tobias gerade gesagt hat, mit der Effizienz und mit der Sekunde, die nach hinten losgeht.

»Und können Sie mir dann das erklären?«, hat der Savic gesagt und ihm auf seinem Handy das Foto gezeigt, wo der Herr Nguyen sich mitten am Tag mit der Iris trifft.

»Auweh!«, hat der Tobias ausgerufen und sich die Hand über die Augen gehalten. »Da seh ich gar nichts.«

Und da sind wir wieder bei meinem Credo. Darum sag ich, die Technik kann nach hinten losgehen. Weil im selben Moment hat das Handy geklingelt, der Name »Kopf« hat das Bild vom Handy verdrängt, gerade in dem Moment, wo der Tobias das Foto anschauen wollte.

»Was ist?«, hat der Savic den Störenfried am Telefon angefahren.

»Wir sollten endlich bekannt geben, dass wir das Herz gefunden haben. Die Trans-«

»Wieso ist das so dringend?«, hat der Savic ihn unterbrochen. »Lass sie einmal im Labor die Arbeit machen.«

»Die Transplantationsgegner sind heute groß in der Zeitung. Die haben sich von der Iris aufhetzen lassen. Von wegen Organmafia.«

»Wieso denn die Iris? Die weiß doch, dass wir das Herz haben.«

»Die Iris schon. Aber die Transplantationsgegner wissen es noch nicht. Sie war ja schon vorher bei denen, so verstehe ich das.«

»Auf die paar Sekunden kommt's jetzt auch nicht an«, ist der Savic mit seiner neuen Weisheit hausieren gegangen. »Ich bin gerade in einem Gespräch.«

»Ach so, was hebst dann ab?«

Der Savic hat aufgelegt und wieder das Foto gesucht. »Es gibt Leute, die gegen Organtransplantationen sind«, hat er dem Tobias nebenbei erklärt.

»Es gibt für alles Leute«, hat der Tobias gesagt. »So wie die Abtreibungsgegner. Oder die Zeugen, die dürfen nicht einmal Blut – auweh«, hat er sich selber unterbrochen, weil ihm der Savic wieder das Foto hingehalten hat. »Da seh ich gar nichts. Können Sie es mir nicht auf den Computer schicken?«

Weil der Tobias schlechte Augen, jetzt hat der einen riesigen Bildschirm gehabt, den er immer aus nächster Nähe nach den wichtigsten Informationen abgegrast hat.

»Verflixt und zugenäht!«, hat er auf einmal losgelegt, weil es ist ihm nicht gelungen, das Bild vom Savic auf seinem Computer zu öffnen. »Seit zwei Wochen hab ich hier alles neu. Und seither funktioniert überhaupt nichts mehr! Schauns, wenn ich da drücke, geht gar nichts. Vor einer halben Stunde war der Computermensch da. Und jetzt geht es schon wieder nicht!«

Er hat den Hörer von seinem Festnetztelefon gerissen und in die Buchhaltung hinübertelefoniert: »Ist der Computermensch noch bei euch? Ja? Sie! Ich drück da auf Bild öffnen, aber es tut sich nichts.«

Und auf einmal war das Foto von der Iris, wie sie in den Transporter steigt, riesengroß auf dem Bildschirm, quasi Zauberei. Weil der Computermensch hat das einfach von seinem Computer aus gemacht.

»Das ist ja unheimlich«, hat der Tobias gesagt. »Aber kommen Sie nachher noch einmal herüber. Ich muss das doch selber können. Ich kann ja nicht jedes Mal anrufen. Ja, ist gut.«

Er hat aufgelegt und geseufzt. »Ich lern das nicht mehr mit diesen Computern. Aber ich bin froh, dass mir der Nguyen diesen Mann besorgt hat. Der muss mir das alles wieder auf das alte System zurückstellen.«

»So wen könnte ich auch brauchen«, hat der Savic gesagt.

Obwohl das Foto riesengroß war, ist der Tobias mit seinen Augen so nah an den Bildschirm heran, als müsste er etwas winzig Kleines entziffern: »Ein sehr hübsches Mädchen ist das.«

»Mir geht es mehr um Ihren Fahrer«, hat der Savic gesagt.

»Ja, der Nguyen. Das ist mein bester Fahrer. Wenn ich privat was hab, zum Beispiel in die Zentrale oder irgendeine längere Fahrt, lass ich mich nur von ihm fahren. Und für den Computer hat er mir auch wen gewusst.«

»Sie lassen sich fahren?«

»Ja klar. Sonst würden mich Ihre Kollegen gleich schnappen. Ich seh ja zu wenig.«

»Und können Sie mir erklären, warum der Herr Nguyen sich mit der Iris trifft? Wir stecken noch mitten in den Ermittlungen, und der Tatzeuge trifft sich mit der Tochter des Ermordeten und der Hauptverdächtigen.«

»Jo mei«, hat der Tobias geantwortet.

»Mitten am Arbeitstag, wo es um jede Minute geht.«

»Es ist doch Arbeit«, hat der Tobias gesagt. »Auch wenn

in dem Fall kein Geld hereinkommt. Das gehört auch zur Arbeit, dass man einen Auftrag ordentlich zu Ende bringt.«

Ob du es glaubst oder nicht, er hat dem Savic dann erklärt, dass er den Herrn Nguyen beauftragt hat, die Umzugskisten aus der Roswitha-Wohnung wieder retour zu bringen. Auf Firmenkosten. Weil die Roswitha die Kisten loswerden wollte. Und dann eben die Kisten am Mistplatz zwischengelagert, und heute endlich Abschluss der Lieferung und ab ins Rinterzelt.

»Unentgeltlich natürlich«, hat der Tobias gesagt. »In so einem Fall muss man das menschlich betrachten.«

Jetzt hat sie schon wieder das Handy vom Savic unterbrochen, und natürlich wieder der Kollege Kopf.

»Was ist?«

Aber dieses Mal sehr ungerecht, dass er den Kopf schon wieder so angefahren hat. Und der Savic dann auch gleich ganz still geworden. Keine grantige Frage, warum er ihn deswegen anruft. Weil das war natürlich wichtiger als vorher die überflüssige Sache mit den Transplantationsgegnern. Der Savic nur zugehört, obwohl der Kopf so lang und umständlich erzählt hat, dass sogar der Tobias ein bisschen ungeduldig geschaut hat.

»Na dann«, hat der Savic müde gesagt. »Wäre das auch erledigt.«

Er hat mit einem Seufzer aufgelegt. Aber das war ein interessanter Seufzer, weder Seufzer der Erschöpfung noch Seufzer der Erleichterung, sondern ich möchte fast sagen, das Schlimmste von beiden Welten in einem Seufzer vereint.

»Entschuldigung«, hat er zum Tobias gesagt. »Jetzt dreh ich das Scheißhandy einmal ab.«

»Mögens nicht doch einen Kaffee? Der Tag ist eh noch lang genug für Sie.«

Der Savic hat den Kopf geschüttelt.

»Wie gesagt«, hat der Tobias seinen umständlichen Sermon noch einmal angestimmt, »ich bin gar nicht auf die Idee gekommen, dass das gegen die Ermittlungen ist. Sie haben ja die Schachteln auch freigegeben, soviel ich weiß.«

»Nein nein«, hat der Savic gesagt. »Es ist kein Problem.«

Er ist aufgestanden und hat nur noch gesagt: »Es gibt keine Ermittlungen mehr.«

»Haben Sie die Täterin?«

»Ja. Der Fall ist abgeschlossen.«

»Gratuliere! Ich hab in der Zeitung gelesen, dass es immer Beziehungstaten sind.«

»Ja. Es ist aber keine Täterin. Es ist ein Täter.«

»Ein Täter ist es?«

»Ja. Bitte löschen Sie das Foto, das ich Ihnen gerade geschickt habe. Es ist nicht mehr relevant. Heutzutage weiß man nie, wo man überall Probleme kriegen kann mit Datenschutz und was weiß ich«, hat der Savic noch gesagt und ist hinaus bei der Tür.

In der Tür ist ihm der Computerspezialist begegnet. Er hat den Savic nicht erkannt, weil er war im Stress. Der Savic hat ihn sofort erkannt, aber es ist ihn nichts mehr angegangen. Der Fall war gelöst, und ob der Praktikant vom Mistplatz bei der Iris übernachtet oder beim Tobias als Computermensch aushilft, ist ihn alles nichts mehr angegangen.

Auf der Straße draußen hat er sofort gesehen, dass sein Auto weg war. Der Parkplatz vor dem Installateur war leer, und dadurch hat man die Halteverbotstafel besonders gut gesehen. Der Savic hat sich geschworen, dass er nie wieder im Dienst seinen privaten Pkw verwenden wird. Kurz hat er überlegt, ob er sich vom Kopf abholen lässt oder ob er ein Taxi rufen soll, aber dann ist er einfach zu Fuß gegangen.

Unterwegs ist ihm ein Tobias-Transporter nach dem anderen untergekommen, und bei einem ist ihm sogar vorgekommen, dass der Herr Nguyen am Steuer gesessen ist. Aber das hat ihn auch nicht mehr zu interessieren gehabt. Der Herr Nguyen hat ihn sowieso nicht interessiert. Der Praktikant hat ihn auch nicht interessiert in dem Sinn. Die Iris hätte ihn interessiert. Aber sie hat ihn nicht mehr zu interessieren gehabt.

Der Wind hat ihm die Frisur zerstört, aber das war dem Savic heute auch schon egal. Er ist auf dem Heimweg in eine Stimmung hineinspaziert, die er in seinem ganzen Leben noch nicht gehabt hat. Als würde jeder Schritt und jeder Atemzug und jede einzelne Lebenssekunde bei ihm nach hinten losgehen.

17

Aber interessant ist das schon, um wie viel leichter der Mensch oft über eine Hürde kommt als einen bequemen Weg entlang. So schwer dem Savic die Beine auf dem flachen Rückweg vom Tobias geworden sind, so leichtfüßig hat sich der Brenner von der Rossi-Terrasse über den Nachbarbalkon und das Garagendach auf die Straße hinuntergehangelt. Auch noch die ersten Schritte, mit denen er sich von der Überschwemmung entfernt hat, die er in der Garageneinfahrt hinterlassen hat, sind ihm ganz leichtgefallen. Aber schon ein paar Straßen weiter ist er komplett eingegangen.

Er hat sich gefragt, wie spät es war, aber heutzutage gar nicht so einfach herauszufinden, wenn jemand dein Handy aus dem Fenster geschmissen hat. Zweimal hat er versucht, wen nach der Zeit zu fragen, aber die haben schon beim ersten »Entschuldigung« einen weiten Bogen um ihn gemacht, sprich Bettleralarm. Und so wichtig war es ihm auch wieder nicht, weil angenehmer Sommertag, und er hat sich einfach am Donaukanal ein bisschen ins Gras gelegt. Wie er aufgewacht ist, hat er überhaupt kein Gefühl gehabt, wie lange er geschlafen hat. Wieder automatisch nach dem Handy gegriffen, aber kein Handy in der Tasche. Und obwohl er eigentlich nur schauen wollte, wie spät es war, hat er durch das Fehlen vom Handy auf einmal das Gefühl gehabt, er hätte wen anrufen sollen.

Zum Glück war die Post in der Nähe, aber wie er von dort aus beim Mistplatz anrufen und sich wenigstens im Nachhinein krankmelden wollte, natürlich keine Nummer vom Mistplatz, weil Nummer auch nur im Handy. Früher hat man die wichtigsten Nummern auswendig gewusst, oder der Brenner hat immer einen winzigen Zettel in der Geldtasche gehabt mit den wichtigsten Nummern, aber heutzutage der Brenner keine einzige Nummer mehr auswendig gewusst und Zettel auch keinen mehr. Also hat er sich einfach einmal über den Polizeinotruf mit dem Kopf verbinden lassen.

»Na, wenn man vom Teufel redet«, hat der den Brenner begrüßt.

»Wieso?«, hat der Brenner gefragt. Und an seiner eigenen Stimme hat er erkannt, dass er entweder wahnsinnig lang geschlafen oder sich am Kanal unten verkühlt hat.

»Was ist denn mit dir los? Schläfst du noch um fünf am Nachmittag?«

»Fünf ist es schon?«

»Korrekt. Feierabend, Brenner.«

»Warum habt ihr von mir geredet?«

»Wenn du dein Handy abheben würdest, wüsstest du es, Brenner. Ich hab dir schon zweimal was hinaufgesagt.«

»Das hab ich verloren.«

»Dein Handy hast verloren?«

Der Kopf hat sich überhaupt keinen Zwang angetan und so erschöpft geschnauft, als würde er gerade mit seinem pubertären Sohn telefonieren, der wieder einmal das neue Handy verloren hat. Und da muss ich natürlich schon sagen. Wenn man bedenkt, wie weit unter dem Brenner der Kopf damals bei der Kripo gestanden ist, wie froh der war, wenn der Brenner ihn nur schief angeschaut und nicht zusammengeputzt hat, dann ist das schon, das tut mir persönlich weh. Umgekehrt muss ich dem Kopf zugutehalten, dass er sich einfach Sorgen gemacht hat, weil der Brenner wirklich sehr angeschlagen geklungen am Telefon.

»Was hast du mir denn auf das Handy hinaufgesagt?«

»Ich hab dir draufgesagt, dass wir den Täter haben, Brenner.«

»Habt ihr sie –«, endlich gefunden, wollte der Brenner sagen, aber vor dem »endlich« aus dem Nichts heraus ein furchtbarer Hustenanfall.

»Brenner, was ist denn mit dir los?«, hat der Kopf ihn nicht einmal zu Ende husten lassen.

»Geht schon wieder. Wo habt ihr sie gefunden?«

»Ich hab nicht gesagt, die Täterin.«

»Es war nicht seine Frau?«

»Nein, die Frau Schall hat ihn nicht umgebracht. Das hab ich dir eh alles aufs Handy hinaufgesagt.«

»Ja, aber ich hab's nicht gehört!«

»Das kann ich ja nicht wissen, dass du dein Handy verloren hast.«

»Jetzt weißt du es aber. Es war ein Mann, sagst du?«

»Nein, kein Mann. Wie kommst du darauf?«

»Aber du hast doch gesagt, es war keine Täterin.«

»Brenner, wo lebst du? Hast du nicht noch ein paar andere Möglichkeiten auf Lager?«

»Verarsch mich nicht.«

»Ich verarsch dich nicht. Täter, Täterin. Überleg dir noch eine andere Möglichkeit. Und wenn du am Abend mit mir auf ein Bier gehst, sag ich dir, ob du gewonnen hast.«

Sie haben sich dann aber auf etwas anderes geeinigt. Weil

der Brenner hat dem Kopf erzählt, dass er aus seiner Wohnung geflogen ist, natürlich nicht die Frau Rossi erwähnt, sondern die alte Geschichte mit den Katzensocken angedeutet. Der Kopf hat ihm angeboten, dass er gern einmal bei ihm übernachten kann, weil leer stehendes Zimmer, seit die Frau ausgezogen ist. Ehrlich gesagt hab ich sogar den Verdacht, dass der Brenner darauf spekuliert und vielleicht deshalb den Kopf angerufen hat. Ihm hat die Energie gefehlt, sich sofort eine neue Wohnung zu suchen. Da war das Angebot vom Kopf natürlich die ideale Übergangslösung. Aber glaubst du, er bedankt sich beim Kopf für das Angebot? Im Gegenteil, er tut so, als hätte er aus Neugier angerufen, sprich Mordsache Schall.

»Das erzähl ich dir am Abend«, hat der Kopf gesagt und ihm die Adresse gegeben. »Um sieben kannst kommen, dann koch ich uns was. Magst Spaghetti Carbonara?«

»Ich hab keinen Hunger«, hat der Brenner behauptet und aufgelegt.

In Wahrheit der Brenner aber einen wahnsinnigen Hunger, und wie er um sieben beim Kopf war, hat der die Nudeln schon fertig gehabt, eine Halbkilopackung Nudeln für zwei Männer, die haben sie in drei Minuten weggeschaufelt, frage nicht.

»Hab ich gar nicht gewusst, dass du so ein guter Koch bist«, hat der Brenner gesagt. Und das war das erste Lob, das der Alexander Kopf von seinem ehemaligen Vorgesetzten in seinem ganzen Leben bekommen hat.

Und die Flasche Rotwein war auch schon leer. Weil der Kopf hat gesagt, zu Spaghetti Carbonara nur Rotwein, kein Bier.

Weil Bier Nachspeise. Und bei der Nachspeise haben sie erst über die Arbeit geredet.

»Was ist jetzt mit eurem Mordfall?«

»Nichts ist«, hat der Kopf gesagt.

»Was heißt, nichts ist?«

»Es gibt keinen Mordfall.«

Du musst wissen, während der Brenner am Donaukanal geschlafen hat, ist bei der Kripo das Ergebnis von der Obduktion hereingekommen. Also Obduktion vielleicht ein bisschen zu viel gesagt, wenn du nur das Herz untersuchst, aber jedenfalls das Ergebnis eindeutig. Der Vater von der Iris, der Schall Franz, ist nicht erstochen worden, wie alle angenommen haben. Pass auf, das kann dir jeder Polizeipsychologe erklären: Vereinfachung des Tathergangs durch das menschliche Gehirn. Wenn einer so zerschnitten auftaucht, vermutet man automatisch, das Mordwerkzeug auch eine Klinge. Aber das ist eben der Kurzschluss, siehe Schall. Weil der Schall nicht erstochen, und erschossen auch nicht. Vergiftet auch nicht. Und sonst auch nichts. Ob du es glaubst oder nicht, er ist an einem Herzinfarkt gestorben. Da sind unsere Pathologen schon auf Zack, das muss ich auch einmal sagen, Hut ab vor unseren Ärzten, wie die das Herz auseinandergenommen haben, und klare Diagnose: schwerer Herzinfarkt. Hinterwandinfarkt, wie man so schön sagt.

»Jetzt haben wir keinen Fall mehr«, hat der Kopf selber gestaunt. Seine Augen haben fast etwas Schockiertes gehabt, weil es gibt Situationen im Leben, da ist der Nichtmord schockierender als der Mord.

»Außer Störung der Totenruhe«, hat der Brenner gesagt.

»Ja, Störung der Totenruhe haben wir schon. Und sonst auch noch ein paar Kleinigkeiten.«

»Leichenschändung.«

»Ich bin mir nicht sicher«, hat der Kopf nachdenklich gesagt. »Da müsste ich jetzt nachfragen, wie das gesetzlich ist. Aber ich glaub fast, das ist mehr oder weniger dasselbe.«

»Störung der Totenruhe und Leichenschändung?«

»Ja.«

»Kann sein. Ich glaub aber, Leichenschändung zählt mehr als Störung der Totenruhe.«

»Kann auch nur ein Unterparagraph von Totenruhe sein. Exzessive Störung der Totenruhe. Uns vom Mord geht jedenfalls beides nichts an.«

»Und mich geht's weiterhin nichts an.«

Der Kopf gutmütig gelächelt, das hat ihm gefallen, und er hat gesagt: »Ja, so gesehen hast recht. Dich geht's weiterhin nichts an.«

»Höchstens die Umweltsache geht mich was an, dass sie bei uns alles in die Wannen geschmissen haben –«

»Störung der Müllentsorgung. Geht uns vom Mord auch nichts an.«

»Sucht ihr die Frau Schall überhaupt noch?«

»Wir nicht. Aber die Kollegen suchen sie schon. Pro forma zumindest«, hat der Kopf gesagt und gleichzeitig abgewunken, sprich: Uns geht's nichts mehr an.

»Man fragt sich halt«, hat der Brenner gesagt und einen Schluck getrunken.

Der Kopf hat ihn müde angeschaut, quasi: Fang nicht jetzt noch irgendwas an.

»Warum sie das getan hat«, hat der Brenner dem Blick getrotzt.

»Was getan?«

»Na, warum sie ihn zerschnitten hat. Sie hätte ja einfach den Arzt rufen können, die Rettung hätte ihren Mann schon abgeholt.«

»Die Rettung holt keinen Toten ab.«

»Das brauchst du mir nicht erklären«, hat der Brenner den Spieß umgedreht. »Ich war einmal bei der Rettung. Aber sie hätte trotzdem die Rettung rufen können. Sie kann ja nicht wissen, ob er wirklich tot ist.«

»Hat sie aber nicht. Keinen Arzt und keine Bestattung hat sie gerufen. Was hast du dir eigentlich da an der Hand getan?«

»Hab ich mir bei der Arbeit aufgerissen.«

»Hast es anschauen lassen?«

»Das ist nichts«, hat der Brenner gleichgültig getan und einen verstohlenen Blick riskiert, ob sein Handgelenk blau war oder gar ein Streifen bis zur Armbeuge hinauf. »Keine Angst, wegen mir brauchst keinen Leichenwagen rufen.«

»Aber die Bettwäsche blutest mir voll. Ich tu dir nachher was hinauf.«

»Siehst du!«, hat der Brenner nicht aufhören können. »Man hat doch eine Scheu vor dem ganzen Blut. Warum schneidet sie dann ihren Mann auseinander, nachdem er einen Herzinfarkt gekriegt hat?«

»Das muss ein Reflex gewesen sein.«

»Ein Reflex?«

»Ja, etwas in der Art«, hat der Kopf gesagt. »Eine Affekthandlung, oder wie das heißt.«

»Im Reflex schneidest du eine Leiche in Stücke?«

»Ich nicht. Aber sie hat es ja im Beipackzettel beschrieben.«

»Was für ein Beipackzettel?«

»Ja beim Herz. Sie hat ja einen Brief dazugelegt für die Rivalin. Brenner, du hast ihn doch gefunden!«

»Den Brief an die Roswitha meinst du?«

»›Sein Herz gehört dir‹, hat sie geschrieben. Darum ist es ihr gegangen.«

Der Brenner jetzt wieder einen leichten Hustenanfall, aber der Kopf hat einfach weitergeredet: »Sie wollte der Neuen das Herz vorbeibringen. Das war alles. Sie wollte ihn gar nicht zerteilen. Sie wollte nur das Herz. Und wenn du schon das Herz herausgeschnitten hast, kannst auch nicht mehr den Arzt rufen.«

»Stimmt, die Ärzte machen immer aus allem eine große Geschichte. Du gehst wegen einer verstauchten Zehe hin, und der schickt dich zum Blutbild und zum Gehirnröntgen und zur Darmspiegelung, und nach einer Woche bist du tot.«

»Sie wollte sich nur das Herz schnappen. Den Schlüssel von der Rivalin hat er am Schlüsselbund gehabt, die hat das wirklich perfekt durchgezogen. Und die Schachteln sind ja zum Abholen in ihrer Wohnung herumgestanden.«

»Hat sie ihn einfach auf die Schachteln verteilt.«

Das war ein sehr einträchtiger Moment zwischen den beiden Exkollegen. Ich möchte fast sagen, genau so, wie sie das Vorgehen der Frau Schall analysiert haben, wie bei ihr ein Schritt zum nächsten geführt hat, wie ohne Plan eine Folgerichtigkeit entstanden ist, so hat sich auch ihr Gespräch entwickelt. Sie haben sich zurückversetzt gefühlt in die gute alte Zeit, wo eine richtige Polizeiarbeit noch etwas gegolten hat.

»Ein Profiler würde sicher sagen: Leute, die Menschen in Teile zerschneiden, die haben das und das und das Problem«, hat der Kopf sinniert. »Den und den und den Charakter. Die und die Kindheit.«

»Persönlichkeitsbild.«

»Und dabei hat sie ihn nur zerschnitten, weil sie das Herz gebraucht hat. Und dann die Reste weggeräumt.«

Der Brenner hat genickt. Es hat ihm gefallen, wie logisch

es war, dass sie die Umzugskartons verwendet hat. »Weil die Schachteln schon dagestanden sind. Die haben auf ihn gewartet.«

»Eins hat eben zum anderen geführt. Reflexhandlung.«

»Das ist aber kein Reflex, wenn eines zum anderen führt.«

»Ja. Wie sagt man da?«

»Spontanhandlung.«

»Ja von mir aus Spontanhandlung. Aber nach jahrzehntelang aufgestauter Ehewut.«

»Entladung der langfristig aufgestauten Ehewut in einer Spontanhandlung.«

»Ja, das trifft's ziemlich gut.«

»Gut, dass der Profiler auf Urlaub ist.«

Der Kopf hat zwei Minuten lang gegähnt, dass ihm die Tränen heruntergelaufen sind, und dann hat er das Verbandszeug geholt und seinem Gast die verletzte Hand eingebunden. Das war dem Brenner schon ein bisschen zu viel, quasi erste Anzeichen von Ehewut gegen den Kopf nach zweistündigem Zusammenwohnen.

»Und wie hat die Iris reagiert auf die Nachricht?«

»Die Iris?« Der Kopf hat mitten im Einfaschen innegehalten und erschrocken gefragt: »Sag einmal, was hast du da unter den Haaren?«

»Wieso?«

»Du hast da eine wahnsinnige Beule!«, hat der Reservesanitäter Kopf Alarm geschlagen.

»Das ist nichts.« Der Brenner hat sich genervt weggedreht. »Ich bin nur aus dem Bett gefallen.«

»Aus dem Bett bist gefallen?«

»Jetzt sag schon, wie die Iris reagiert hat. Sie hat es ja nie geglaubt. Oder habt ihr es ihr noch nicht gesagt?«

»Sicher haben wir sie informiert«, hat der Kopf gesagt

und seine Arbeit wieder aufgenommen. »Aber sie hat es wieder nicht geglaubt.«

»Was heißt, sie hat es nicht geglaubt?«

»Sie bildet sich ein, dass wir irgendwas vertuschen. Organmafia, dass wir da irgendwen decken.«

Der Brenner hat den fertigen Verband bewundert. Ihm ist vorgekommen, dass er noch nie so einen schönen Verband gehabt hat. Wie eine zweite Haut. Aber gesagt hat er nur: »Wie kommt sie denn darauf?«

»Das frag ich mich ehrlich gesagt auch.«

Da hat der Brenner wieder gewusst, was ihn immer so aufgeregt hat am Kollegen Kopf. Der hat schon damals geglaubt, wenn man sagt »Das frag ich mich auch«, ist das schon eine Antwort, und damit war der Denkprozess beendet.

»Um die Iris zu begreifen, bräuchte man auch einen Profiler«, hat der Kopf gegähnt, weil es ist schon wieder spät geworden.

»Oder zumindest einen guten Psychologen«, hat der Brenner gesagt.

»Oder einen Pfarrer.«

»Pfarrer hilft da gar nichts.«

Ich muss auch sagen, ein Pfarrer kann da nicht helfen. Der kann dir eine Sünde auch nur erlassen, wenn du sie begangen hast. Und die Iris nichts verbrochen, da hätte der Pfarrer höchstens sagen können: Ich verzeihe dem lieben Gott, was er dir angetan hat, der Vater zerstückelt, die Mutter falsch verdächtigt und du selber das Herz in der Hand. Und ich glaube, du findest nicht leicht einen Pfarrer, der so etwas sagt, weil gegen die eigene Firma.

Dass sich jetzt herausgestellt hat, der Vater gar nicht ermordet, die Mutter gar keine Mörderin, hat für die Iris nicht gleich alles ungeschehen gemacht. Weil du darfst eines nicht vergessen. Gerade das Ungeschehene kann man am schwersten ungeschehen machen. Das Ungeschehene hat einen eigenen Willen, das steht wie ein Esel im Tor, bewegt sich nicht vor und nicht zurück und rührt sich nicht von der Stelle. Und ich sage, das war der Grund, dass die Iris sich so in ihren Wahn mit der Organmafia verbissen hat. Weil wenn dir das Ungeschehene einmal so lang im Weg gestanden ist wie der Iris, dann willst du auch einen Schuldigen finden. Das genügt für mich als Erklärung.

Und da lass ich noch vollkommen auf der Seite, dass sie ja dann eh recht gehabt hat.

18

Der Brenner hat dann einen großen Fehler gemacht, das muss ich so sagen. Weil er ist aus reiner Bequemlichkeit länger als eine Nacht beim Kopf geblieben. Und so etwas darfst du nicht machen, wenn du Einbruchsopfer geworden bist. Das hat der Brenner ganz genau gewusst. Da ist jedes Ausweichen Gift für die Psyche. Wenn du als vertriebener Bettgeher nicht sofort wieder in eine Wohnung einziehst, schaffst du es vielleicht nie wieder, sprich Traumabewältigung. Da gilt für den Bettgeher dieselbe Regel wie für das normale Einbruchsopfer. Du musst hart zu dir sein, das kriegt jedes Einbruchsopfer vom Polizeipsychologen eingehämmert. Du darfst nicht schwach sein und nachgeben, du musst das Trauma niederringen. Und ja nicht auf Urlaub fahren oder ein paar Nächte bei Freunden schlafen, bis du drüber hinweg bist. Sondern sofort wieder hineinbeißen und deine eigene Wohnung zurückerobern. Du musst sagen, jetzt erst recht, es ist meine Wohnung, ich lass sie mir nicht wegnehmen, ich bleib da, ich lass mich nicht vertreiben, erst eine eingebrochene Wohnung ist eine richtige Wohnung, quasi Feuertaufe.

Aber da hat eben beim Brenner die Bequemlichkeit gesiegt. Weil der Kopf sehr gut gekocht, der hat alles gekonnt,

Spaghetti, Fischstäbchen, Hausmannskost, Zwiebelrostbraten, alles. Punkto Sauberkeit der Kopf auch eins a. Und halbe-halbe hat der von seinem Mitbewohner auch nicht verlangt, sondern der Kopf gekocht, geputzt, abgewaschen, aufgeräumt, gebügelt, und der Brenner nur Gast.

Die Gespräche am Abend waren auch ganz in Ordnung. Der Brenner hat über die Kunden und über seine Kollegen geredet und der Kopf über den Savic. Der Brenner hat dem Kopf sein neues Handy gezeigt, und der Kopf hat ihm erklärt, wie es funktioniert. Du musst wissen, die Frau Rossi hat ihr altes Handy mit dem Fahrradboten zum Mistplatz geschickt, quasi Wiedergutmachung. Aber das hat er dem Kopf natürlich nicht erzählt. Er hat lieber vom Schmid erzählt, der Lippen lesen kann, und vom Udo, der bei jedem Thema früher oder später sagt: »Da gibt es ein Lied, kennst du das?«, und dann singt er dir das Lied vor, aber so falsch, dass du nicht einmal »Alle meine Entlein« erkennen würdest. Und der Kopf seinen Verdacht erwähnt, dass der Savic sich in die Iris verschaut hat.

»Er ist eifersüchtig auf euren Praktikanten«, hat der Kopf ihm erzählt. »Wir haben den ja bei der Iris aus dem Haus kommen gesehen.«

»Der Praktikant und die Iris?«

Der Brenner ungläubig geschaut, weil ihm ist vorgekommen, das kann nicht gut stimmen. Aber der Kopf hat ihm erzählt, dass der Savic sich auch jetzt noch mit der Iris und dem Praktikanten beschäftigt, wo die Iris ihn gar nichts mehr anzugehen hat, weil Fall gelöst.

»Es lässt ihm keine Ruhe, dass der Praktikant dem Tobias mit dem Computer geholfen hat.«

»Das muss nichts heißen«, hat der Brenner ihm erklärt. »Dem Novak hat der auch einen Computer besorgt. Und dem Udo hat er den Beamer eingestellt. Der kennt sich aus und verlangt hundert Euro pro Stunde für ein bisschen Computer.«

»Mir ist euer Praktikant egal«, hat der Kopf gesagt. »Ich sag nur, dass der Savic immer noch über ihn redet. Wo der Fall sich längst erledigt hat.«

»Wahrscheinlich hat er einen Nebenjob beim Tobias. Drum ist er seit ein paar Tagen im Krankenstand«, hat der Brenner weiter über den Praktikanten geredet, obwohl der Kopf gerade gesagt hat, der Praktikant ist ihm egal, es geht ihm um den Savic. Aber so ist es mit dem gemütlichen Zusammenwohnen, jeder hat eben seine Sachen vor sich hin geredet, altes Ehepaar nichts dagegen.

Dass der Savic vielleicht nicht ganz falschgelegen ist mit seinem Verdacht, ist dem Brenner am nächsten Tag klar geworden. Wie die Iris wieder mit dem Herrn Nguyen auf dem Mistplatz aufgekreuzt ist und nach dem Praktikanten gefragt hat. Zuerst noch kleines Missverständnis, weil sie hat ihren schmalen Kopf beim Beifahrerfenster hinausgestreckt und gefragt: »Ist der Coco da?«

»Was für ein Coco?«, hat der Brenner gefragt.

»Was für ein Coco?«, hat sie wiederholt und ungläubig gelacht, als wäre der Brenner ein schwachsinniges Kind.

»Hund oder Mensch?«, hat der Brenner gefragt.

Die Iris die Augen verdreht und den Brenner zweifelnd angeschaut: »Aber du weißt doch, wer der Coco ist!«

»Ich kenn keinen Coco.«

»Wie nennt ihr denn euren Praktikanten?«

»Den Praktikanten?«

Der Brenner hat mit übertriebener Lippenbewegung zum Schmid hinübergerufen: »Weißt du, wie der Praktikant heißt?«

»Was für ein Praktikant?«, hat der Schmid geantwortet und ist herbeigeschlurft.

»Habt ihr mehrere Praktikanten?«, hat die Iris gefragt.

Der Brenner hat ihr erklärt, dass die Praktikanten zu oft wechseln und deshalb der Einfachheit halber einfach Praktikant heißen. »Und im Moment haben wir gar keinen. Weil der glänzt schon ein paar Tage durch Abwesenheit.«

Mein lieber Schwan. Die Iris und der Herr Nguyen haben sich angeschaut, da hat der Brenner gleich gewusst, dass etwas nicht ganz ding ist.

»Ich erreich ihn auch nicht am Telefon«, hat die Iris gesagt. »Darum sind wir ja direkt hergefahren.«

»Da ist er auch nicht.«

»Ihr habt doch bestimmt irgendwo die Adressen der Mitarbeiter?«

»Bestimmt. Aber die dürfen wir dir nicht geben«, hat der Schmid gesagt. »Da!«, hat er der Iris mit ausgestrecktem Zeigefinger vorbuchstabiert, »Ten! Schutz!«

»Es wäre höchstens, dass wir selber nachschauen, was mit unserem Mitarbeiter ist«, hat der Brenner gesagt.

»Das wäre was anderes«, hat der Schmid gesagt. »Aber da musst du vorher auch oben nachfragen.«

»Wenn wir uns Sorgen machen, muss es auch einmal schnell gehen«, hat der Brenner gesagt. »Wegen der Fürsorgepflicht.«

»Fürsorgepflicht?«

Er hat den Schmid so lange traurig angeschaut, bis der gesagt hat: »Ich muss eh bei der Wanne 14 die Leiter anschrauben«, sprich: Das Büro ist leer, ob du dir da die Praktikanten-Adresse aus dem Personalordner heraussuchst oder nicht, ist mir scheißegal.

Zwei Minuten später war der Brenner schon mit der

Iris und dem Herrn Nguyen zur Koppstraße 68 unterwegs.

»Und Sie dürfen privat mit dem Tobias-Wagen fahren?«, hat er den Herrn Nguyen gefragt.

»Bin ich nicht privat. Nur kleiner Umweg. Unterwegs muss Packel schupfen.«

»Unterwegs müssen wir noch Pakete zustellen«, hat die Iris ihn verbessert.

»Ja, Pakete zustellen.«

Die Iris hat sich wieder zum Brenner umgedreht. »Ich helfe ihm dabei. Wenn einer fährt und einer rennt, schafft man es in der Zeit. Sonst ist es aussichtslos. Das ist die reinste Sklaverei.«

»Ist nur Lösungsübergang«, hat der Herr Nguyen gelächelt, weil den hast du nie jammern gehört, der Herr Nguyen immer Glas halb voll. Jetzt auch schon wieder Zuversicht in Person und: »Heute nicht mehr lange, dann suchma Coco.«

Der Brenner hat sich gesagt, für den Tobias wird der Praktikant auch nicht mehr arbeiten, sonst wüsste es der Herr Nguyen. Also hat er nicht erwähnt, dass er das weiß, und einfach gesagt: »Vielleicht ist er weggefahren, und sein Praktikum interessiert ihn nicht. Die Praktikanten werden schlecht bezahlt.«

»Aber dann hätte er uns zumindest die Festplatte zurückgegeben.«

»Was für eine Festplatte?«

»Die wir ihm gegeben haben.«

»Was war da darauf?«

»Nichts, das ist es ja«, hat die Iris gesagt.

»Nichts? Das ist es ja?«

»Alles lösch«, hat der Herr Nguyen gesagt und eine Vollbremsung hingelegt, dass der Brenner den nächsten Meter

Richtung Koppstraße auf dem Luftweg zurückgelegt hat, weil natürlich kein regulärer Sitz im Paketbomber. Aber so elegant an der Windschutzscheibe abgefangen, dass er den blauen Fleck überhaupt erst nach zwei Tagen entdeckt hat. Und da ist es wirklich nicht mehr darauf angekommen.

Der Herr Nguyen mitten auf dem Zebrastreifen gehalten, die Iris die Tür aufgerissen, über die Straße gerannt, und wie der Brenner das nächste Mal geblinzelt hat, ist sie schon mit dem Paket an der Haustür gestanden und hat geklingelt. Dann an der Sprechanlage kurze Verhandlung, und der Brenner hat beobachtet, wie die Iris dabei mit dem Paket gestikuliert hat.

»Sie macht sehr gut mit Nachtbär«, hat der Herr Nguyen gesagt. »Früher habe ich genommen viele Pakete in Code 2.«

»Was ist Code 2?«

»Code 2 ist Packelshop. Adressat nicht zu Hause. Ist Spezialsprache Firma Tobias.«

»Meistens klingelt ihr ja nicht einmal.«

»Ja nicht meistens. Mache ich fifty-fifty. Fifty läute ich, fifty läute ich nicht.«

»Ich bin immer bei den falschen fifty dabei.«

»Ja ist Pechsache.«

Der Herr Nguyen hat gelacht und die unsichtbare Staubwolke ein Stück Richtung Brenner hinübergewischt, während drüben die Iris in der Haustür verschwunden ist und ein Fußgänger ihnen wütend auf die Kühlerhaube geklopft hat, weil sie auf dem Zebrastreifen gestanden sind.

»Aber kriegst du Probleme mit Tobias persönlich, wenn du zu viele in Packelshop bringst. Besser ist Nachtbär.«

»Ich nehm nie was für den Nachbarn«, hat der Brenner gesagt. »Ich arbeite nicht für die Versandmafia, verstehen Sie? Unbezahlt. Diese Gangsterfirmen kalkulieren meine

Mitarbeit schon ein. Die machen ihre Geschäfte auf meine Kosten.«

»Jaja, schlechte Nachtbär gibt viele«, hat der Herr Nguyen gesagt, als ginge es nicht gegen den Brenner, sondern allgemeine Philosophie. »Sagen, aaaah, will ich nicht nehmen, den mag ich nicht, ist nie zu Hause, hat bösen Hund, dann ist verlorene Zeit.«

»Genau damit rechnet die Versandmafia. Dass man Mitleid mit dem Fahrer hat.«

Der Brenner hat es sich fast schon selber geglaubt, dass er aus diesem Grund keine Post annimmt, quasi kritischer Zeitgenosse, und nicht, weil er als Bettgeher Angst vor allen Nachbarn haben muss.

»Mafia nicht«, hat der Herr Nguyen gelächelt und den nächsten Staublurch zur Seite geschoben. »Ist nur Geschäftsmodell.«

»Jaja, Mafia ist auch Geschäftsmodell.«

»Aber Iris ist sehr gut mit Nachtbär.«

»Nachbar!«

Jetzt warum hat der Brenner sich auf einmal in den reinsten Schulmeister verwandelt? Pass auf, dafür gibt es nur eine Erklärung. Das Wort »Nachtbär« hat ihn regelrecht mit Grauen erfüllt. Die Erinnerung an die Frau Rossi war noch zu frisch. Er hat Angst gekriegt, das Wort gräbt sich ein bei ihm, und um vier Uhr früh besucht ihn der Nachtbär, ohne anzuklopfen.

Der Herr Nguyen gutmütig den Kopf geschüttelt, sprich, es ist nicht so schlimm, wenn der Brenner das Prinzip nicht versteht. »Iris macht gutes Lächeln«, hat er dem Brenner erklärt, »dann macht fast jeder Nachtbär Unterschrift auf den Hebel und nimmt Paket.«

»Was für ein Hebel?«

»Ist Spezialsprache Firma Tobias. Wo man Unterschrift macht. Der Gerät.«

»Muss man mit dem Finger unterschreiben oder mit dem Stift?«

»Unser Hebel mit Stift.«

»Wenigstens das. Es ist eine Frechheit, wenn man mit dem Finger unterschreiben muss«, hat der Brenner gesagt. »Dann geben sie gleich deinen Fingerabdruck weiter an die Geheimdienste.«

»Nein nein, ist nur Unterschrift mit Finger. Nicht Fingerprint. Ist nur Signierhaxn.«

»Das sagt man euch so! Aber woher wisst ihr, was das Gerät alles misst bei meinem Finger?«

Zum Glück in dem Moment die Iris wieder zugestiegen.

»Vierter Stock ohne Lift«, hat sie geschnauft, »langsam krieg ich eine Kondition.«

»Nächste laufe wieder ich«, hat der Herr Nguyen im Anfahren gesagt, aber trotz Eile kein Kavaliersstart, sondern so sanft angefahren, als würde er es rein mit der geistigen Energie machen.

»Passt schon, sind eh nur noch drei Pakete und ein Kuvert. Dann können wir zum Coco.«

»Was wollt ihr eigentlich von ihm?«

»Wiederherstellung«, hat der Herr Nguyen gesagt. »Weil nie alles gelöscht. Nur Schreddern alles gelöscht. Bei Firma Reisswolf. Aber war ich nicht bei Firma Reisswolf.«

»Der Tobias hat sein Computersystem umgestellt«, hat die Iris dem Brenner erklärt. »Und mit dem alten Zeug hat er ihn zum Schreddern geschickt.«

»Ja, war ich nicht Reisswolf. Tobias hat mich geschickt zu Firma Reisswolf mit Festplatte. Aber ich denke, schade um Festplatte. Kann ich vielleicht noch brauchen.«

»Eine alte Festplatte?«

»Für eigenes Geschäftsmodell. Kann ich viel lernen. Wie machtma Buchhaltung, wie machtma Kalkulation. Formulare. Also nehme ich Festplatte mit heim. Aber leider Tobias auch nicht deppert. Alles lösch. Mussma versuchen Wiederherstellung.«

»Du auch nicht deppert«, hat der Brenner gelacht. »Und der Praktikant kann das?«

»Der Coco ist ein Genie«, hat die Iris gesagt.

Da muss ich ehrlich sagen, da hat man schon gemerkt, wie sie geschwärmt hat für den Praktikanten. Und der Brenner vielleicht doch ein bisschen Solidaritätseifersucht für den Savic, dass er jetzt gemault hat: »Coco. Das ist ein blöder Name.«

Oder war es auch weniger die Eifersucht. Im Nachhinein muss ich sagen, vielleicht war das Unbewusste vom Brenner doch schon vom Reisswolf alarmiert.

»Soll ich Praktikant sagen?«, hat die Iris zurückgemault.

»Nein. Aber in der Adressliste ist Cornelius gestanden.«

»Ja eben. Drum Coco. Das ist die Abkürzung. Jeder nennt ihn Coco.«

»Ist zu lang, Cornelius«, hat der Herr Nguyen erklärt und den Staublurch weggewischt.

»Ich hab einmal einen Cornelius gekannt, den haben wir Cornel genannt«, hat der Brenner erzählt. »Wahrscheinlich auch, weil Cornelius zu lang war.«

Durch die Seitenscheibe hat er einen Volvo beobachtet, der beim Einparken auf den Randstein gefahren ist, dann hat er doch noch weitererzählt über seinen Polizeischulkollegen Cornelius: »Der hat im Hochsommer einen Köpfler in den See gemacht und ist nicht mehr aufgetaucht. Herzstillstand mit sechsundzwanzig Jahren.«

»Mussma immer Blut abkühlen«, hat der Herr Nguyen gesagt.

»Die paar Jahre, die der gelebt hat, hätte man den ganzen Namen auch aussprechen können«, hat der Brenner sinniert.

»Mussma Handgelenke kühlen und Nackten.«

»Nacken«, hat die Iris ihn korrigiert.

»Ja, nachher ist man immer gescheiter«, hat der Brenner gesagt.

»Nicht bei Herzstillstand«, hat die Iris es ganz genau genommen, weil seit der Geschichte mit ihrem Vater hat sie natürlich gewusst, dass ein Herzversager nachher nicht gescheiter ist, weil zu tot zum Gescheitersein.

Der Herr Nguyen hat den Brenner von der Seite angeschaut: »Es tut mir beileid, dass Ihr Freund gestorben ist so jung.«

»Er war eh ein Arschloch«, hat der Brenner gesagt.

Du musst wissen, der Cornel hat den Salto nur gemacht, um die Freundin vom Brenner zu beeindrucken, die Gudrun, sprich Guggi. Aber erst beim Begräbnis ist der Brenner drauf gekommen, dass die Guggi schon was mit ihm gehabt hat, weil die hat sich aufgeführt, trauernde Witwe nichts dagegen.

Den Brenner hat gewundert, wie erschrocken die Iris geschaut hat. Er hat überlegt, womöglich darf man über einen Toten nicht sagen, dass er ein Arschloch war. Andererseits, es war ja schon lange her, und über Dinge, die lange her sind, darf man auch einmal die Wahrheit sagen.

»Der Coco ist jedenfalls kein Arschloch«, hat die Iris gesagt.

»Das sag ich ja nicht.«

»Du kannst sagen, was du willst«.

Mein lieber Schwan. Im Nachhinein muss man schon

fast sagen, mit dieser angefressenen Antwort war die Iris die reinste Prophetin. Natürlich, um zu behaupten, dass der Praktikant kein Arschloch war, hat sie keine Prophetin sein müssen, hat ja jeder gewusst, dass der Coco in Ordnung war, auch die, die nicht in ihn verliebt waren. Eine Prophetin war die Iris mit ihrer Bemerkung, dass der Brenner sagen kann, was er will. Da war mehr Wahrheit drinnen, als sie beabsichtigt hat. Weil pass auf: Wenn der Praktikant ein Arschloch gewesen wäre – das ist jetzt ein reines Gedankenexperiment: Wenn! Nur als Überlegung. Wenn er eines gewesen wäre, hätte der Brenner es vielleicht sagen dürfen, vielleicht aber auch nicht. Ich sage, fifty-fifty. Je nachdem, ob der Praktikant zu dem Zeitpunkt noch am Leben war oder ob er nicht mehr am Leben war. Über den Lebenden hätte er es sagen dürfen, über den Toten aber nicht, quasi Pietät. Nur als Beispiel. Er war sowieso kein Arschloch, das sagen alle.

Und ob er tot war, da gehen Meinungen auseinander. Bis heute! Oder ob er zu dem Zeitpunkt noch am Leben war. Da haben wir bis heute die Diskussionen! War er noch am Leben, oder war er nicht mehr am Leben? Ich sage, so etwas darf man nicht voreilig beantworten. Am ehesten würde ich sagen, teilweise.

19

Das Navi hat angezeigt, dass es nur noch fünf Minuten zur Wohnung vom Praktikanten waren. Zum Coco. Oder Cornelius, so lang ist es auch wieder nicht. Aber interessant. Je näher sie gekommen sind, umso tiefer sind sie in ein nervöses Schweigen versunken. Weil sie haben sich gefragt, was der Cornelius für Geheimnisse gefunden hat, die der Herr Nguyen dem Reisswolf in letzter Sekunde entrissen hat.

Und ob du es glaubst oder nicht, zwei Minuten vor der Ankunft sind sie auf einmal zu viert im Auto gesessen. Das lächelnde Gesicht vom Tobias ist auf dem Navi-Bildschirm erschienen, sprich Anruf. Der Brenner hat den Tobias zwar nicht gekannt, aber unter dem Bild ist *Chef* gestanden, und via Freisprechanlage hat der Brenner mithören können und die Iris auch.

»Wo bleibst du, Nguyen?«, hat der Tobias gefragt ohne Gruß oder irgendwas.

»Bin ich Panikengasse«, hat der Herr Nguyen gesagt.

»Wo?«

Du musst wissen, der Herr Nguyen hat die Straße falsch betont, als würde in dieser Gasse recht viel genickt, und geklungen hat es, als würde er sagen »bei Nickengasse«. Normalerweise hätte die Iris ihm jetzt gesagt, dass es Panikengasse heißt, sprich Panik. Aber sie hat nichts gesagt. Nicht einmal tonlos zugeflüstert hat sie dem Herrn Nguyen, dass es Panikengasse heißt. Und darum hat der Herr Nguyen noch ein zweites Mal gesagt:

»Bin ich ba Nickengasse.«

»Wo?«

»Koppstraße«, hat der Herr Nguyen sich verbessert, weil gottseidank, sie sind gerade in die Koppstraße eingebogen.

Die Iris ist erstarrt dagesessen und hat dem Gespräch zugehört. Oder besser gesagt, sie hat nicht in erster Linie dem Gespräch zugehört. In erster Linie hat sie das freundliche Gesicht vom Tobias angestarrt.

»Panikengasse heißt das«, sagt der Tobias, weil jetzt hat er gewusst, was der Herr Nguyen gemeint hat. »Die Straßennamen solltest du schon können!«

»Bin ich jetzt Koppstraße.«

»Dann bist du ja in einer Viertelstunde da. Ich brauch dich für eine Fahrt.«

Weil der Herr Nguyen der verlässlichste Fahrer, den der Tobias gehabt hat, und da hat es beim Tobias nichts gegeben, Privatchauffeur immer nur der Herr Nguyen. Der Brenner hat jetzt dem Telefonat auch nicht mehr besonders interessiert zugehört, weil erstens kein interessanter Inhalt, zweitens: Warum ist die Iris so still und blass geworden, Salzsäule Hilfsausdruck. Weil die Iris normalerweise immer eine lebendige Ausstrahlung, und wenn sie nichts gesagt hat, zumindest die Augen geplappert, oder sie ist nervös herumgewetzt mit der Körpersprache.

»Ist halbe Stunde auch gut? Hab ich Stau und noch zwei Pakete auf Ruckweg.«

Der Tobias hat aber nicht mit sich handeln lassen, der hat

immer genau im Blick gehabt, wo gerade ein Stau war, ja was glaubst du. Jetzt hat er dem Herrn Nguyen gesagt, er soll alle Zustellungen verschieben und ihn sofort abholen.

Der Herr Nguyen schwer geseufzt. Die Iris wollte gleich an der Kreuzung hinaushüpfen. Aber der Herr Nguyen hat es sich nicht nehmen lassen und die beiden wenigstens bis zur richtigen Adresse chauffiert, sprich Koppstraße 68. Dort sind die beiden hinaus, und er ist weitergefahren.

Der Brenner war erleichtert, dass der Praktikant an so einer lauten Straße gewohnt hat, weil da hat er wenigstens seine eigene Wohnungssuche einmal vergessen können. Das hast du ja immer mitlaufen, wenn du keine Wohnung hast, überall suchst du einen guten Platz für dich. Aber natürlich, wenn du gratis wohnst, musst du immer auf ein sehr hohes Niveau achten, das ist das Wichtigste. Du kannst dir eine billige Wohnung gar nicht leisten, weil der Billigwohner hat ja meistens keinen Zweitwohnsitz, der hat womöglich zwei Jobs statt zwei Wohnungen, sprich Unregelmäßigkeiten, und da gilt für den Bettgeher die eiserne Regel, wer billig wohnt, wohnt teuer, weil du kommst bei einem Billigwohner aus dem Davonrennen gar nicht mehr hinaus.

»Warum bist du so still?«, hat er die Iris gefragt, der nicht einmal aufgefallen ist, dass die Fußgängerampel schon lange grün geworden ist.

»Der Tobias.«

»Der war heute nicht gut aufgelegt«, sagt der Brenner.

»Den kenne ich«, sagt die Iris.

»Den kennst du? Hat er euch die Umzugsschachteln persönlich vorbeigebracht?«

»Nein. Von früher kenn ich den.«

»Von früher?«

Die Iris hat den Kopf geschüttelt. »Vielleicht täusche ich mich ja auch.«

»Woher kennst du ihn denn?«

»Gerade das fällt mir nicht ein. Aber ich weiß, dass ich den schon einmal gesehen hab.«

Sie sind schon beim Praktikanten vor der Haustür gestanden. Aber da waren nicht einmal Namen an den Klingeln. Jetzt hätte der Brenner gewusst, dass der Praktikant Cornelius Pyrk heißt, aber was nützt dir der Name, wenn er nicht an der Klingel steht. Als Bettgeher bist du natürlich Experte in Klingelschilder-Interpretation, und für den Brenner sowieso eine Gewohnheit, weil als Polizist auch schon viele Klingelschilder studiert. Schon aus seiner Polizeischulzeit hat er gewusst, es gibt fast keinen Hauseingang, wo nicht zumindest ein interessanter Name dabei ist. Sicher, normale Namen auch, wie Brenner oder Schall oder Schmid oder Novak. Aber dann gibt es Leute, die heißen Faul oder Viereck oder Schrittesser. Die heißen Engel oder Stern oder Gott oder Tod oder Mies oder Geil. Fast an jedem Haus gibt es einen, wo du lachen musst, und einen anderen, wo du ins Träumen kommst, Schicksal und alles. Geärgert haben den Brenner nur die Leute ohne Namen. Klingel ohne Namensschild hat er als persönliche Unhöflichkeit empfunden. Und pass auf, was ich dir sage, das haben die sehr guten und die sehr schlechten Adressen gemeinsam: keine Namen.

Zum Glück ist in dem Moment, wo er überlegt hat, ob er einfach überall klingeln soll, jemand herausgekommen, und natürlich der Brenner gleich hinein. Wie er der Iris die Tür aufhält, sagt sie nicht »Danke«, sondern »Ja«, aber nicht zum Brenner, sondern die Iris gerade einen Anruf angenommen, sprich Kopfhörer. Nach einer Schrecksekunde hat der Brenner es verstanden, sie redet gar nicht mit mir, sie telefoniert.

»Moment«, hat sie dem Brenner zugeflüstert und ist in den Innenhof hinaus, weil besserer Empfang.

In manchen Häusern ist ja die Tür zum Hof versperrt, aber im Coco-Haus natürlich nicht versperrt, jetzt ist sie da einfach hinaus und hat den Brenner im Hausgang stehengelassen. Durch die Glasfenster in der Tür hat ihr der Brenner beim Telefonieren zugeschaut. Er hat sich gefragt, was er hier eigentlich macht. Zuerst haut der Herr Nguyen ab, jetzt lässt die Iris ihn einfach stehen, und wahrscheinlich ist der Praktikant sowieso nicht daheim, weil normalerweise Definition des jungen Menschen: nicht daheim, sprich Fahrrad, Wiese, Freunde.

Aber interessant. Es ist oft aufschlussreicher, einen Menschen beim Telefonieren zu beobachten, wenn man nichts hört. Weil besonders angenehm dürfte das Telefonat nicht gewesen sein. Ihm ist vorgekommen, die Iris verfällt da draußen neben dem Altpapiercontainer regelrecht, und er hat schon überlegt, ob er zu ihr hinausgehen soll. Aber dann hat die Iris mit derart leeren Augen durch ihn hindurchgeschaut, dass er sich weggedreht hat Richtung Haustür.

Und ob du es glaubst oder nicht, direkt in der Tür ist er viel freundlicher angeschaut worden. Weil der Praktikant hat ihn angelächelt, der freundliche Coco, der Cornel. Nicht persönlich, aber ein sehr sympathisches Foto. Den Zettel haben sie da mit einem Reißnagel einfach an die Tür geheftet. 1999 geboren in Wien. Unfall in Chieming. Deine dich ewig liebende Mutter. Ein Kreuz war nicht auf dem Partezettel, aber eine Blume und ein tröstlicher Spruch. Den Spruch hat der Brenner aber nicht sehr tröstlich gefunden, weil sehr schwermütiger Gedanke:

Der hohen Taten Ruhm
muss wie ein Traum vergehen.
Soll denn das Spiel der Zeit
der leichte Mensch bestehen?

Draußen die Iris immer noch telefoniert. Jetzt hat der Brenner den Partezettel heruntergerissen, damit sie es nicht auf diese Weise erfahren muss. Als gelernter Kripomann weißt du die Worte, mit denen du es den Hinterbliebenen im richtigen Moment beibringst, quasi schonend. Und wie er den Zettel in seine Jackentasche zum Handy dazusteckt, spürt er sein Handy vibrieren. Er hat gar nicht schauen müssen, wer es war, weil außer dem Kopf hat er seine neue Nummer noch keinem gegeben.

»Wir haben die Frau gefunden«, hat der Kopf gesagt.

»Was für eine Frau?«

Ich muss ganz ehrlich sagen, wenn du gerade erst den Partezettel vom Praktikanten entdeckt hast, kannst du auch einmal auf der Leitung stehen.

»Na, die Frau! Vom Schall, die Frau, die – die Witwe«, stottert der Kopf, weil Mörderin kannst du nicht gut sagen, wenn keiner ermordet worden ist.

»Wieso rufst du nicht vorher die Iris an?«

»Der Savic telefoniert gerade mit der Iris.«

Der Brenner hat sich nach der Iris umgedreht, die draußen im Hof immer noch telefoniert hat, aber jetzt hat er gewusst, mit wem.

»Wo habt ihr sie gefunden?«

»Im Sterberegister.«

Jetzt ist dem Brenner ein bisschen komisch geworden. Er hat den Reißnagel ins Visier genommen, der immer noch sinnlos in der Tür gesteckt ist, nachdem er den Partezettel heruntergerissen hat.

»In was für einem Sterberegister?«

»Die ist tot!«, brüllt der Kopf ungeduldig ins Telefon. »Die ist im Hospiz gestorben. Die war ja krank.«

»Im Hospiz? Da müsst ihr ja sehr genau gesucht haben, dass ihr die nicht gefunden habt, die muss doch im Hospiz offiziell gemeldet sein.«

»Unter einem anderen Namen, Brenner. Die ist unter einem anderen Namen dort gelegen.«

»Die ist unter einem falschen Namen im Hospiz gelegen?«

»Unter ihrem richtigen! Die hat wieder ihren Mädchennamen angenommen. Wegen der Scheidung. Die hat sich unter ihrem Mädchennamen im Hospiz eingeschrieben. Die wollte unter ihrem eigenen Namen sterben.«

Der Brenner hat den zusammengefalteten Partezettel aus seiner Hosentasche gezogen, nicht angeschaut, nur herausgezogen, wie man beim Telefonieren oft einmal mit irgendeinem Zettel spielt. Gewundert hätte es mich nicht, wenn er ihn wieder aufgehängt hätte, damit der Reißnagel nicht so allein ist, unbewusst, aber er hat ihn einfach wieder in seine Tasche gesteckt und gesagt: »Das versteh ich, dass man unter seinem eigenen Namen sterben will.«

»Ja eben, das versteh ich auch«, sagt der Kopf. »Aber deshalb haben wir sie nicht gefunden.«

»Wie hat die sich früher geschrieben?«

»Ist doch egal, wie sie geheißen hat«, sagt der Kopf. »Jedenfalls nicht Schall, Baier hat sie geheißen, stell dir das einmal vor, die trägt sich unter einem falschen Namen zum Sterben ein.«

»Es war ja nicht der falsche Name«, sagt der Brenner.

»Jaja, für sie nicht. Aber für uns war es der falsche Name. Für die Fahndung!«

Während er mit dem Kopf telefoniert hat, waren die Augen vom Brenner die ganze Zeit bei der Iris, die blass und zusammengesunken auf dem Fahrradständer gesessen ist und immer noch telefoniert hat. Den Kopf hat er nur noch gefragt, in welchem Hospiz die Mutter von der Iris gestorben ist.

»Gleich hinter der Grenze«, erklärt ihm der Kopf. »Wo sie ursprünglich hergekommen ist. Die ist zum Sterben heimgefahren. Darum haben wir sie ja nicht gefunden.«

»Was für eine Grenze?«

»Deutsche Grenze.«

»Richtung Chiemsee?«

Weil jetzt hat er auf einmal den Partezettel wieder in der Hand gehabt, ohne dass er es richtig bemerkt hat. Aber dieses Mal nicht nur in der Hand, sondern auch gelesen. Unfall in Chieming.

Und der Kopf sagt: »Direkt am Chiemsee. Warum weißt du das?«

Und der Brenner sagt nichts, und der Kopf sagt: »Aber unter dem richtigen Namen hätten wir sie natürlich trotzdem gefunden.«

Und der Brenner denkt, es war ja ihr richtiger Name. Aber sagen tut er es nicht noch einmal. Sagen tut der Brenner nur: »Der Cornel ist auch tot.«

»Was für ein Cornel?«

»Vom Mistplatz, der Praktikant.«

»Cornel heißt der?«

»Ja, Cornelius.«

»Das weiß ich schon, dass Cornel Cornelius ist«, sagt der Kopf.

»Aber es ist zu lang«, sagt der Brenner.

Und der Kopf sagt: »Wieso ist der tot?«

Und der Brenner sagt: »Autounfall. In Chieming.«

Und der Kopf sagt: »Wo ist Chieming?«
Und der Brenner sagt: »Dreimal darfst raten.«
»Autounfall am Chiemsee«, sagt der Kopf.
»Ja, ein komischer Zufall«, sagt der Brenner.
Und der Kopf sagt: »Was hat der dort gemacht?«
Und der Brenner sagt: »Das frag ich mich auch.«

20

Jetzt gute Nachricht: Der Brenner hat sich das schonende Überbringen der schlechten Nachricht sparen können. Weil die Iris hat es schon gewusst, dass der Praktikant tot war. Das musst du dir einmal vorstellen. Während sie mit dem Savic telefoniert, hört sie im Hintergrund, wie sein Kollege Kopf ihm zuruft: »Der Praktikant vom Mistplatz ist tot.«

Die schonende Art war das nicht, das muss ich ganz ehrlich sagen, sondern die brutale Art. Aber wer weiß das schon, ob die schonende Überbringung der schlechten Nachricht besser gewesen wäre. Das ist im Leben ja immer wieder so eine Sache, dass du etwas schonend beigebracht kriegst, sprich: Wir müssen reden, ich muss dir was Wichtiges sagen, ich hab leider eine schlechte Nachricht, solche Einleitungen. Da erschreckst du ja schon vor der Einleitung mehr als vor den nachfolgenden Details wie Bankrott, Krebs oder Jüngere.

Ob du es glaubst oder nicht, der Herr Nguyen ist von seinem Chef auch mit so einer Phrase empfangen worden. Er rennt im typischen Fahrerlaufschritt in das Büro, weil du kannst gar nicht anders als Paketzusteller, sogar ein gelassener Typ wie der Herr Nguyen immer im Laufschritt unterwegs, immer mit dem Gefühl, dass du zu spät dran bist, aber er war nicht zu spät, im Gegenteil, er war zu früh. Es war noch eine Kundin im Büro. Und der Tobias schaut nur kurz zu ihm hinüber und sagt: »Warte ein bisschen, ich hab leider eine schlechte Nachricht für dich.«

Und so hat der Tobias ihn stehenlassen, weil er hat sich ja um die Kundin kümmern müssen. Da muss ich schon sagen, das ist die schlimmste Art der schonenden Überbringung, wenn du nach der furchtbaren Einleitung auch noch eine halbe Stunde warten musst. Aber so war der Tobias eben, der hat nicht groß überlegt, wie sage ich es am besten, sondern er hat eben so vor sich hin gewurschtelt. Eigentlich sind mir solche Menschen sogar sympathisch, wenn sie nicht gerade zu mir sagen, sie haben eine schlechte Nachricht und mich dann warten lassen. Aber gut, zu seiner Entschuldigung kann ich sagen, dass eine ausgesprochen lästige Kundin bei ihm war, die ihm gerade den letzten Nerv gezogen hat.

Der Herr Nguyen hat sich gedacht, der Chef wird ihm erzählen, dass er ihn heute noch in die Zentrale nach Aschau fahren muss. Das ist nach einem langen Arbeitstag schon noch eine ziemliche Fahrt, besonders wenn du mitten in der schlimmsten Stoßzeit aufbrichst. Aber trotzdem, eine schlechte Nachricht hätte er das nicht unbedingt nennen müssen, dafür ist es schon zu oft vorgekommen. Die Hinfahrt allein wäre es ja nicht gewesen. Aber der Chef wollte meistens am selben Tag noch zurück. Diese Rastlosigkeit vom Chef hat der Herr Nguyen nicht ganz verstanden. Er wollte dauernd hin, aber er wollte auch dauernd wieder weg.

Gezeigt hat er seinen Ärger natürlich nicht, weil der Herr Nguyen nie einen Ärger gezeigt und außerdem sinnlose Sprunghaftigkeit in jeder Firma immer Chefsache. Nicht einmal den Lurch hat er zur Seite gewischt, sondern nur stumm gewartet. Außerdem – er hat ja gesehen, dass der Chef auch nichts dafür gekonnt hat. Die Kundin lästig, und der Computer hat ihn auch schon wieder gefuchst. Du musst wissen, der Praktikant hat in Aschau angefangen, das ganze System neu aufzusetzen, und wenn so einer mittendrinnen ausfällt, natürlich Katastrophe.

Während der Herr Nguyen auf die schlechte Nachricht gewartet und die lästige Kundin beobachtet hat, sind ihm ein paar Gedanken über den Betrieb durch den Kopf gegangen. Was der Chef gut macht und was der Chef schlecht macht. Was der Herr Nguyen für die eigene Firma übernehmen wird, wenn es einmal so weit ist, und was er anders machen wird. Gut war, wie schnell der Chef neue Chancen erkannt hat. Weil früher nur Fahrten direkt für Kunden. Aber seit der ganze Lieferwahnsinn ausgebrochen ist, der Chef Partner für noch größere Speditionen, sprich Logistikpartner. Da hat er großartig reagiert. Aber er hat sich nicht von den alten Sachen in Aschau trennen können, das war sein Fehler.

Dem Herrn Nguyen war klar, dass sein Chef Heimweh gehabt hat. Die Nguyen-Familie ist aus achttausend Kilometer Entfernung eingewandert, und der Chef schon bei dreihundert Kilometer Heimweh, das hat der Herr Nguyen nicht begriffen. Aber es war eben so. Wenn sie sich dem See genähert haben, war der wie verwandelt. Das hat dem Herrn Nguyen immer gefallen. Obwohl es schlecht war, weil man muss sich lösen. Aber der Chef hat sich nicht richtig lösen können. Zwanzig Kilometer vorher hat er immer schon behauptet, dass er den See riecht. Der Herr Nguyen hat aber viel darüber nachgedacht, ob es wirklich nur das Wasser war, das ihm so viel bedeutet hat. Oder ob der Tobias auch noch andere Gründe gehabt hat, dass er so oft in die Zentrale gefahren werden wollte. Eine heimliche Liebe, einen heimlichen Hass, irgendwas hat der Herr Nguyen da gewittert. Und vielleicht war es auch nur ein heimliches Heimweh. Oder eine Sehnsucht nach den Anfängen. Weil du darfst eines nicht vergessen. Was für den normalen Menschen das normale Heimweh ist, ist für den erfolgreichen Unternehmer das Heimweh nach dem ersten Kredit.

Diese Kundin hat der Herr Nguyen gekannt. Erst vor ein paar Tagen hat er Schachteln für sie in ein Depot transportiert. Und obwohl der Herr Nguyen ihr gesagt hat, sie kriegt eine Rechnung zugeschickt und soll das Geld ganz normal über die Bank einzahlen, ist sie jetzt im Büro gestanden und wollte unbedingt bar bezahlen.

»Sie immer mit Ihrem bar!«, hat der Chef gejammert.

»So ist es. Ich hab das Geld dabei.«

»Die Zeiten sind leider lange vorbei, Fräulein«, hat er ihr erklärt. »Wenn ich heute am Vormittag eine Rechnung bar kassiere, krieg ich am Nachmittag Besuch von der Finanz.«

Diese Kundin hat den Chef nervös gemacht. Er hat seinen Computer schon abgedreht gehabt, und jetzt hat er ihn noch einmal hochfahren müssen, weil die Frau hat sich nicht umstimmen lassen. Der Tobias hat sie ein bisschen verwundert angeschaut, mit diesem typischen Blick, wo du geglaubt hast, er kann nicht bis drei zählen, und gefragt: »Fräulein, warum zahlen Sie nicht elektronisch?«

»Ich hasse E-Banking«, hat sie gesagt und ihm das Geld hingeblättert, sprich Widerstand zwecklos.

»Dazu kommt noch, dass beim Computer nichts mehr funktioniert. Stellen Sie sich vor, ich hab einen Spezialisten für den Computer eingestellt. Den hab ich extra für viel Geld in unsere Zentrale geschickt. Und dort ist er mit dem Rad verunglückt. Tot!«

Die Kundin hat irgendwas gesagt, und der Chef hat irgendwas gesagt, aber der Herr Nguyen hat es nicht mehr gehört. Oder seine Ohren haben es schon gehört, aber sein Hirn hat alles, was er gehört hat, in zwei Wörter übersetzt, hör zu: »Schlechte Nachricht, schlechte Nachricht, schlechte Nachricht.«

»Es macht mit der Mehrwertsteuer zusammen«, hat der Tobias angefangen und dann eine halbe Stunde auf seinem riesigen Taschenrechner herumgetippt, »summa summarum vierhundertachtzig Euro. Herausgeben kann ich Ihnen aber nicht. Ich hab ja gar keine richtige Kassa mehr hier im Büro. Aber wenn Sie es genau haben, meinetwegen.«

»Schlechte Nachricht, schlechte Nachricht, schlechte Nachricht.«

Sie hat ihm fünf Hunderter hingeblättert, insgesamt hat sie siebenhundertfünfundsechzig Euro im Kuvert gehabt, so viel war übrig von den tausend Euro nach dem zweimaligen Hin-und-her-Wechseln bei der Bank.

»Haben Sie es nicht genau?«

»Die zwanzig Euro sind für den Fahrer.«

»Eine Rechnung ausdrucken kann ich Ihnen zumindest.«

Da hat der Tobias aber fast zu viel versprochen. Weil beim Ausdrucken ein Fehlversuch nach dem anderen. Es ist natürlich schon auch daran gelegen, dass er so schlecht gesehen hat. Aber das hat sie ja nicht wissen können. Nach dem dritten Papierstau hat sie gesagt, sie braucht keine Rechnung, aber der Tobias unerbittlich, ohne Rechnung machen wir nichts, wir sind eine seriöse Firma.

Und wie sie endlich weg war, hat der Tobias gesagt: »Nguyen, ich hab leider eine schlechte Nachricht für dich.«

»Hab ich schon gehört«, hat der Herr Nguyen ihn ganz gegen seine Art unterbrochen. Und daran merkst du, wie es ihn getroffen hat. Weil er hat geglaubt, der Tobias will ihm jetzt schonend beibringen, dass der Praktikant verunglückt ist, obwohl er es doch gerade der Kundin gegenüber erwähnt hat.

»Ach so, das. Ja. Furchtbar. Diese Radlfahrer! Das hab ich aber gar nicht gemeint. Sondern hör zu. Ich hab dich umsonst hereingerufen. Das hab ich gemeint mit der schlechten Nachricht. Tut mir leid, dass ich dir hineingefunkt habe. Du kannst es als Überstunde schreiben. Ich wollte zuerst eigentlich nach Aschau fahren, aber ich muss es jetzt doch verschieben. Es ist zu spät heute. Die Frau hat mich narrisch gemacht.«

Und siehst du, ich hab auch noch eine schlechte Nachricht für dich. Der Tobias war nicht der Einzige, den diese Kundin narrisch gemacht hat.

Weil am nächsten Tag ist sie beim Brenner aufgetaucht.

21

Der Brenner hat den Partezettel vom Praktikanten an der Glastür vom Aufenthaltsraum befestigt. Der Novak ein bisschen finster geschaut, quasi: Hängen wir jetzt das Zeug von den Praktikanten auch schon auf? Aber gut, bei Tod kannst du nicht viel sagen, jetzt hat er den Brenner tun lassen.

»Was hat der am Chiemsee gemacht?«, hat der Novak überlegt.

»Baden?«

»Dafür fährt der dreihundert Kilometer? Da tippe ich eher auf eine Freundin.«

»Kann schon sein.«

»So ein junger Mensch – da werden sie sich über die Organe gefreut haben. Außer er hat einen Widerspruch gemacht.«

»Das kommt darauf an, ob der Unfall auf unserer Seite von der Grenze war oder auf der anderen. Drüben braucht er ja die Zustimmung.«

Der Novak auf einmal hellwach: »Was ist eigentlich, wenn ein Österreicher in Deutschland verunglückt? Gilt dann das österreichische Recht oder das deutsche für die Organe?«

»Gute Frage.«

»Weißt, das fragt man sich. Gilt da der Boden, auf dem ich verunglückt bin, oder gelten meine Organe, die meine Staatsbürgerschaft haben?«

»Kommt darauf an, ob das einzelne Organ auch eine Staatsbürgerschaft hat.«

»Wenn der keine Zustimmung hat, die er als Deutscher bräuchte, aber er ist ein Österreicher, dann können ihn eigentlich die Deutschen ausnehmen, oder?«

»Keine Ahnung.«

Der Novak hat sich jetzt regelrecht verbissen in dieses Thema, weil den hat das interessiert: »Vielleicht ist es ja auch umgekehrt. Wenn sie in Österreich einen Deutschen zusammenfahren. Dann hat der Deutsche Pech gehabt, weil er ist in einer Gegend, wo man ihn ausnehmen darf. Auch ohne Zustimmung.«

»Ich bin kein Jurist.«

»Mir kann es egal sein, ich hab den Widerspruch gemacht. Mir dürfen sie weder hier noch da etwas herausnehmen. Nichts! Nicht einmal einen Fingernagel!«

Der Novak hat bemerkt, dass der Brenner nicht mehr auf das Thema einsteigt, jetzt hat er ihn gefragt: »Was ist mit deiner Hand los?«

»Was soll los sein?«

»Weil du immer so hältst.«

»Ich hab nur meinen Puls gemessen. Das ist eine alte Gewohnheit.«

Aber da war der Brenner nicht ganz ehrlich, weil es war eine neue Gewohnheit. Er war nicht sicher, hat es mit der Angst vor der Blutvergiftung angefangen oder mit der Angst vor der Frau Rossi, dass er so an seinem Puls interessiert war. Oder hat ihn doch dieses Organthema stärker beschäftigt, als er zugeben wollte, seit die Iris ihm zum ersten Mal von der Organmafia in China erzählt hat. Sprich, in China wird ein Herz geklaut, aber ich hab keinen Puls mehr.

»Ich hab siebensechzig«, hat der Novak gesagt. »Ruhepuls!«

»Ach so, Ruhepuls?«

»Und du?«

»Kann ich dir nicht sagen, du hast mich beim Zählen unterbrochen.«

Dem Novak war es aber eh egal, was für einen Puls der Brenner gehabt hat. Weil so sind die Menschen. Nur am eigenen Puls interessiert: »Ich hab immer siebensechzig. Solang ich denken kann.«

»Wie lang ist das?«

»Eine Minute.«

»Eine Minute kannst erst denken?«

»Nicht frech werden, Brenner«, hat der Novak gegrinst. Weil der Novak ein Gutmütiger, da hast du so was problemlos sagen können.

»Jeder Arzt sagt, das ist der Idealpuls. Siebensechzig. Praktisch ein Sportlerpuls. Obwohl ich nie einen Sport gemacht hab.«

»Hast ein gutes Herz.«

»Auf jeden Fall! Aber spenden tu ich es trotzdem nicht. Drum hab ich ja den Widerspruch gemacht.«

Der Brenner langsam einen Grant gekriegt. Darf man nicht einmal in Ruhe seinen Kaffee trinken, ohne dass es gleich darum geht, ob man sich freiwillig sein Herz herausschneiden lässt? Die Leute heutzutage waren dem Brenner viel zu hysterisch. Ihm ist vorgekommen, früher hat man nicht ununterbrochen darüber geredet, lässt du dir das Herz herausschneiden, oder lässt du dir nur eine Niere herausschneiden, stellst du deine Milz der Allgemeinheit zur Verfügung, spendest du die Leber für die Weihnachtstombola, schon in aller Herrgottsfrüh, wenn man nur seinen Kaffee in Ruhe trinken will. Das hat ihn so aufgeregt, dass er dem Novak am liebsten gesagt hätte, er soll die Semmel normal essen und nicht jede Zehe einzeln amputieren.

»Du bist eh gesund«, hat der Brenner gesagt, um das Thema zu beenden. »Du überlebst uns alle.«

»Gesund bin ich schon«, hat der Novak genickt. »Wie gesagt, Idealpuls. Siebensechzig. Fast wie ein Sportler. Obwohl ich keinen Sport mach.«

»Die Arbeit ist auch Sport.«

»Sicher. Die Arbeit ist auch Sport. Und die Frau«, hat der Novak gegrinst.

Der Brenner hat sich der Kaffeemaschine zugewandt und gehofft, dass das Thema damit beendet ist. Weil Frau immer gute Schlussbemerkung, und im Radio jetzt die Nachrichten gekommen. Aber glaubst du, ein Novak hört einmal in Ruhe dem Nachrichtensprecher zu? Mitten in einen weit entfernten Wahlbetrug hinein sagt er: »Aber der Teufel schläft nicht.«

»Der Teufel«, hat der Brenner angefangen, aber dann ist ihm erst aufgefallen, dass er zu müde für eine schnelle Entgegnung ist. Er wollte irgendwas kommentieren, der Teufel schläft auch manchmal, so in die Richtung. Und siehst du, das ist der beste Beweis, dass der Teufel wirklich nicht schläft, weil der ist jetzt im Hirn vom Brenner gesessen und Totalblockade. War aber kein Problem, dass ihm nichts eingefallen ist, weil der Novak sowieso einfach weitergeredet: »Ich bin zwar gesund, aber wenn mir heute da draußen die Kette auf den Kopf fällt, weißt, welche Kette ich meine?«

»Ja sicher.«

»Wanne 19! Weißt du, was die wiegt?«

»Genug.«

»Wenn dir die blöd auf den Kopf fällt, dann bist du auf der Stelle hin.«

»Wieso soll dir die auf den Kopf fallen?«

»Ich sag ja nur. Da nützt mir mein Sportlerherz gar nichts, da bin ich genauso kaputt wie einer mit Cholesterin. Oder mit Blutdruck, verstehst? Oder Kreislaufstörung.«

»Kreislaufstörung gibt's gar nicht in dem Sinn«, hat der Brenner auch nicht still sein können, obwohl es das einzige Rezept gewesen wäre gegen einen Novak. Aber die ewige Kreislaufstörung bei den Leuten hat ihn genervt. Pass auf, ein Polizeiarzt hat ihm sogar einmal gesagt, Kreislaufstörung gibt's gar nicht, weil das Blut geht immer im Kreis. Der hat eine wahnsinnig schöne Freundin gehabt, aber die ist ihm auf der Nase herumspaziert, nicht im Kreis, sondern in alle Richtungen gleichzeitig, frage nicht.

»Dann kommen sie und holen sich mein gutes Herz, verstehst? Da freut sich einer. Dass mir die Kette auf den Kopf gefallen ist! Und ausgerechnet der kriegt mein Herz? Da geh ich dann mit irgendeinem spazieren, den ich gar nicht mag.«

»Das tut dir dann nicht mehr weh.«

»Wer sagt das?«

»Als Herz ist dir das egal.«

»Stell dir vor, der wählt die Schwarzen. Der könnte ohne mein Herz gar nicht mehr den Kuli halten, aber der kreuzt die Schwarzen an.«

»Vielleicht kannst ihn beeinflussen. Machst ihn womöglich zum Sozi mit deinem Herz.«

»Das glaub ich nicht. Was kann ich als Herz gegen einen Schwarzen machen? Ich kann auf fünfundsechzig hinuntergehen, ich kann Gas geben auf siebzig, achtzig hinauf. Aber der wählt trotzdem die Schwarzen. Wenn der deppert ist, bleibt er deppert. Und die Schwarzen werden ja vorgereiht bei den Wartelisten!«

»Was für Wartelisten?«

»Für die Organspenden. Die Wartelisten – glaubst du, ein Schwarzer stellt sich hinten an?«

»Das kratzt dich dann auch nicht mehr.«

»Dann nicht mehr. Aber jetzt kratzt es mich. Darum hab ich den Widerspruch unterschrieben. Schau – da hab ich ihn drinnen.«

Der Novak die Geldtasche herausgezogen und dem Brenner gezeigt, wo das Widerspruchskärtchen gut sichtbar gesteckt ist.

»Das Fenster ist eigentlich für das Freundinnenfoto«, hat der Brenner ihn aufgezogen, weil seit der letzten Novak-Freundin auch schon wieder ein paar Tierarten ausgestorben.

»Da hab ich jetzt den Widerspruch drinnen«, hat der Novak gelacht. »Gut sichtbar, damit es keiner übersieht.«

»Wieso ist dir das so wichtig?«

»Ich möchte gefragt werden. Wenn wir die deutsche Regelung hätten, würde ich sogar zustimmen, weißt. Das ist viel besser.«

»Dafür kommt die Mafia, weil man zu wenig Organe hat. Ist dir das lieber?«

»Mafia ist mir wurscht, wenn ich einmal hirntot bin.«

»Hirntot bist eh jetzt schon«, hat der Brenner gelacht.

»Wenn ich wüsste, wer mein Herz kriegt, wär's was anderes. Da würde ich's einem geben mit einer Frau, die mir recht gefällt, verstehst. Da bin ich dann als Herz immer dabei, wenn was läuft, das merk ich, wenn's recht rasant hinaufgeht mit dem Puls.«

»Da hast nur die Arbeit und kein Vergnügen.«

»Eben. Drum bleib ich beim Widerspruch.«

»Wieso denkst überhaupt so viel darüber nach? Ich hab darüber noch nie nachgedacht, ob jemand meine Organe nimmt, wenn ich tot bin. Mir ist das komplett egal. Ich denk nicht einmal an morgen.«

»Das tu ich schon. An morgen denk ich schon, an über–«

Dass der Novak den Satz nicht mehr fertiggebracht hat, ist daran gelegen, dass der Brenner einfach aufgestanden und auf den Platz hinausgestürmt ist. Du musst wissen, ein Tesla ist hereingefahren. Dem Novak natürlich sofort aufgefallen, dass zwischen der Frau, die aus dem Tesla gestiegen ist, und dem Brenner nicht alles ganz ding war.

Der Brenner hat es nicht glauben können, dass ihn die Rossi bis zu seinem Arbeitsplatz verfolgt. Und du darfst eines nicht vergessen. Wie der Brenner in die Polizeischule gegangen ist, hat es Stalking noch nicht gegeben. Oder meinetwegen – gegeben wird es das schon auch haben, aber noch ohne eigenes Wort. Und Wort immer schlechtes Zeichen. Ich weiß aber nicht, hat man kein Wort gehabt, weil es seltener war, oder war es seltener, weil man kein eigenes Wort gehabt hat. Da hat man einfach allgemein gesagt, Spinner, und ich erschlag dich, wenn du noch einmal bei mir auftauchst. Nicht wie heute, wo irgendeine nächtliche Zufallsbekanntschaft gleich bei dir am Arbeitsplatz auftaucht.

Sie hat natürlich so getan, als wäre alles der reinste Zufall, weil sie muss dringend einen Bildschirm abgeben. Aber nicht dass du glaubst, alter Bildschirm. Neuer Bildschirm mit Diagonale rauf und runter und so flach, da hätte es passieren können, dass du ihn in die Wanne 7 schmeißt, sprich Folien.

»Wo darf ich den hintun?«, hat sie den Brenner freundlich gefragt und zur offenen Autotür gedeutet, wo der flache Bildschirm hinter den Lehnen der Vordersitze herausgegrüßt hat.

Der Brenner hat einen Zigarettenzug lang überlegt, was er sagen soll, ob er jetzt »Ja grüß Gott, das ist aber eine Überraschung« sagen soll, oder ob er »So sieht man sich wieder« sagen soll, oder ob er überhaupt sagen soll, »Wenden Sie sich bitte an den Kollegen, ich hab gerade die vorgeschriebene Zigarettenpause«. Während er den Rauch schon ausgeblasen hat, ist er immer noch auf der Suche nach einer guten Meldung gewesen, aber dann hat er nur mit der Zigarette zur Wanne 10 hinübergedeutet, wo die weiße Aufschrift *Bildschirmgeräte* auf der orangen Wanne in der Sonne geleuchtet hat, als müsste sie es mit allen Bildschirmen auf dieser Welt aufnehmen.

Dieses lässige Deuten hat ihr natürlich gar nicht gepasst. Der Brenner hat ihr angesehen, dass sie glaubt, dieser Mann, den sie gerade noch so schön in Ketten gehabt hat, tut so, als würde er sie nicht erkennen. Und damit sie keinen Wutanfall kriegt und hier vor den Kollegen herumbrüllt, ob er sich nicht erinnert an sein nächtliches Erlebnis, hat er ganz schnell gesagt: »Ist das der neueste Elektroschrott vom Herrn Gatten?«

»Sicher«, hat sie gegrinst. Jetzt war sie wie verwandelt, weil der Brenner genau das Richtige gesagt. Neuester Elektroschrott vom Herrn Gatten, besser hätte er sie nicht begrüßen können. Aber ihr Lächeln hat er auch ein bisschen gefürchtet, daran siehst du schon, dass ihm der nächtliche Schock noch immer in den Knochen gesessen ist. Und du darfst eines nicht vergessen. In der Polizeischule hat der Brenner gelernt, dass man die Fitness daran misst, wie schnell nach der Sportübung der Puls wieder hinuntersinkt. Aber was sie nicht gelernt haben: Ganz ähnlich ist es beim Schock. Den misst du daran, wie schnell er dir beim geringsten Anlass wieder in die Knochen fährt.

»Ich hab sein ganzes Zeug wegliefern lassen«, hat sie erzählt. »Aber den Scheißbildschirm hat dein Freund übersehen.«

»Was für ein Freund?«

»Na, deine Transportfirma. Der Tobias! Du hast mir doch den Tipp gegeben. *Wir sind Legende* – und dann vergessen sie die Hälfte.«

Der Brenner hat nur genickt, weil immer noch zu viel Respekt vor dieser Person für ein normales Gespräch. Er hat seine Zigarette schuldbewusst angeschaut, als wäre es seine Schuld, dass der Tobias so einen blöden Firmenspruch hat.

»Hast du gewusst, dass der Baier sich den blöden Slogan selber ausgedacht hat?«

»Was für ein Baier?«, hat der Brenner gefragt, weil Gegenfrage immer gut, wenn man nicht weiß, was man sagen soll.

»Na, der Chef dort. Der Tobias.«

»Wieso heißt der Baier?«

»Der heißt eben so.«

»Schreibt sich der nicht Tobias? Heißt der Tobias mit Vornamen?«

»Nein, der heißt gar nicht Tobias. Der heißt Otto Baier.«

»Der Tobias heißt Otto Baier?«

»Sag ich doch.«

Der Brenner war jetzt so im Fragen drin, dass ihm nach einem Zigarettenzug die nächste Frage ganz automatisch mit dem Rauch aus dem Mund gekommen ist:

»Hat er die Firma gekauft von einem Tobias? Oder geerbt?«

»Nein nein, es ist schon sein Name drin. TOB steht für T-ransporte O-tto B-aier«, hat sie dem Brenner vorbuchstabiert und bei jedem Anfangsbuchstaben mit dem Zeigerfinger auf ihn gezeigt.

»Transporte Otto Baier«, hat der Brenner wiederholt.

Ihm wäre recht gewesen, wenn sie ihm in der Zeit, die er für das Austreten seiner Zigarette gebraucht hat, auch das »IAS« von Tobias erklärt hätte. Aber nichts da, fragen hat er müssen.

»Und IAS?«

Jetzt sie wieder mit dem Zeigefingerdolch: »I-nnsbruck, A-schau, S-alzburg.«

»Wo ist Aschau?«

»Am Chiemsee.«

»Aha«, hat der Brenner gesagt, »Transporte Otto Baier, Innsbruck, Aschau, Salzburg. T O B I A S. Nicht schlecht!«

Er wollte sich eine neue Zigarette anzünden, aber in dem Moment fängt sie an, den riesigen Bildschirm aus dem Auto zu zerren. Jetzt bist du als Brenner natürlich in einer Zwangslage, weil hilfst du ihr, oder hilfst du ihr nicht? Beides schaut blöd aus.

»Sie können die paar Meter vorfahren zur Wanne 10«, hat er ihr angeboten. »Dann müssen Sie ihn nicht schleppen.«

Aber die Frau Rossi natürlich unerbittlich, wenn es darum geht, den Brenner in Verlegenheit zu bringen: »Das schaff ich schon. Nach dem Urlaub brauch ich eh Training.«

»Geben Sie her, ich helfe Ihnen.«

»Ist nicht schwer«, hat sie gesagt, aber jetzt hat der Brenner nicht mehr zurückgekonnt, und sie haben den leichten Bildschirm gemeinsam umständlich zur Wanne 10 geschleppt. Zu allem Überfluss hat auch noch der Udo etwas vom Styropor herübergerufen, aber sie haben ihn ignoriert, weil sie haben genug mit dem Bildschirm zu tun gehabt.

»Ich glaub, allein geht es leichter«, hat sie direkt vor der Wanne 10 noch einen Versuch gemacht, den Brenner abzuschütteln, und dieses Mal mit Erfolg.

»Manche Dinge im Leben gehen allein leichter«, hat er zugegeben, quasi Philosophie.

»Alle Dinge«, ist sie ihm doch noch einmal richtig über den Mund gefahren. »Ich sag, alle Dinge gehen allein leichter. Allein geht alles leichter.«

Und mit Karacho hat sie den Bildschirm in die Wanne 10 geschmissen.

»Was schmeißt ihr denn den neuen Bildschirm in die Wanne?«, hat der Udo gebrüllt. »Der gehört doch zum Flohmarkt!«

Aber sie hat ihn wieder ignoriert und den Brenner gefragt: »Funktioniert das Handy? Oder hast es auch zum Elektroschrott geschmissen?«

»Besser als mein altes.«

»Dann kannst das vielleicht brauchen«, hat sie gesagt und aus ihrer Tasche das Ladegerät gezogen.

»Danke. Ich hab inzwischen ein altes verwendet, das der Praktikant hier liegengelassen hat.«

»Das kannst ihm jetzt zurückgeben.«

Der Brenner hat nicht erwähnt, warum das nicht möglich war. Aus irgendeinem Grund wollte er ihr nicht erzählen, dass der Praktikant verunglückt ist. Vielleicht hat er gefürchtet, es könnte sie kränken, dass sie ihm das Ladegerät umsonst nachgetragen hat, jetzt, wo er es dem Praktikanten nicht mehr zurückgeben muss.

»Und? Wie geht's mit dem Mordfall? Haben sie die Mörderin schon?«

Weil so sind die Leute. Wenn sie einmal Zaungast bei einem Mord waren, können sie nicht genug kriegen. Sie wollen immer mehr, und gibt es was Neues, habt ihr die Mörderin schon gefasst, und was ist da los mit der Organmafia? Und wenn sie einen neuen Bildschirm wegschmeißen müssen, damit sie einen guten Vorwand haben.

»Es gibt keinen Mörder. Es war ein Herzinfarkt.«

Sie hat ihn angeschaut, als würde sie ihn gleich fressen. Weil natürlich geglaubt, der Brenner nimmt sie nicht ernst. Aber irgendetwas am Brenner muss ihr doch gesagt haben, dass er sie nicht verarscht, weil auf einmal hat sie gelacht: »Und ich fahr extra zum Tobias und nerve ihn mit Barzahlung, damit ich am Ball bleibe!«

Wenn sie so lacht, ist sie ganz ein anderer Mensch, hat der Brenner sich gedacht.

»Aber den Tobias solltest du dir einmal anschauen«, hat sie gesagt.

»Den Baier.«

»Genau.«

»Wieso soll ich mir den anschauen?«

»Der hat mir eine Rechnung gegeben. Das ist doch nicht normal bei einem Entrümpler. So seriös.«

Sie hat ihm die Rechnung gezeigt, und jetzt hat er es auch gesehen: *Transporte Otto Baier.*

»Sehr verdächtig«, hat der Brenner gegrinst.

»Da steckt bestimmt eine Geldwäscherei dahinter.«

»Geldwäscherei sind wir nicht zuständig.«

Sie ist dann wieder in ihr Auto gestiegen und hat aus dem Fenster heraus gesagt: »Bei Tageslicht betrachtet bist du gar nicht so furchterregend.«

»Sie auch nicht.«

Sie hat die Scheibe hinaufgelassen und mit einem

Schwung reversiert, als ginge es darum, mit der Wanne 5 Billard zu spielen. Aber der Brenner hat sich noch einmal in ihren Weg gestellt: »Brauchen Sie die Rechnung, oder wollen Sie sie bei mir lassen?«

»Was tust du denn mit der?«

»Wanne 1«, hat der Brenner behauptet. »Altpapier.«

22

Zum Altpapier hat der Brenner die Rechnung nicht geschmissen. Er hat den Zettel einfach in die praktische Brusttasche getan, weil Arbeitskluft immer praktische Brusttasche. Und dort hat er ihn vergessen. Wahrscheinlich hat er sich in irgendeiner Waschmaschine der MA 48 aufgelöst, weil schlechtes Papier, gute Waschmaschine.

Aber ich sage immer, bei Zetteln geht es nicht um das Wiederfinden. 90 Prozent der Notizzettel werden vom Menschen nie gelesen. 95 Prozent! Und bei den restlichen 5 Prozent fragt man sich: Warum hab ich mir ausgerechnet das aufgeschrieben? Das Unwichtige schreibe ich mir auf, das Wichtige vergesse ich! Aber dann gibt es Leute, die sagen, es geht gar nicht um das Lesen, es geht um das Aufschreiben, weil durch das Aufschreiben merke ich es mir, ich graviere es mir mit dem Kugelschreiber ins Hirn. Grundfalsch! Um das Aufschreiben geht es schon gar nicht. Pass auf, es geht beim Zettel einzig und allein darum, dass du dich in die Trägheit hineinbegibst.

Heute wissen natürlich viele Menschen gar nicht mehr, was eine richtige Trägheit ist. Sie sagen träge, wenn sie faul meinen. Da sieht man schon, wie die Leute oft die einfachsten

Dinge verwechseln. Weil Faulheit hat mit Trägheit überhaupt nichts zu tun. Im Prinzip ist faul dasselbe wie fleißig. Der Faule rudert eine Spur langsamer als der Fleißige, das ist der ganze Unterschied. Trägheit ist etwas völlig anderes, Trägheit hat sogar ein eigenes Naturgesetz auf seiner Seite. Zeig mir einmal ein Naturgesetz für Faulheit oder für Fleiß. Gibt es nicht. Trägheitsgesetz gibt es! Das kann man am Brenner so gut studieren. Trägheit heißt, du tust den Zettel einmal in die Brusttasche hinein. Und dort vergisst du ihn, sprich: Du erledigst es nicht gleich, du erledigst es vielleicht auch nicht später, aber du nimmst einmal einen Schwung, der gleichzeitig ein Antischwung ist. Du tust so, als würdest du es tun. Und Schwung und Antischwung, wenn du es richtig kombinierst, das ist eine Energie, damit zerreißt du die Welt.

Nur damit du verstehst, warum der Brenner dann bei der Arbeit so unkonzentriert war, quasi Totalabwesenheit. Da hat schon die Trägheit angefangen, ihm das Blut auszusaugen. Einen Kunden hat er mit einer uralten Trockenhaube zur Wanne 10 geschickt, stell dir das einmal vor! Um ein Haar schmeißt der die Trockenhaube zu den Bildschirmen statt zu den Elektrogeräten, wenn nicht der Udo gewesen wäre und den Mann in letzter Sekunde zurückgepfiffen hätte. Aber das ist eben der Preis, den du zahlst für die Trägheit. Der ganze Organismus vom Brenner ist langsam heruntergefahren worden, weil die Rechnung ist in seiner Brusttasche gelegen wie ein bleischwerer Herzschrittverlangsamer. Oder eher muss ich sagen, wie ein Hirneinschläferer. Aber das muss so sein, sonst würdest du ja den Druck, unter dem du stehst, wenn du dich in die Trägheit hineinbegibst, gar nicht überleben.

Er hat die Namen auf den Wannen studiert, als würde er sie zum ersten Mal sehen: Gerade dass er nicht die Lippen bewegt hat beim Lesen: Wanne 21 *Asphaltzement*. Wanne 22 *Bauschutt*. Wanne 12 *Gratiskompost*. Wanne 18 *Hartkunststoff*. Wanne 9 *Styropor*. Und dann ist er zur Pappkartonpresse hinüber und nicht mehr weggegangen. Du musst wissen, sein Hirn ist derart unter Druck gestanden, dass er sich um ein Haar in die Pappkartonpresse verliebt hätte.

Später hat er sich nie mehr daran erinnern können, wie er eigentlich zurück in den Aufenthaltsraum gekommen ist. Aber irgendwie muss er zurückgekommen sein, weil auf einmal hat die Iris an die Glastür geklopft. Direkt neben dem Partezettel vom Praktikanten hat ihr hübsches Gesicht hereingeschaut. Da hat der Brenner schon geahnt, dass etwas nicht ganz in Ordnung war mit ihm, weil ihm das so auffällig vorgekommen ist, wo doch jedes Gesicht neben dem Partezettel auftaucht, wenn du ihn an eine Glastür hängst, ob das ein Udo ist, ein Novak, ein Schmid oder eben eine Iris, völlig egal. Ganz schwarz gekleidet war sie, und wenn du mich fragst, hat die wegen ihrer kranken Mutter die besten schwarzen Stücke aus ihrer Modesammlung zurückgehalten und nicht in die Wanne 2 geschmissen. Weil die Iris eine Trauererscheinung, frage nicht.

Während der Brenner zu ihr hinaus ist, hat er überlegt, warum die Iris nach dem Tod des Vaters kein Schwarz getragen hat, jetzt aber kommt sie auf einmal in Schwarz daher. Das sind eben so typische Trägheitsgedanken, die zu nichts führen, außer zur nächsten Trägheitsüberlegung: Ist die Iris schwarz gekleidet für die Mutter oder für den Praktikanten? Jetzt hat der Brenner nur gesagt »Herzliches Beileid«, und sie kann es sich aussuchen, ob sie das Beileid auf die Mutter hinrechnet oder auf den Praktikanten.

Die Iris hat ihm gedankt, und dann hat sie gefragt, ob noch Sachen vom Praktikanten da sind.

»Im Spind vielleicht«, hat die Iris vorgeschlagen. »Seine Eltern haben mich gebeten, dass ich sie ihnen bringe.«

Das mit den Eltern hat ihr der Brenner einfach durchgehen lassen, obwohl ihn die schwache Lüge fast gekränkt hat, weil wer nicht einmal die Adresse vom Coco weiß, wird auch seine Eltern nicht kennen. Er hat sich nur kurz umgeschaut, ob jemand in der Nähe ist, und dann hat er ihr gesagt, das geht wahrscheinlich nicht ohne offizielle Bestätigung, und die Iris hat die Augen verdreht, und der Brenner hat gesagt: »Aber falls du nur ein Andenken willst, kann ich schon einmal schauen, ob ich was finde, das kein großer Wertgegenstand ist. Seine Thermosflasche könnte ich dir geben.«

»Warum gerade die Thermosflasche?«

»Warum nicht? Als Andenken eben. Oder suchst du etwas Bestimmtes?«

»Die Thermosflasche ist auch was Bestimmtes.«

»Da hast du recht«, hat der Brenner nachdenklich gesagt. »So gesehen ist alles etwas Bestimmtes.«

Das war ein gefährlicher Moment, weil solche Überlegungen können dich in der Trägheit endgültig festzementieren, sprich negative Trägheit. Aber gottseidank hat er da schon den Schraubenzieher in der Hand gehabt, und dann kommst du leichter in den nächsten Schritt hinein. Den Schraubenzieher hat er gebraucht, um den Spind vom Praktikanten aufzubrechen. Weil woher soll er den Spindschlüssel vom Praktikanten nehmen, das ist ja der Witz an einem privaten Spind, dass die anderen keinen Schlüssel haben. Aber ist leicht aufzubrechen, so ein Spind, wenn du in der Polizeischule nicht vom ersten bis zum letzten Tag durchgeschlafen hast. Die Iris hat dumm geschaut, wie geschickt er das gemacht hat, und der Brenner dumm geschaut, weil der Spind leer war. Nicht einmal eine Thermosflasche war drinnen.

Und ob du es glaubst oder nicht. In dem Moment, wo der Blick vom Brenner in die Spindleere hineingefallen ist, hat sich ganz hinten in seinem Hirn etwas gerührt. Eine Erinnerung hat sich gemeldet. Wie er einmal im Fernsehen ein Containerschiff gesehen hat. Tausende von Containern, perfekt gestapelt, Wanne 1 bis 33 nichts dagegen. Aber das Schiff ist in einen Sturm geraten, darum haben sie es ja gezeigt im Fernsehen, es hat geschaukelt wie ein Spielzeugschiff voller Legosteine, und nach und nach sind alle Legosteine wie in Zeitlupe ins Meer gerutscht.

Und siehst du, das war der Moment, wo im Hirn vom Brenner die Trägheit den Schub bekommen hat, wo man sagt, aus nichts wird etwas, verstehst du, von null auf ein bisschen, diesen Schub.

»Weißt du, was mir aufgefallen ist«, hat er in die Spindleere hineingesprochen, ohne die Iris anzuschauen.

Die Iris natürlich nicht geantwortet, sprich: Ich rede nicht mit dem orangen Rücken eines Mistlers.

»Der Tobias hat seine Zentrale am Chiemsee«, hat der Brenner gesagt und sich jetzt doch zur Iris umgedreht. »Das ist wie weit von hier entfernt?«

»Keine Ahnung.«

»Drei Autostunden bestimmt«, hat der Brenner geschätzt. »Eher vier. Und der Praktikant ist in der Nähe vom Chiemsee überfahren worden. Und deine Mutter war im Hospiz am Chiemsee.«

»Meine Mutter stammt von dort, darum war sie da«, hat die Iris gesagt.

»Jetzt kannst du es mir ja sagen. Hast du eigentlich gewusst, wo deine Mutter war?«

»Nein.«

»Es ist schon ein komischer Zufall«, hat der Brenner laut gedacht.

»Das ist kein Zufall. Sie wollte in Frieden sterben. Wenn ich es gewusst hätte, wäre erst recht die Polizei bei ihr vor der Tür gestanden. Möchtest du die letzten Tage deines Lebens mit der Polizei verbringen?«

»Das hab ich nicht gemeint mit Zufall. Aber das mit dem Cornel. Warum ist der dort überfahren worden? Was hat er dort zu suchen gehabt?«

»Die Unfallstelle ist zehn Kilometer entfernt von dem Hospiz.«

»Ist das zu weit für einen Zufall? Wo fängt der Zufall an? Bei fünf Kilometern?« Der Brenner hat jetzt wieder den Partezettel vom Praktikanten vor Augen gehabt und die Iris gefragt: »Was hast du auf den Partezettel deiner Mutter schreiben lassen? Schall oder den Mädchennamen, unter dem sie gestorben ist?«

»Darüber hab ich mir auch den Kopf zerbrochen. Richtig wäre es gewesen, ihren Mädchennamen zu nehmen. Weil sie den Namen meines Vaters nicht mehr haben wollte. Darum hat sie ihn ja abgelegt. Aber dann hätte sie anders geheißen als ich. Das hat mir auch nicht gefallen. Ich bin ihre einzige Angehörige. Wenn ich Schall heiße und sie nicht, das ist mir auch traurig vorgekommen.«

»Also hast du doch Schall genommen?«

»Ich hab einfach beide genommen. Magdalena Schall-Baier.«

»Klingt gar nicht so schlecht, Magdalena Schall-Baier.«

»Finde ich auch.«

»Der Tobias heißt auch Baier.«

»Der Tobias?«

»Ja, der Spediteur.«

»Heißt der Tobias mit Vornamen?«

»Nein, Otto mit Vornamen. Transporte – Otto – Baier – Innsbruck – Aschau – Salzburg. T O B I A S. Gut, oder?«

»Innsbruck, Aschau, Salzburg«, hat die Iris wiederholt.

Dem Brenner ist vorgekommen, dass sie das irgendwie nachdenklich macht.

»Aber geheißen hat er Baier. Wie deine Mutter.«

»Baier heißen viele.«

»Zu viele für einen Zufall?«

»Kommt auf die Schreibweise an. Baier mit ai oder mit ei? Mit Ypsilon, mit hartem B?«

»Wie schreibt sich deine Mutter?«

»Mit ai.«

»Und B wie Brenner«, hat der Brenner gesagt. »Der Tobias auch.«

Die Iris nur mit den Schultern gezuckt, sprich: So ein Zufall ist das auch wieder nicht.

»Was hast du eigentlich wirklich gesucht im Spind?«

»Die Festplatte. In seiner Wohnung war sie nicht.«

»Wie seid ihr da hineingekommen?«

»Der Herr Nguyen braucht sie für sein eigenes Geschäft«, hat die Iris ihm erklärt, als wäre das eine Antwort. »Er will sich ja selbständig machen. Paketdienst Nguyen.«

»Das ergibt aber nicht so einen guten Namen wie Tobias, oder? Paketdienst Nguyen.«

»Warum nicht? Man muss nur eine Nische finden. Paketdienst Nguyen. Schnell. Sicher. Seriös.«

»Schnell. Sicher. Seriös«, hat der Brenner anerkennend genickt. »Klingt gar nicht schlecht. Das wäre einmal was Neues bei einem Paketdienst. Aber dass er die Festplatte vom Tobias geklaut hat, war nicht so seriös, oder?«

»Er hat sie nicht geklaut. Er hat sie nur nicht schreddern lassen. Er hat bestenfalls den Müll geklaut.«

»Müll darf man auch nicht klauen.«

»Es war eh alles gelöscht.«

»Aber der Cornel hat noch was gefunden?«

»Ja, aber das Falsche.«

»Die Organbuchhaltung«, hat der Brenner gesagt auf gut Glück aus der Trägheit heraus.

»Wie kommst du darauf«, hat die Iris ihm trotzig entgegnet wie eine zwölfjährige Rotzpipm. »Es gibt keine Organmafia. Schon vergessen?«

Der Brenner hat den Spind wieder zugesperrt. »Ist dir wieder eingefallen, woher du den Tobias kennst?«

»Ich hab ihn einmal bei meinen Eltern gesehen. Vor ein paar Wochen. Vermutlich haben sie den Umzug besprochen.«

»Und nicht das Organ für deine Mutter?«

»Meine Mutter wollte kein Organ. Das war ja der ewige Streit. Der Vater hat ihr ein Organ besorgt, und sie wollte keines.«

»Und sie hat nur zufällig denselben Namen gehabt und ist aus demselben Ort gekommen wie der Tobias.«

Die Iris hat mit den Schultern gezuckt und ist auf den Mistplatz hinaus. Dort hat sie ihn gefragt: »Glaubst du, gibt es hier noch ein anderes Versteck, wo der Coco die Festplatte haben könnte?«

»Kannst dich ja umschauen«, hat der Brenner gesagt und auf die Wannen gezeigt. »Am besten, du fängst mit Wanne 8 an, Elektroschrott. Aber die ist in der Woche schon dreimal geleert worden.«

Die Iris nicht einmal den Kopf geschüttelt. Sie hat den Brenner mit diesem Blick angeschaut, der so viel heißt wie: Beschwer dich nachher nicht darüber, dass ich es dir erzählt habe, du wolltest es ja unbedingt wissen. »Meine Mutter hat wirklich einen Bruder gehabt, der Otto geheißen hat. Aber als Kind hab ich geglaubt, dass der tot ist. Später hab ich dann mitgekriegt, dass sie aufs Blut zerstritten waren. Darum hab ich den nie kennengelernt.«

Jetzt natürlich große Frage, warum zerstritten. Der Brenner war normalerweise einer, der in solchen Momenten nicht nachgebohrt hat, weil du erfährst es eher, wenn du einfach wartest. Aber Prinzipienreiter war er auch keiner, jetzt hat er bei der Iris einfach nachgefragt: »Warum waren sie zerstritten?«

»Die beiden sind am Chiemsee aufgewachsen, also nicht weit von der Grenze. Und meine Mutter hat über die Grenze hinübergeheiratet.«

»Und deshalb hat er nicht mehr mit seiner Schwester geredet? Weil sie einen Österreicher geheiratet hat?«

»Deshalb nicht.«

»Lass mich raten: Es ist ums Erbe gegangen.«

Die Iris hat so müde aus ihren Augen herausgeschaut, dass der Brenner gefürchtet hat, jetzt kommt eine sehr lange Erbschaftsgeschichte, sprich familiärer Normalfall, Erbfeindschaften über Generationen hinweg, weil der eine hat eine Schraube geerbt und der andere nur einen Nagel.

Aber die Iris keine lange Erbschaftsstory, sondern nur: »Ja. Ums Erbe.«

»Und jetzt?«

»Jetzt erbe ich«, hat die Iris gesagt. »Als Einzelkind gibt es keine Erbschaftsstreitigkeiten. Aber wie ich mich kenne, wird das Geld nicht lang bei mir bleiben. Und Kinder will ich keine. Also was soll ich sparen.«

Die Iris hat auf die Uhr geschaut, und auf einmal hat sie es eilig gehabt: »Ich muss zum Bahnhof.«

Sie hat sich auf den Weg gemacht, aber der Brenner hinter ihr her und auch beim Tor hinaus, der wollte sie nicht einfach so gehenlassen. Es waren nur ein paar Schritte zur nächsten Straßenbahnstation, und von dort aus hat er die Einfahrt zum Mistplatz immer noch im Blick gehabt.

»Das kannst du ja jetzt noch gar nicht wissen«, hat er der Iris zugeredet. »Vielleicht willst du doch noch einmal Kinder. Du bist viel zu jung, um das zu wissen.«

»Doch, das weiß ich. Ich hab eine Erbkrankheit. Die würde ich zu 50 Prozent weitergeben. Das Risiko ist mir zu hoch.«

»Eine Erbkrankheit? Im Ernst?«

»Voll«, hat die Iris gesagt. »Man kann nicht nur Geld und Häuser erben. Man erbt auch Krankheiten.«

Sie sind jetzt schon an der Haltestelle gestanden, und die Anzeige ist von *Abfahrt in Minuten 2* auf *Abfahrt in Minuten 1* gehüpft, aber gesehen hat man die Bahn noch nicht.

»Es erbt sie aber nicht jedes Kind. Es ist eine Lotterie. Manche kriegen sie, manche nicht.«

»Kann man die Krankheit auch weitergeben, wenn man sie nicht hat?«

»Voll«, hat die Iris gesagt. »Es ist im Erbmaterial drinnen, egal ob man sie hat oder nicht. Aber ich hab sie eh.«

Der Brenner hat sie dumm angeschaut. Die Iris ist ihm völlig gesund vorgekommen, und er hat sich nicht fragen getraut, was für eine Krankheit es ist. Außerdem ist jetzt schon die Straßenbahn dahergesurrt, und die Iris hat gesagt: »Jetzt traust du dich nicht fragen, was für eine Krankheit, stimmt's?«

Der Brenner hat auf eine unbestimmte Art eingeatmet, sprich Nicken auf niedrigstem Niveau. Die Straßenbahn exakt so gehalten, dass die beiden direkt vor der Tür gestanden sind.

»Ich bin blind«, hat die Iris gesagt und dem Brenner zugezwinkert. Und ob du es glaubst oder nicht, in dem Moment, wo die Iris gezwinkert hat, ist die automatische Tür aufgegangen, bezaubernde Jeannie nichts dagegen.

23

Eine Minute vor dem Feierabend hat der Brenner den Schmid gefragt, ob er heute noch was vorhat. Das ist eine gefährliche Frage. Leider gibt es immer wieder Leute, die einem auf diese Frage wirklich erzählen, was sie vorhaben, sprich Abendessen herrichten, Butter aus dem Kühlschrank nehmen, Brot und Wurst aufschneiden, Fernseher einschalten und vorher auf dem Heimweg noch eine Zahnbürste kaufen. Der Schmid hat es aber kurz gemacht, er hat nur gesagt:

»Heute geh ich früh schlafen, weil morgen hab ich Karten für das Shakira-Konzert.«

Jetzt der Brenner natürlich in einer moralischen Zwickmühle. Er hätte seinen tauben Kollegen gern gefragt, warum er in ein Konzert geht. Aber du traust dich nicht ohne weiteres, so etwas zu fragen, weil es passiert leicht, dass du es falsch erwischst.

»Wenn's so laut ist, hörst du dann ein bisschen?«, hat er sich dann doch zaghaft vorgewagt. »Spürst du die Vibrationen?«

»Ich hör schon was«, hat der Schmid geantwortet. »Aber das stört mich eher. Ich geh ja nicht wegen der Musik hin.

Ich schau ihr nur zu. Mir gefällt es, wie sie tanzt. Ich hab mir sogar extra ein Fernglas gekauft.«

Der Brenner hat gelacht. Jedem am Mistplatz hätte er das eher zugetraut als dem Schmid. Fast hätte er zum Schmid gesagt, stille Wasser sind tief. Aber dann hat er es doch gelassen, weil vielleicht war der Schmid ja gar nicht still, nur wegen seiner Taubheit weniger geredet. Das macht ihn noch lange nicht zu einem stillen Wasser.

»Kannst gern mitkommen«, hat der Schmid gesagt. »Ich besorg dir eine Karte. Dreihundert Euro.«

»Das ist mir zu billig«, hat der Brenner gesagt. »Gibt es keine VIP-Plätze mehr?«

Der Schmid hat gelacht und gesagt: »Muss ich mich erst erkundigen, ob du eine teurere Karte kriegen kannst. Aber warum fragst du, was ich heute mach?«

Das war natürlich ein Fehler vom Schmid, weil in dem Moment hat der Brenner schon aufgegeben gehabt. Er hat sich gedacht, ach was, lass doch den Schmid in Ruhe, der will sich ausschlafen für das Shakira-Konzert. Und jetzt hat er ihn eben doch noch gefragt, ob er ihm einen Gefallen tun kann.

Und dadurch ist der Schmid, statt dass er sich ausgeschlafen hätte, fast bis Mitternacht mit dem Brenner im Müllwagen gesessen – direkt im Halteverbot vor dem Installateur vis-à-vis von der Transportfirma Tobias. Und mit dem Fernglas, das eigentlich erst für die Shakira zum Einsatz kommen sollte, hat er in das Büro hineingeschaut und dem Brenner vorgelesen, was die Lippen vom Tobias in das Telefon hineingesprochen haben.

Der Brenner aber lange vor dem Schmid ungeduldig geworden. Weil für den Schmid wenigstens eine Herausforderung, wie viel kann ich dem Tobias von den Lippen herunterlesen, da war mehr der Ehrgeiz im Vordergrund als das Inhaltliche. Für den Brenner natürlich das Inhaltliche im Vordergrund. Und das Inhaltliche für den Brenner eine Katastrophe. Weil eine reine Aufzählung von Waren und Zahlen und von Adressaten und Absendern. Gegen Mitternacht ist ihm vorgekommen, er ist verflucht, und er muss jetzt in alle Ewigkeit in dieses hell erleuchtete Fenster schauen und kriegt Zahlen und Warenlisten vorgelesen und Absender und Adressaten, quasi ungeschminktes Menschheitskonzentrat.

»Ah, schau!«, hat ihn der Schmid zum Glück aus diesen düsteren Gedanken gerissen. »Ah, schau!«

»Was soll ich schauen«, hat der Brenner ihn fast angefahren, weil so ist es oft im Leben, ausgerechnet derjenige, dem du einen Gefallen tust, wird auch noch grantig.

Und erst beim nächsten »Ah, schau!« hat der Brenner begriffen, dass der Schmid sich verlesen hat. Du hörst ja die Betonung nicht beim Lippenlesen, jetzt hat er den Schmid korrigiert: »Der sagt Aschau. Das ist der Ort, wo seine Firmenzentrale ist.«

Der Schmid hat genickt.

»Er hat gerade gesagt, dass er morgen mit der Ware nach Aschau kommt.«

»Aha«, hat der Brenner gegähnt.

Dann ist es schon wieder weitergegangen.

»Die dreißigtausend wie üblich an die Caritas.«

Der Brenner jetzt natürlich hellwach, frage nicht.

»Was sagt er noch?«

»Wann braucht ihr ihn?«

Dann der Schmid wieder zugehört und dann: »Gut, das passt. Wir fahren um acht gemütlich los, dann könnt ihr pünktlich anfangen. Ja.«

Kurz darauf ist drüben das Licht ausgegangen, weil der Arbeitstag vom Tobias war beendet.

Der Brenner war frustriert, und er hat den Schmid gefragt, ob er mit ihm noch auf ein Bier geht. Aber der Schmid hat gesagt, lieber nicht, weil er muss ja morgen fit sein für das Shakira-Konzert. Sie sind dann noch einmal zum Mistplatz zurück, weil dort hat der Schmid sein Auto stehen gehabt, und er hat noch hinausfahren müssen in eine Gegend, wo der Brenner noch nie war, wo aber auch Leute wohnen.

»Hättest du dir das gedacht, dass der Tobias so spendabel ist? Dreißigtausend für die Caritas?«

Der Schmid hat ihn aber nicht gehört, weil bei der Autofahrt schaut ja jeder geradeaus, da liest du nicht automatisch von den Lippen ab, und der Brenner hat ihn anstupfen müssen, und dann noch einmal: »Hättest du dir das gedacht, dass der Tobias so spendabel ist? Dreißigtausend für die Caritas?«

»Ich kenn den ja nicht«, hat der Schmid gesagt.

»Ja klar. Aber trotzdem. Dreißigtausend ist schon viel.«

»Dreißigtausend kriegt er für ein Herz«, hat der Schmid gesagt.

»Was?«

»Für eine Leber auch.«

»Was redest du da?«

Mein lieber Schwan. Der Brenner war froh, dass sie schon beim Mistplatz waren, weil in der Nacht kommst du ja schnell voran, und sonst hätte er garantiert noch einen Unfall gebaut. Ich muss sogar sagen, dass er an der Wanne 12 nicht gestreift ist, bleibt für mich ewig unerklärlich. Und erst wie der Müllwagen gestanden ist, hat er den Schmid gefragt: »Sag einmal, wie kommst du auf das?«

»Der Praktikant hat sich einmal mit dem Nguyen unterhalten. Da hab ich gerade mein neues Fernglas ausprobiert. Das hab ich mir ja extra für das Konzert bestellt. Ich hab geglaubt, sie reden über einen Film. Weil der eine immer gesagt hat: ›Ah, schau!‹ Und der andere hat auch gesagt: ›Ah, schau.‹ Man verliest sich leicht auf die Entfernung, weißt du.«

»Aschau«, hat der Brenner gemurmelt.

»Dreißigtausend kriegen sie für ein Herz. Zwanzigtausend für eine Niere. Der Patient zahlt natürlich viel mehr für das Organ im Krankenhaus.«

»Und du hast dir nichts dabei gedacht?«

»Zuerst nicht. Ich hab ja geglaubt, sie reden von einem Film. Erst wie der Partezettel an der Tür gehängt ist, hab ich mir was gedacht.«

»Ah, schau«, hat der Brenner gesagt. »Stille Wasser sind tief.«

Der Schmid hat den Brenner dann sogar noch heimgebracht. Da haben sie überhaupt nichts mehr geredet. Nur der Schmid hat still vor sich hin gepfiffen, und der Brenner hat bemerkt, dass ihn das wundert, dass ein Tauber pfeifen kann.

»Was pfeifst du da?«

»Ein Lied von der Shakira. Die alten Sachen vor dem Unfall hab ich ja im Kopf. Der Text heißt: ›Wo sind die Diebe? Wo ist der Mörder?‹«

»Wie geht das auf Englisch?«

»Das ist nicht Englisch. Das ist Spanisch«, hat der Schmid gesagt, und ob du es glaubst oder nicht, es war eine halbe Stunde nach Mitternacht, und der Schmid hat dem Brenner mit seiner verzerrten Sprache vorgesungen:

Donde están los ladrones?

Donde está el asesino?

Mit einer derartigen Begeisterung und gleichzeitig derartig falsch, dass der Brenner den Gesang die ganze Nacht hindurch in seinem Kopf gehört hat. Aber es war nicht so schlimm. Weil schlafen hat er sowieso nicht können. Er hat ja nicht wegdenken können von der Frage, wieso der Praktikant und der Herr Nguyen sich über die Organpreise in Aschau unterhalten haben. Sosehr er sich auch angestrengt hat, seinem Hirn ist nichts dazu eingefallen außer der tausendmal wiederholten und jedes Mal noch falscher gesungenen Frage: *Donde está el asesino?*

24

Seit eineinhalb Jahren war der Herr Nguyen jetzt schon der persönliche Fahrer von seinem Chef. Vom Tobias – so haben ja alle gesagt zu ihm, hat keiner Baier gesagt, also bleib ich auch bei Tobias. Nur der Herr Nguyen hat nie Tobias gesagt, der hat immer nur Chef gesagt. Und niemand hat den Chef so gut gekannt wie der Herr Nguyen, weil die vielen gemeinsamen Fahrten in die Firmenzentrale, da lernst du einen Menschen kennen, ja was glaubst du.

Im Prinzip sind die Fahrten immer gleich abgelaufen. Am Anfang war der Tobias hektisch, Anrufe und Nachrichten, tausendmal hat sein Handy gepiepst, weil du bist kein Unternehmer ohne wichtiges Geklingel. Ein paarmal war der Herr Nguyen nahe daran, ihn zu bitten, ob er nicht den Ton abdrehen könnte, weil wenn der Chef die ganze Zeit aufs Handy schaut, braucht er im Prinzip nicht einen Klingelton auch noch. Und er hat das Handy ja fünf Zentimeter vor den Augen gehalten vor lauter blind, da hat der Herr Nguyen sich gewundert, dass es ihm nicht selber zu laut piepst aus dieser Nähe. Aber gesagt hat er nie etwas, weil der Herr Nguyen die Zurückhaltung in Person. Und außerdem hat er ja gewusst, nach einer halben Stunde Fahrt beruhigt sich der Chef, spätestens nach einer Stunde. Da hat sich der Herr Nguyen hundertprozentig auf den Chef verlassen können. Ungefähr nach einer halben Stunde ist langsam ein Gespräch aufgekommen, und der Herr Nguyen natürlich immer die Ohren gespitzt, weil vielleicht ist ein kleines Firmengeheimnis dabei für mich und meine zukünftige Firma.

Aber heute alles anders. Der Tobias von Anfang an sehr still. Nur drei, vier Nachrichten geschickt, und von vornherein Ton aus. Weil heute muss ihn der nervende Lärm selber gestört haben. Und heute kein kleines Firmengeheimnis für den Herrn Nguyen, sondern großes Firmengeheimnis. Pass auf, nach einem langen Schweigen hat der Tobias aus dem völligen Nichts heraus in das völlige Nichts hinein gesagt: »Am Anfang hab ich geglaubt, du schnüffelst nur in meinem Computer herum, weil du die Kundenkartei haben willst. Damit du Privatfahrten machen kannst.«

Der Herr Nguyen starr auf die Straße geschaut, wie es sich gehört für einen ordentlichen Fahrer, nicht zum Tobias hinüber, sondern nur Fahrtrichtung. Der Tobias auch nicht zum Herrn Nguyen hinübergeschaut, obwohl du als Beifahrer ja dürftest. Im Gegenteil, der Tobias auf die andere Seite geschaut und in seinen Außenspiegel hineingeredet. Das war überhaupt so eine Gewohnheit von ihm. Der Tobias regelrecht fasziniert von seinem Außenspiegel. Oft hat er sich ganz vorgebeugt und untersucht, ob er auf diese Weise den toten Winkel entdecken kann, den der Fahrer nicht sieht. Weil du darfst eines nicht vergessen. Gerade wenn du sehr schlechte Augen hast, liegst du immer auf der Lauer, ob du nicht etwas sehen kannst, das die Leute mit den gesunden Augen übersehen, und wenn es nur der tote Winkel ist.

Aber du kannst nicht dein ganzes Leben in den Winkel schauen, wo die Sachen auftauchen und verschwinden, Bermudadreieck nichts dagegen. Jetzt hat er sich doch wieder zurückgelehnt und zu seinem Fahrer hinübergeschaut. Normalerweise kannst du einen Menschen ja gar nicht so lange von der Seite anschauen, aber als Beifahrer kannst du das machen. Da fallen dir auf einmal Sachen auf, die du im normalen Leben gar nicht so wahrnimmst. Sicher – Ohren, Stirn, Nase, Kinn, Augen, das siehst du bei jedem auch schon mit einem kurzen Hinschauen. Langer Hals, dicker Hals, das siehst du auch sofort, da muss man nicht extra den Geometer holen, damit er das Gesicht vermisst. Aber du darfst die Wange nicht vergessen. Die Wange ist der tote Winkel des Menschen. Weil du übersiehst sie gern. Du glaubst, Wange ist Wange. Ist aber bei jedem Menschen komplett anders. Nicht so auffällig wie eine schiefe Nase oder abstehende Ohren, aber umso charakteristischer. Weil Gewölbe immer Wissenschaft, ja was glaubst du. Jetzt hat der Tobias seinem Fahrer so lang auf die durch den Dieselmotor unmerklich vibrierende Wangenwölbung geschaut, bis es nicht mehr möglich war, dass sie noch mehr errötet.

»Habe ich nie gemacht private Fahrt, nicht ein einzige Mal«, hat der Herr Nguyen völlig ruhig gesagt und dadurch ein Erdbeben in seine Wangenlandschaft hineingebracht.

»Das weiß ich. Du bist im Grunde ein anständiger Kerl.«

Der Tobias hat dann doch wieder sein Handy genommen, aber kein Telefonat, sondern Computerspiel. Du musst wissen, für ihn hat es zeitlebens nur ein Computerspiel gegeben, und das war Tetris. Weil als Transportunternehmer hast du zur effizienten Stauraumnutzung eine starke Liebe, sonst kannst du dir gleich einen anderen Beruf suchen. Das Verstauen dieser Farbkästchen hat ihn immer beruhigt, so heikel hat eine Sache nicht sein können, dass ihm dieser kleine Stress nicht die notwendige Ruhe gebracht hat. In seinem ganzen Leben hat den nichts so glücklich gemacht wie dieses ewige Aufräumen. Heute sind dem Tobias aber sogar die farbigen Kästchen lästig geworden, jetzt hat er wieder über den Außenspiegel die Welt betrachtet und darauf gewartet, dass im toten Winkel eine Frage auftaucht.

»Dann hab ich mir gedacht, vielleicht willst du dich selbständig machen und mir ein paar Kunden abluchsen.«

»Kunden ablutschen?«

Der Tobias hat gelacht und sich wieder seinem Fahrer zugewandt. Seine Wange immer noch genauso rot wie vorher. Eine sehr edle Wange, ist dem Tobias vorgekommen, nicht so ein Schnitzel, wie du es hast, wenn du am Chiemsee geboren worden bist, aber wahrscheinlich liegt es schon auch an der Ernährung.

»Ab-luchsen! Fladern. Stehlen. Der Luchs, verstehst. Das ist eine Raubkatze, Nguyen. Der Luchs stiehlt die Hühner.«

»Von wem?«

»Von den Bauern. Oder die Eier. Von den Hühnern. Weil er schlau ist, verstehst? Ich hab mir gedacht, der Nguyen ist ein schlauer Luchs. Der will sich mit meiner Kundenkartei selbständig machen.«

»Ich nicht«, hat der Herr Nguyen gesagt und regelrecht den Kopf gebeutelt. Aber den Staub hat er nicht zur Seite gewischt, weil dafür war jetzt nicht der Moment, und er hat beide Hände gebraucht, um sich am Lenkrad festzuhalten. »Ich will nur wissen, wie funktioniert Computerprogramm. Wenn ich später eigene Firma, ja? Gründung! Was brauchma Buchhaltung, wie machma Steuer und alles. Ich will nur studieren, nicht luchsen.«

»Hättest mich nur fragen brauchen.«

»Will ich nicht lastig sein.«

»Lastig«, hat der Tobias geschmunzelt, aber da siehst du den Unterschied zur Iris, weil er hat ihn nicht korrigiert, im Gegenteil, als Transportunternehmer hast du dein Leben lang darauf gewartet, dass einer für dich das Wort »lastig« erfindet.

»Kennst du das Sprichwort: Wenn einen die Götter bestrafen wollen, erfüllen sie seine Wünsche?«

»Ja. Ist blöder Spruch.«

»Nein nein, da ist schon eine Wahrheit drin«, hat der Tobias gesagt und die schwarze Aktentasche auf seine Knie gestellt. Der Herr Nguyen hat gewusst, dass in dieser alten Tasche die Pistole vom Chef war, weil er hat sie immer nur mitgenommen, wenn er mit Problemen gerechnet hat.

»Das ist schon eine sprichwörtliche Weisheit, Nguyen. So ist es dir gegangen. Du suchst meine kleinen Firmengeheimnisse. Aber du findest ein größeres Geheimnis, als du gesucht hast. Ich frage mich nur, wie du die Organbuchhaltung entschlüsselt hast.«

Jetzt aber. Mein lieber Schwan.

»Organbuchhaltung hab ich nicht gesucht.« Der Herr Nguyen hat einen riesigen Haufen Staub zum Tobias hinüberschöpft. »Habe ich kein Interesse.«

»Darum hab ich das ja gesagt mit den Göttern. Du findest alles, was es zu finden gibt, und dann willst du es nicht wissen. Aber da spielen die Götter nicht mit, Nguyen. Man kann nicht etwas nicht wissen, das man einmal weiß. Verstehst? Du kannst es nicht zurückgeben, das Wissen. Das ist eine philosophische Tatsache. Da kann sich der Konsumentenschutz auf den Kopf stellen, ein Retourpaket wird es nie geben beim Wissen.«

»Aber kein Interesse. Ohr hinein, Ohr hinaus.«

»Was meinst, was ein Ohr bringt?«

»Ein Ohr?«

Der Herr Nguyen hat jetzt schon ein bisschen zum Schwitzen angefangen, weil der Tobias ihn so in die Zange genommen hat. Und damit die Scheibe nicht anläuft, hat der Tobias hinübergegriffen und die Lüftung ein bisschen stärker aufgedreht.

»Ein Ohr bringt nicht viel«, hat der Tobias seine Frage selber beantwortet. »Ohren braucht man viel weniger als Augen. Das ist interessant, oder?«

»Nein nein.«

»Mein Sohn zum Beispiel. Dem haben sie die Augen rausgenommen, wie er gestorben ist.«

»Sohn gestorben?«

Der Lastwagen hinter ihnen hat seine Schiffssirene abgefeuert, weil der Herr Nguyen auf einmal langsamer geworden ist.

»Das ist lange her.«

»Ich biete mein Beileid!«

Der Tobias hat ein bisschen lachen müssen, so feierlich hat sein Chauffeur das gesagt, Fahneneid nichts dagegen.

»Danke, Nguyen. Es ist lange her. Wenn ich mir die Welt so anschau, bin ich manchmal auch froh, was ihm erspart bleibt.«

Der Herr Nguyen hat den Mund gespitzt, als würde er pfeifen wollen. So ein spitzes Mündchen hat er geformt, als würde ihm das helfen, nicht nachzufragen, weil er mit dem Lippenspitz seinen Mund zuschraubt.

Aber der Tobias war jetzt in Redelaune, der hat von sich aus weitergeredet, ob der Nguyen nachgefragt hat oder nicht. »Wenn du so gut mit den Computern bist, dass du die gelöschten Dateien wiederfindest und die verschlüsselten Dokumente aufkriegst, dann solltest du keine Transportfirma aufmachen. Da verdienst du mit Computern mehr.«

»Ich nicht«, hat der Herr Nguyen gesagt. »Kann ich ganz schlecht mit Computern. Hat Coco gemacht. Ist tot.«

»Ja, weiß ich. Du hast ihn mir ja geschickt. Zuerst hab ich mir noch gedacht, siehst du, der Nguyen hilft mir. Der Freund vom Nguyen löst mir endlich den Computerkrampf mit der Zentrale. So ein freundlicher Mensch war das. Still, aber freundlich. Und fährt auch noch extra nach Aschau, damit er alles entwirrt. Aber darum sag ich immer. Man muss alles selber machen. Sonst baut dir so einer die Daten wieder zusammen, die du längst zum Reisswolf geschickt hast. Das war von ihm aber schon ein bisschen, wie soll ich das sagen? Unvorsichtig. Oder naiv, ich weiß auch nicht. Junge Leute glauben oft, sie kommen mit allem durch. Der wollte Detektiv spielen oder was weiß ich. Ist auch nicht alt geworden.«

»Vierundzwanzig Jahre.«

»Vierundzwanzig Jahre«, hat der Tobias nachdenklich wiederholt. »Wie alt bist du, Nguyen?«

Jetzt hat der Tobias sogar die Klimaanlage aufgedreht, so hat der Fahrer zu schwitzen angefangen.

»Siebenunddreißig.«

»Siebenunddreißig? Schaust viel jünger aus. Ich hätte dich auf unter dreißig geschätzt! Den Cornelius hätte ich auch jünger geschätzt. Aber nicht so viel jünger, den hätte ich vielleicht auf zweiundzwanzig geschätzt.«

Dann hat der Tobias nachgedacht, als würde er überlegen, ob er den Cornelius wirklich auf zweiundzwanzig geschätzt hätte und nicht sogar noch ein Jahr jünger. Gesagt hat er aber: »Doch viel älter geworden als mein Sohn.«

Dem Herrn Nguyen hat überhaupt nicht gefallen, wie sein

Chef das gesagt hat. Der Tobias hat nicht gesagt: »Er ist doch viel älter geworden als mein Sohn.« Sondern nur: »Doch viel älter geworden.« Und das »Er ist« hat er einfach weggelassen. An seinem Herzschlag hat der Herr Nguyen gemerkt, dass das eine wichtige Kleinigkeit war. Weil sein Puls ist jetzt gerast, dass er fast die Straße nicht mehr gesehen hat. »Schlechte Nachricht, schlechte Nachricht, schlechte Nachricht«, hat der Puls in seinem Ohr gesagt. Der Chef hat aber den Herrn Nguyen auch nicht ausdrücklich eingeschlossen und gesagt: »Ihr seid doch viel älter geworden als mein Sohn.« Sondern Verschleierungstaktik, sprich: »Doch viel älter geworden als mein Sohn.«

Und nur um sich selber zu beruhigen, hat der Herr Nguyen ganz normal gefragt: »Wie alt ist Sohn geworden?«

»Mein Sohn? Drei Jahre und fünf Monate. Jetzt wäre er sechsundzwanzig.«

»Ich biete Beileid.«

»Ist schon gut, Nguyen. Ich war schuld daran. Weißt du, darum fahr ich nicht mit dem Auto. Sicher, jetzt werden auch meine Augen immer schlechter. Aber damals waren sie noch besser. Getrunken hab ich auch was. Das Übliche. Verstehst du? Man glaubt, dass man die Strecke kennt, und fährt mit dem Kind heim. Seither bin ich nicht mehr gefahren. Und nicht mehr getrunken. Dreiundzwanzig Jahre nicht gefahren und nicht getrunken. Obwohl sie mich gar nicht erwischt haben mit dem Alkohol. Meine Schwester hat mich versteckt, bis ich nüchtern war. Ich dürfte fahren. Den Führerschein haben sie mir nie weggenommen. Aber ich bin nie wieder gefahren. Keinen Meter.«

»Schwere Schicksal«, hat der Herr Nguyen gesagt.

»Schicksal war es nicht, es war meine Schuld.«

»Schuld«, hat der Herr Nguyen wiederholt, als würde er

sich das Wort auf der Zunge zergehen lassen. »Vielleicht Schuld auch Schicksal.«

»Nein nein. Ich hab es auch lange nicht einsehen wollen. Ich hab mich jahrelang nur mit den Augen beschäftigt. Sie haben ihm die Augen gestohlen. Du kennst es ja. In Aschau waren wir. Da bin ich mit dem Buben beim Musikfest im Nachbardorf gewesen.«

»Transporte Otto Baier. Innsbruck, Aschau, Salzburg.«

»Ja«, hat der Tobias gelacht. »Das hab ich mir aber erst später ausgedacht. Weil mein Sohn Tobias geheißen hat, verstehst du?«

»Ist schöner Name.«

»Ja? Gefällt er dir?«

»Sehr schöner Name. Tobias.«

»Kennst du die Tobias-Legende?«

»Nein, Entschuldigung.«

»Brauchst dich nicht entschuldigen. Die kennt niemand. Ist aber eine schöne Legende. Der ist blind, aber dann wird er geheilt, gell. Wir haben ja eine Erbkrankheit in der Familie. Mit den Augen. Aber mein Sohn hat sie nicht gehabt, gottseidank. Es ist eine Lotterie, der eine kriegt sie, der andere kriegt sie nicht. Seine Cousine hat es gehabt. Er nicht. Obwohl sie vom selben Großvater abstammen.«

Der Nguyen hat darauf gewartet, dass sein Chef ihm die Tobias-Legende erzählt, aber er hat dann wieder mit den Augen angefangen, die man seinem toten Sohn entnommen hat.

»Dadurch, dass wir an der Grenze daheim sind, gibt es natürlich ein ewiges Hin und Her mit der Zustimmungsregelung. Ist der jetzt auf der Seite gestorben, oder ist der auf der anderen Seite gestorben. Auf der deutschen Seite musst du zustimmen, einen Kilometer weiter musst du widersprechen. Am Anfang von der langen S-Kurve müssen sie dich noch fragen, und am Ausgang der Kurve gehörst du ihnen. Verrückt im Prinzip.«

»Ja, verstehe ich. Andere Seite von Grenze.«

»Grenze ist Grenze. Gesetz ist Gesetz.«

»Muss man zustimmen.«

»Muss man zustimmen«, hat der Tobias wiederholt. Und dann hat er wieder lange den toten Winkel abgesucht, ob er nicht doch wo eine andere Lebensgeschichte findet. Aber nichts da, keine andere Lebensgeschichte drinnen im toten Winkel, jetzt hat er einfach weitererzählt.

»Ein Dreijähriger kann aber nicht zustimmen. Der ist noch keine Rechtsperson. Eine Person ist er schon. Aber keine Rechtsperson, gell. Und wenn er tot ist, kann er sowieso nicht zustimmen. Oder hirntot. Man sagt ja hirntot, wenn man noch lebt, aber sie können dir schon alles herausnehmen. Du bist noch nicht richtig tot und kannst zuschauen, wie sie dir alles herausnehmen.«

»Sieht man nichts, wenn hirntot.«

»Sehen tut man vielleicht nichts. Aber zuschauen kann man. Generell gesprochen. Durch die Zustimmungsregel haben wir eben oft einen Engpass bei den Organen. Auf der deutschen Seite, verstehst. Auf der anderen Seite der Grenze liegen die Organe auf der Straße, und in Deutschland ist der Engpass. Natürlich ist alles europäisch geregelt, weißt du. Zentrale Organverwaltung. Aber wenn es schnell gehen muss, bleibt einem oft nur der kurze Dienstweg.«

Der Herr Nguyen hat nichts gesagt. Kurzer Dienstweg hat er noch nie gehört. Aber er hat es sich vorstellen können.

»Um die Zustimmung fragen hätten sie natürlich mich müssen. Als Vater kann ich für mein Kind zustimmen, weißt du. Mich haben sie aber auch nicht fragen können, weil ich zu besoffen war. Aber meine Frau hätten sie fragen können. Die haben sie aber nicht so schnell erreicht. Die war beleidigt, weil ich so lange nicht heimgekommen bin, und ist zum See hinuntergegangen. Damals war das mit den Handys noch nicht so wie heute, weißt du.«

»Ja, weiß ich.«

»Da hat man nicht jeden sofort erreicht. Außerdem war ja meine Schwester schon bei ihnen im Krankenhaus. Haben sie eben die Tante vom Kind gefragt. Die war greifbar, gell. Ich bin ja mit dem verletzten Buben auf den Armen zu meiner Schwester gerannt, gell. Das Haus war ganz in der Nähe, und in meinem Schock ist mir nichts Besseres eingefallen. In meinem Schock und in meinem Dusel. Sie war eine gelernte Krankenschwester. Ich hab ihr den Buben übergeben, damit sie ihn ins Krankenhaus bringt. Ich war nicht mehr fähig, ich hab mich inzwischen bei ihr verstecken und ausschlafen können. Sie ist sofort losgefahren, die hat gleich gesehen, dass es ernst ist. Ihre Tochter hat sie mitgenommen. War ja sonst keiner da, um auf das blinde Mädchen aufzupassen. Das liegt bei uns in der Familie, weißt du. Also fast blind war sie. Ganz blind ist ja fast niemand. Sie haben schon lange auf eine Organspende für das Mädchen gewartet. Die hat eine Regenbogenhaut gebraucht. Ist schon zweimal abgestoßen worden bei früheren Versuchen. Aber vielleicht passt die vom Cousin besser. Wegen der Verwandtschaft. Darum hat sie den Ärzten gesagt, dass der verunglückte Bub ein Österreicher ist.«

»War Lüge«, hat der Herr Nguyen gesagt.

»Nein nein, ist schon wahr gewesen. Meine Frau und ich, wir sind ja nur ein paar Kilometer voneinander entfernt aufgewachsen. Und doch in zwei Ländern. Weil wir auf verschiedenen Seiten der Grenze waren, gell. Jetzt war ich

Deutscher und sie Österreicherin. Die hat sich das damals gewünscht, dass der Sohn Österreicher ist. Das war halt so eine Spinnerei von ihr. Hab ich ihr das eben gelassen.«

»Österreichisches Organ legal«, hat der Herr Nguyen festgestellt, Orakel Hilfsausdruck.

»Ja, wie soll ich sagen. Ganz legal nicht, gell. Halb legal. Ich hab mich ja dann jahrelang damit beschäftigt. Da bin ich zum Juristen geworden! Ich kann dir sagen, es ist eine umstrittene Materie. Wenn ein Österreicher in Deutschland stirbt. Oder auch umgekehrt. Ein Deutscher stirbt in Österreich. Gilt dann das österreichische Recht oder das deutsche für seine Organe? Ich kann dir nur sagen, zwei Juristen, drei Meinungen. Weil es ist eine sogenannte Gemengelage. Kennst du das Wort, Nguyen.«

»Gemengelage?«

»Eine unklare Mischung, gell. Ein Durcheinander. Gilt jetzt das öffentliche Recht des jeweiligen Landes, oder gilt das Persönlichkeitsrecht des jeweiligen Hirntoten? Darf man in Österreich dem deutschen Schifahrer die Organe herausnehmen, obwohl er keine Zustimmung unterschrieben hat? Weil er ja auf der österreichischen Schipiste liegt. Oder ist es umgekehrt? Zählt der Mensch mehr als das Land? Dann darf man in Deutschland dem Österreicher die Organe herausnehmen, obwohl man beim Deutschen nicht dürfte. Verstehst? Natürlich nur, wenn er hirntot ist.«

»Gemengelage«, hat der Herr Nguyen noch einmal gesagt.

»Eine Klarheit gibt es nicht. Bei den Juristen gibt es die herrschende Ansicht, und es gibt die Gegenmeinungen. Die Ärzte sind natürlich keine Juristen. Die sehen es dann im Zweifelsfall auch lieber so, wie es für sie gerade günstig ist. Oder in dem Fall, wie es für das blinde Mädchen günstig war. Da haben sie im Krankenhaus gesagt, er ist Österreicher, dann können wir das schon machen, auch ohne meine Zustimmung. So ist die Iris zu den Augen von meinem Sohn gekommen. Mein Sohn ist seit über zwanzig Jahren tot, aber seine Augen sehen noch immer, kannst du dir das vorstellen?«

»Ja, ist auch guter Trost. Sieht er immer noch mit seinen Augen.«

»Ja, das ist eben die Frage. Das denke ich mir jeden Tag anders. Sieht er alles aus der Iris heraus, oder sieht die Iris alles aus ihm heraus. Verstehst?«

»Iris ist Netzhaut?«

Da siehst du schon den Schock vom Herrn Nguyen, dass ihm sofort das Wort Netzhaut eingefallen ist, das er vielleicht in seinem ganzen Leben noch nie verwendet hat.

»Nein nein! Netzhaut ist Retina. Iris ist Regenbogenhaut.«

»Regenbogenhaut.«

»Aber ich meine nicht die Regenbogenhaut, gell. Ich meine das Mädchen. Seine Cousine. Die Iris. Sie waren fast gleich alt, der Tobias und die Iris. Nur drei Monate auseinander.«

»Iris?«

»Ja, sie haben das Mädchen Iris genannt. Vielleicht aus einem gewissen Aberglauben heraus. Weil wir die Krankheit in der Familie haben. Ich hab meinen Buben Tobias genannt. Vielleicht auch aus einem gewissen Aberglauben. Wegen der Legende. Wo der seinen blinden Vater heilt, weißt du. Mit der Fischgalle. Der Sohn tut dem alten Tobias die Fischgalle auf die Augen. Der hat aber auch keine Zustimmung gegeben, der Fisch.«

»Was ist Aberglaube?«, hat der Herr Nguyen gefragt und so zu zittern angefangen, dass sein Chef nicht sicher war, ob er ihm helfen soll, das Lenkrad zu halten.

»Aberglaube?« Der Tobias hat überlegt, wie er es am besten erklärt. »Falscher Glaube.«

»Aberglaube«, hat der Herr Nguyen wiederholt. Und da siehst du schon, dass er noch an sein Überleben geglaubt hat, weil wofür prägt er sich sonst noch ein Wort ein.

25

In aller Früh, wo der Brenner normalerweise noch gar nicht redet, hat er den Kopf wahnsinnig für das Frühstücksei gelobt, sprich auf die Sekunde genau erwischt. Dann hat er auch noch auf den Kaffee ein Loblied gesungen. Und dann ganz nebenbei gefragt: »Kannst du mir nachher im Büro was in eurem Computer nachschauen?«

»Was denn?«

»Mich würde interessieren, ob über den Tobias etwas vorliegt.«

»Was soll über den vorliegen?«

»Ob er einmal im Gefängnis war zum Beispiel.«

Der Kopf natürlich abgelehnt, sprich: Uns geht der Tobias nichts mehr an, und dich ist er noch nie was angegangen. Der Brenner innerlich fast aus der Haut gefahren. Du darfst nicht vergessen, als privater Ermittler bist du nur so viel wert wie dein Kontakt zur Polizei. Als Einzelner bist du dem Verbrechen gegenüber machtlos, weil früher Feuerschutz, heute Datenschutz.

Jetzt ist ihm nichts anderes übriggeblieben, als dem Kopf ein bisschen was anzudeuten von seinem neuen Wissen, aber nur so viel, dass er ihm im Computer nachschaut, und nicht so viel, dass er sich einen eigenen Reim drauf machen kann. Da ist die Dosierung eine hohe Kunst, Frühstücksei nichts dagegen. Er hat natürlich nicht erzählt, dass er mit dem Schmid den Tobias abgehört hat, und schon gar nicht, was er dann noch vom Schmid zusätzlich erfahren hat, sondern nur vage Andeutung, der Tobias macht Lieferungen, die nicht ganz ding sind.

»Vergiss es«, hat der Kopf geantwortet, weil weitaus nicht richtig dosiert vom Brenner. Jetzt ist er ein bisschen deutlicher geworden und hat doch die nächtliche Abhöraktion erwähnt und dass er Hinweise auf den Tobias hat. Möglicherweise bricht der heute zu einer Lieferung über die deutsche Grenze auf, und der Kopf soll ihm unbedingt vorher noch nachschauen, weil wenn er einmal über der Grenze ist, alles zu spät.

Aber der Kopf nicht gut aufgelegt. Er hat zum ersten Mal nicht einmal den Tisch abgeräumt, sondern grußlos zur Arbeit aufgebrochen. Außer man lässt es als Gruß gelten, dass er dem Brenner beim Hinausgehen den Vogel gezeigt hat.

Der Brenner auf dem Weg zum Mistplatz die ganze Zeit nachgedacht, wen er sonst noch kennt aus alten Tagen bei der Polizei, der ihm das im Computer nachschauen könnte. Den Ersten hat er aber telefonisch nicht erreicht, weil seit fünf Jahren tot. Und der Zweite hat sich tot gestellt, sprich: »Er ruft Sie so bald wie möglich zurück.«

Angerufen hat ihn aber nur der Kopf: »Wie heißt der Tobias mit Vornamen?«

»Otto.«

»Otto Tobias. Was haben sich da die Eltern gedacht, das klingt ja, als würde man stottern, Ottoto–«

»Er heißt nicht Tobias«, ist der Brenner ihm ein bisschen zu abrupt in die Rede gefahren. »Otto Baier heißt er.«

»Der Tobias heißt Otto Baier?«

»Ja, Tobias kommt von Transporte Otto Baier.«

»Mit ey oder wie?«

»Berta – Anton – Ida – Erich – Rumpelstilzchen«, hat der Brenner es ihm vorbuchstabiert.

Und der Kopf in einem Tonfall, als würde er es nur korrekt wiederholen: »Brenner – Arschloch – Ida – Erich – Richard. Bis wann brauchst du das?«

»In einer halben Stunde.«

»Aber sonst geht's dir gut?«

»Frag mich lieber, wofür das IAS steht.«

»Was für ein IAS?«

»In Tobias. Transporte Otto Baier ergibt TOB. Aber wie kommst du zu IAS?«

»Brenner, ich hab hier einen Haufen Arbeit!«

»Innsbruck, Aschau, Salzburg.«

»Wo ist Aschau?«

»Über der Grenze. In der Nähe vom Chiemsee.«

»Und dort soll ich auch schauen, oder was?«

»Exakt.«

»Und das in einer halben Stunde? Du bist lustig. Da muss ich ein Ansuchen machen. Da brauch ich ja eine Amtshilfe.«

»Muss ich dir erklären, wie das schneller geht?«

Der Kopf hat aufgelegt, und ob du es glaubst oder nicht. Fünf Minuten später hat er den Brenner zurückgerufen: »Im Gefängnis war er nicht, dein Tobias.«

»Hast nur in Österreich geschaut oder in Deutschland auch?«

»Er war nirgends im Gefängnis.«

»Lass mich nicht raten, ich hab hier einen Haufen Arbeit, Kopf!«

»Er hat einmal einen Unfall verursacht. Mit Todesfolge.«

»Red endlich!«

»Sein Sohn ist dabei gestorben. Er hat im toten Winkel einen Wagen übersehen. Der Bub ist vorn gesessen auf dem Beifahrersitz, wo ein Dreijähriger nichts zu suchen hat.«

Wie der Kopf das dem Brenner erzählt hat, war es fast neun. Sprich mehr oder weniger die gleiche Zeit, wo der Herr Nguyen die Geschichte vom Tobias erfahren hat.

»Dein Otto Baier hat dann jahrelang prozessiert.«

»Wegen dem Führerscheinentzug?«

»Nein, wegen den Augen von seinem Buben. Weil er keine Zustimmung erteilt hat. Ich hab das auch nicht gewusst. Aber in Deutschland muss man zustimmen, damit sie die Organe entnehmen dürfen.«

»Das hast du nicht gewusst?«, hat der Brenner den Kopf am Telefon regelrecht angeschrien. »Das hab ich schon gewusst!«

»Du hast das gewusst?«

»Das weiß doch jeder! Und gegen wen hat er prozessiert? Gegen das Krankenhaus?«

»Gegen seine Schwester. Die hat unterschrieben. Damit ihre sehbehinderte Tochter die Iris gekriegt hat.«

»Sehbehindert? Wie schwer war die sehbehindert?«

»Praktisch blind«, hat der Kopf gesagt.

»Blind?«

Dem Brenner ist vorgekommen, ihm wird schlecht, aber nicht vom Magen her, vom Hirn her ist ihm schlecht geworden, wie er schon wieder das I-Wort gehört hat.

»Wie hat das Mädchen geheißen?«

»Das Mädchen?«

»Das die Augen gekriegt hat.«

»Die hat doch nicht die Augen gekriegt, nur die Iris vom Buben.«

»Wie hat sie geheißen?«

Der Kopf ist kurz still gewesen und der Brenner auch, weil er hat gewusst, jetzt liest der Kopf, und da unterbreche ich ihn lieber nicht, weil der Kopf immer ein langsamer Aktenleser gewesen.

»Das steht da nicht«, hat der Kopf gesagt. »Das Mädchen war ja erst drei Jahre alt. Die war unwichtig für die Ermittlung.«

»Und die Mutter?«

Der Brenner hat schon gewusst, wie die Mutter geheißen hat. Aber er hat den Kopf noch einmal im Computer lesen lassen. Er hat selber die Pause gut brauchen können, bevor der Kopf gesagt hat: »Die Mutter hat Magdalena Schall geheißen, Brenner. Geborene Baier. Mit ai.«

»Brenner. Arschloch. Iris«, hat das Hirn vom Brenner gedacht, während er aufgelegt hat.

26

Es gibt Lieder über die Liebe, es gibt Lieder über den Tod, es gibt Lieder über den Abschied, es gibt eigentlich Lieder über alles. Es gibt sogar Lieder über Straßen. Und über Wege. Und über die Anzahl von Wegen, zum Beispiel drei Wege dahin oder fünfzig Wege dorthin, es gibt Lieder über hundert Wege in hundert Richtungen, und über eine Million Wege gibt es auch Lieder. Über die Autobahnen gibt es Lieder, über Einbahnen, über Kreuzungen, Lieder über Sackgassen, Lieder über Gehsteige, sogar über Bushaltestellen und über Parkplätze. Und über die Ziele auch, zum Beispiel Hölle.

Und ob du es glaubst oder nicht. Es gibt auch ein Lied über den besten Weg aus Wien hinaus. Das kennt aber keiner. Du musst wissen, dieses Lied hat nur für zwei Sekunden im Hirn vom Brenner existiert. Zuerst nur so ein Hintergrundgesang: *Hirn, blind, Wien, Iris.* Und dann gleich das Lied: Drei Wege aus Wien hinaus, welchen soll ich nehmen. Soll ich über die Westausfahrt hinaus oder soll ich über die A22 hinaus. Du wirst sagen, das sind einfach Gedanken, das sind Überlegungen, das ist noch kein Lied. Aber ich kann es auch nicht ändern, für die zwei Sekunden war es ein Lied im

Hirn vom Brenner. Weil du darfst den Herzschlag nicht vergessen. Wenn es um Leben und Tod geht, wenn dir bewusst wird, du musst jetzt richtig entscheiden, und du hast nur einen Augenblick Zeit, und du hast zwei falsche Möglichkeiten und nur eine richtige, dann verschmelzen die Überlegungen mit dem Pulsschlag in deinen Schläfen, hör zu: Soll ich über die Westausfahrt hinaus? Oder soll ich über die A22 hinaus? Oder soll ich über die Tangente hinaus? Wie komm ich am schnellsten hinaus? Hinaus hinaus hinaus, hat es geklopft im Brennerhirn, weil das war der Moment, wo die Trägheit sich entladen hat.

Und über noch etwas gibt es viele Lieder. Über Grenzen. Die Frau lebt auf der einen Seite der Grenze, der Mann auf der anderen. Dazwischen der Liebeskummer, sprich Grenzbalken, Grenzzaun, Grenzsoldat. Oder andere Tragödie: Jenseits der Grenze die Zustimmungsregelung, diesseits die Widerspruchsregelung.

Iris blind Wien Hirn, hat es immer noch geschallt zwischen den Brenner-Ohren, ich muss so schnell wie möglich über die Grenze, aber soll ich über die Tangente hinaus, oder soll ich über die A22 hinaus?

Dabei hat er zuerst einmal beim Mistplatz hinausmüssen.

Durchs Tor hinaus.

Hinaus hinaus hinaus.

Und zuerst hat er überhaupt einmal in den Altglaslaster hineinmüssen. Der Altglaslaster ist ihnen ja seit einer halben Woche im Weg gestanden, weil sie beim Altglas einen Stau gehabt haben. Jetzt hinein in den Altglaslaster und mit Geschepper und Gepolter gewendet. Der Altglaslaster war ja noch nicht entleert, sprich bis zum Rand voll mit Altglas. Die Kollegen natürlich Augen gemacht, frage nicht. Was tut der Brenner mit dem Altglaslaster? Bevor sie ihre Münder wieder zugehabt haben, war er schon draußen auf der Straße. Aber eines muss ich schon sagen. Dass ihm in der Ausfahrt kein Fußgänger in die Quere gekommen ist oder ein Radfahrer, das grenzt an ein Wunder. Oder zumindest Vorsehung, dass es doch etwas gibt da oben, wo einer gesagt hat, alles mit Maß und Ziel, wir brauchen heute keine Organe von Fußgängern oder Radfahrern, und jetzt schauen wir doch zuerst einmal, ob wir den Tobias noch vor der Grenze erwischen.

Später bei der Auswertung haben sie es ganz genau nachvollziehen können. Das ist heute nicht mehr so wie früher, wo du ein paar lächerliche Spuren gehabt hast bei einem Mord, und aus denen hast du deine Schlüsse ziehen müssen. Heute hast du überall die Kameras, sprich Silbertablett. Bestes Beispiel die Fahrt vom Brenner. Wie der hinter dem Transporter mit der Aufschrift *Wir sind Legende* hergerast ist. Da hast du heute eine Auswertung, das kannst du dir anschauen, statistisch, Diagramme und alles. Aus einer gewissen Vogelperspektive verstehst du die Zusammenhänge, die du natürlich, solange du drinsteckst, nicht verstehst.

Jetzt pass auf. Gegen halb neun ist der Tobias-Lieferwagen Richtung A22 losgefahren. Der Herr Nguyen hat den Tobias an die kilometerlange Baustelle erinnert, weil bei aller Gelassenheit, nicht einmal dem Herrn Nguyen war es egal, wenn er schon nach fünfzehn Kilometern eine halbe Stunde im Stau gestanden ist. Aber der Tobias hat gesagt, er hat es nicht eilig und er fährt nicht gern über die Stadt. Der Brenner ist über die Westausfahrt hinaus, weil er hat die Baustelle gefürchtet. Nachher hat man das natürlich alles mit den Verkehrskameras rekonstruiert, wann der Tobias wo gewesen ist und wann der Brenner wo gewesen ist. Den Altglaslaster hast du schon die ganze Wienzeile hinaus auf den

Kamerabildern, um 9:13 Uhr ist er bei der Oper abgebogen, dann immer noch 9:13 Uhr bei der Sezession vorbeigerumpelt, 9:15 Uhr Kettenbrückengasse, weil um die Zeit zwar noch viel Verkehr, aber gottseidank in die andere Richtung. Übertrieben schnell gefahren ist er nicht, weil gerade wenn es um Leben und Tod geht, ist es immer die Frage, um wie viel du zu schnell fährst. Du kannst natürlich im Stadtgebiet nicht mit einem Fünfziger darauf warten, dass sich die Erdkugel irgendwann vielleicht doch in deine Richtung dreht, aber du darfst auch nicht zu sehr aufs Gas steigen, sagen wir einmal, alles über einem Hunderter steht nicht zur Diskussion. Stell dir vor, es kracht, irgendeiner lässt dich auflaufen, dann ist der Herr Nguyen natürlich endgültig verloren.

Und du darfst eines nicht vergessen. Der Brenner war in einem auffälligen Fahrzeug unterwegs. Da spielt schnell einer den Hilfssheriff und jammert der Polizei vor, Müllfahrzeug kenne ich mein Leben lang nur so, dass ich eine halbe Stunde dahinter warte, aber nicht so, dass es mich auf dem Gehsteig überholt. Darum hat der Brenner das auch nur an einer einzigen Stelle getan, weil zu riskant, der Altglaslaster einfach zu laut und zu orange und zu auffällig.

Aber wenn er zu langsam fährt, ist der Herr Nguyen natürlich erst recht verloren. Mit den Rückschlüssen hat der Brenner es sich bis auf 99 Prozent ausrechnen können: Wenn der Tobias der Bruder von der Frau Schall ist. Und wenn der Cornel auf der Festplatte versehentlich die Organbuchhaltung gefunden hat. Und wenn der Cornel dann gleich am Chiemsee verstorben ist. Und wenn der Tobias jetzt mit dem Nguyen über die Grenze fährt, dann ist es nur noch eine Frage von Stunden, bis die Organe vom Herrn Nguyen an ein paar Bedürftige auf der anderen Seite der Grenze verteilt werden.

Dann auf der Autobahn hilft nur noch Vollgas und beten. Die Glasladung hat zu vibrieren angefangen, das hat einen ganz unangenehmen Klang gemacht, als würde es wispern: *Iris, blind, Hirn, Wien, Lied.* Aber was willst du machen, du kannst nicht langsamer fahren, nur damit dir das Altglas nichts mehr vorsingt. Der Brenner hat versucht, diesen Klang mit dem Autoradio zu übertönen, aber das muss die spezielle Musik von dem Altglaslastwagenfahrer mit der Gesichtstätowierung gewesen sein, weil die hat gleich losgedröhnt mit einem Refrain, den der Brenner sein Leben lang nicht mehr losgeworden ist, obwohl er sofort wieder abgedreht hat. Jetzt hat er wieder das fiese Altglaswispern gehört und zusätzlich den Sänger, der sich in seinem Kopf festgesetzt und immer wieder gesungen hat: *God was never on your side never never never never never on your side.*

Beim Knoten St. Pölten sind die zwei Wege dann zusammengekommen, der Weg vom Herrn Nguyen und der Weg vom Brenner. Und da hat man gleich bei der ersten Kamera den Zeitvergleich. Was soll ich sagen, ohne die Baustelle auf der A22 wäre der Brenner schon abgehängt gewesen. Und jetzt immer noch so gut wie aussichtslos. Aber er ist ihm doch näher gekommen. Und das war eben, weil der Tobias das Schnellfahren gehasst hat. Ist ganz klar, wenn du deinen eigenen Sohn totgefahren hast, dann sagst du auch als Beifahrer dein Leben lang zum Chauffeur, fahr nicht so schnell. Dem Herrn Nguyen hat er das aber nicht mehr sagen müssen, weil der hat schon gewusst, wie der Tobias fahren will. Mit einem konstanten Hunderter, nicht schneller, nicht langsamer.

Aber interessant. 9:55 Uhr ist der Herr Nguyen an der Kamera beim Knoten St. Pölten vorbeigekommen, um 10:08 Uhr der Altglaslaster. Das hat man nachher bei der

Auswertung ganz klar auf der eingeblendeten Uhr gesehen. Und das dritte Auto hat man natürlich genauso gut gesehen.

Ob du es glaubst oder nicht. Um 10:21 Uhr ist der Audi von der Kripo mit hundertneunzig an der Kamera vorbeigezwitschert. Der Savic Fahrer, der Kopf Beifahrer. Aber der Kopf kein einziges Mal gesagt, fahr nicht so schnell. Sie sind über den dritten Weg aus Wien hinaus, über die Tangente ist der Savic Richtung Grenze gerast. Und ist im Prinzip auf dasselbe hinausgelaufen, als wäre er über die Westausfahrt gefahren oder hinten hinaus über die A22, weil auch ein altes Lied, sogar eines der traurigsten Lieder, die es gibt: Egal, wie du fährst, es geht immer über St. Pölten.

Jetzt natürlich große Frage. Wer ist im vierten Auto gesessen, das um 10:32 Uhr mit zweihundertzwanzig km/h geblitzt worden ist?

27

Über den Hirntod ist natürlich schon viel diskutiert worden, ja was glaubst du. Wie tot ist der Hirntote im Vergleich zu einem richtig Toten? Weil nur einem Hirntoten kannst du die Organe entnehmen. Ein Toter nützt dir nichts, ein Lebender nützt dir auch nichts. Sondern der muss gerade so dazwischen sein, verstehst du. Und da scheiden sich eben die Geister. Die einen zählen den Hirntoten mehr zu den Lebenden, die anderen mehr zu den Toten. Ein Herzkranker will es nicht einsehen, dass so ein Hirntoter sein Herz nicht hergibt. Ein Hirntoter will es nicht einsehen, dass er ausgenommen wird wie eine Weihnachtsgans. Oder eben seine Angehörigen wollen es nicht einsehen. Die sagen, das Hirn ist vielleicht tot, aber das andere zählt auch, das Hirn ist nicht alles.

Transplantieren kann man das Hirn selber natürlich nicht, weil nur lebende Organe, und der Hirntod Voraussetzung für die Transplantation, da spießt es sich. Wenn man sich den Herrn Nguyen anschaut, muss man schon sagen, schade drum, weil der Herr Nguyen Eins-a-Hirn. Einen intelligenteren Menschen wirst du nicht leicht finden, dafür lege ich meine Hand ins Feuer. Aber immer wieder interessant.

Gerade der intelligente Mensch überschätzt oft sein Hirn. Ausgerechnet da ist der Intelligente blöd. Bestes Beispiel der Herr Nguyen. Glaubst du, er lässt den Transporter einfach in die nächstbeste Schallschutzmauer krachen, damit er aus der Situation wenigstens schwer verletzt hinauskommt?

Nichts da. Der Herr Nguyen hat sich seinem Chef geistig zu überlegen gefühlt. Er hat es probieren müssen, weil seine Strategie war: Unfall kann ich als letztes Mittel immer noch verursachen. Aber vorher Plan A, sprich elegante Lösung. Pass auf, er wollte den Tobias bei seinem Geschäftssinn packen, sprich Gier. Er hat dem Chef gegenüber so getan, als hätte er noch gar nicht begriffen, dass er selber das Frachtgut ist, das hier transportiert wird. Als wäre immer noch die Transportfirma das eigentliche Thema ihres Gesprächs.

Das musst du dir einmal vorstellen. Der hat seinem Chef seelenruhig einen Geschäftsplan ausgebreitet, wie er mit seinem Paketdienst einen höheren Gewinn machen könnte, sprich effizientere Organisation, wie man die Fahrer noch besser ausbluten lassen kann. Obwohl er genau gewusst hat, dass das Paketgeschäft im Moment die kleinste Sorge vom Tobias war. Nur um seinem Chef seine Arglosigkeit vorzuspielen, hat er ihm einen Geschäftsplan entwickelt, der so gut war, dass jeder andere Geschäftsmann allein dafür zum Mörder geworden wäre. Er hat dem Tobias einmal vorgerechnet, wo der in den letzten Jahren überall Geld verschenkt hat, wie viele leere Sekunden die Fahrer verschwendet haben. Noch nie ist eine Fahrt in die Zentrale so schnell vergangen wie dieses Mal mit den hundert Details und Unterpunkten für eine Reorganisation der Firma Tobias.

»So, wie du mir das vorrechnest«, hat der Tobias beeindruckt gesagt, »muss ich wirklich zugeben, dass du was verstehst vom Geschäft.«

»Sie können mich machen Juniorpartner.«

Den Mut vom Herrn Nguyen bewundere ich natürlich schon. Das ist ja beim Menschen ein interessanter Widerspruch. Den Mut bewundert man, aber die Blödheit bewundert man nicht, obwohl es doch dasselbe ist. Der Herr Nguyen hochkonzentriert, weil er hat genau gewusst, wie gefährlich seine Strategie war. Wenn ich es vermassle, werde ich schon übermorgen auf ein paar kranke Menschen verteilt weiterleben, hat er sich gesagt, aber ich persönlich, in meiner speziellen Organkombination, werde nicht weiterleben. Meine Erinnerungen werden weg sein, nur die Mechanik meiner Organe wird ein paar Leuten das Leben erleichtern. Das ist auch nicht nichts, in meinen Organen ist vielleicht auch eine Art von Erinnerung drinnen, aber es ist doch nicht meine Person. So in die Richtung sind die Überlegungen vom Herrn Nguyen gegangen, aber tausendmal schneller, quasi Schockwelle.

»Ich werde es mir überlegen«, hat der Tobias gesagt.

Und dann haben sie hundert Kilometer lang geschwiegen. Absolute Stille, das musst du dir einmal vorstellen. Einzig und allein das Schmatzen der Insekten auf der Windschutzscheibe hat das Motorgeräusch übertönt. Und manchmal hat der Tobias so schwer geschnauft, als müsste er einen Zahnschmerz wegatmen. Aber gesagt kein Wort.

»Und zum Organschmuggel sagst gar nichts?«, hat der Tobias eine Viertelstunde vor der Grenze doch noch einmal sein Schweigen gebrochen. Du musst wissen, sie sind gerade am Mondsee vorbeigefahren, und in der Gegend regnet es immer, egal in welche Richtung du fährst, und vielleicht hat ihm der Regen aus dem Schweigen herausgeholfen, der Scheibenwischer, ich weiß es nicht. Jedenfalls wollte der Tobias sich nicht von seinem Fahrer für blöd verkaufen lassen, jetzt hat er das verschwiegene Thema ganz direkt angesprochen.

»Ist kein Schmuggel«, hat der Herr Nguyen geantwortet, als wäre das die zentrale Frage, ob es ein Schmuggel im eigentlichen Sinn ist, das war schon ein schlauer Fuchs, das muss ich ehrlich zugeben. »Ist EU-Grenze. Freies Warenverkehr.«

»Jaja, das ist richtig«, hat der Tobias gutmütig gelächelt, oder fast möchte ich sagen, sehnsüchtig gelächelt: Wenn die Welt nur so einfach wäre, wie der Herr Nguyen sie mir darstellt.

»Es ist halt nur wegen dem Gesetz«, hat der Tobias gesagt.

»Ja, nur Gesetz.«

»Zwei verschiedene Gesetze, gell, auf den zwei Seiten der Grenze. Hier haben wir den Widerspruch, aber wenn wir zehn Minuten weiterfahren, brauchen wir die Zustimmung.«

»Ja, ist gut für das Geschäft mit Organen. Geschäftsgrundlage.«

»Aber wer unterschreibt schon die Zustimmung«, hat der Tobias sinniert.

»17 Prozent von Bevölkerung.«

»Wieso weißt du das?«

»Hab ich mich gemacht schlau.«

»Schlau«, hat der Tobias gelächelt, als täte es ihm selber leid um das schlaue Hirn vom Herrn Nguyen und dass man es nicht transplantieren kann.

Und der Herr Nguyen war noch nicht fertig mit seiner Analyse, hör zu: »Wenig Zustimmung ist gut für Organgeschäft, ja. Trotzdem mussma steigern Zustimmung. 17 Prozent ist zu wenig. Mussma kriegen 30. Mussma machen Lobby, dass mehr Zustimmung. Mehr legale Organe in

Deutschland. Gegen eigene Interessen. Weil wenn zu wenig Zustimmung, kommt Gesetzesänderung. Dann ist Geschäftsgrundlage zerstört.«

»Du bist ein schlauer Bursch.«

»Wenn Zustimmung sinkt, steigt Druck auf Gesetzesänderung«, hat der Herr Nguyen analysiert. »Also ist niedrige Organzahl gut für unser Geschäft. Zwar! Kurzfrist! Aber schlecht für Gesetzesdruck. Langfrist!«

»Die Lobby gibt es schon längst«, hat der Tobias müde gesagt.

»Für unser Geschäft ist am besten: leichte Knappheit. Dann keine Gesetzesänderung, aber Geschäft geht immer weiter. Immer grüner Bereich.«

»Du bist ein gieriger Hund«, hat der Tobias anerkennend gelacht.

Aber der Herr Nguyen hat noch mehr Pläne gehabt mit dem Organhandel. Weil genau wie beim Paketdienst, Effizienzsteigerung, Kosten drücken, Haltbarkeit erhöhen, Organe mit Länger-frisch-Garantie und und und. Weil siehst du, das war der Plan vom Herrn Nguyen. Er muss den Tobias überzeugen, dass er nicht nur aus Angst heuchelt. Und jetzt komme ich zu einem heiklen Punkt. Ich hab das noch nie wem gesagt, aber wenn ich ganz ehrlich bin: Der Herr Nguyen war so überzeugend, dass ich mir bis heute nicht hundertprozentig sicher bin, ob er es nicht doch ernst gemeint hat.

Der Tobias hat das Gesicht von seinem Fahrer so konzentriert ins Visier genommen, als würde er davon träumen, dass er auf einmal doch wieder normal sehen kann. »Ich werde dir ein Geheimnis verraten, Nguyen. Ich mach es nicht wegen dem Geld. Ich will etwas wiedergutmachen in meinem Leben. Eine Schuld, verstehst?«

»Ja, verstehe ich. Schuld.«

»Ich hab ein Leben auf dem Gewissen. Das Leben von meinem eigenen Sohn. Aber ich hab siebenundachtzig Leben gerettet.«

»Siebenundachtzig Leben?«

»Je nachdem, wie man es rechnet. Jede einzelne Niere kann man nicht als Lebensrettung werten. Nieren rechne ich halb. Kleinere Sachen rechne ich gar nicht.«

»Siebenundachtzig Leben«, hat der Herr Nguyen anerkennend gesagt.

»Jaja. Aber man kann eine Schuld nicht wiedergutmachen. Man macht nur immer eine neue Schuld. Das weiß man aber erst, wenn man älter wird, Nguyen. Es ist wegen den Zinsen.«

Dann hat er in seine Aktentasche gegriffen und die Pistole herausgezogen.

»Die hab ich mir damals besorgt. Gleich nach dem Unfall. Ich wollte mich erschießen. Aber ich hab sie nie verwendet. Für mich nicht und für einen anderen auch nicht.«

»Ist besser.«

»Kein einziges Mal. Bis letzte Woche. Wo dein Freund in meinem Computer herumgesucht hat.«

»Coco?«

»Cornelius.«

»Ja. Cornelius. Hat Autounfall gehabt.«

»Nein, Radunfall«, hat der Tobias gesagt. »Er ist nach der Arbeit nach Chieming geradelt. Ohne Helm noch dazu. Aber auf dem Rückweg war er noch nicht tot. Nur hirntot. Weil ich hab ihn nur angeschossen. Meine Vertrauensärzte haben dann die Kugel aber verschwinden lassen, gell.«

Der Herr Nguyen hat nichts gesagt. Nicht einmal geschnauft hat er mehr richtig.

»Jetzt hab ich achtundachtzig Leben gerettet, aber zwei auf dem Gewissen. Das passt mir gar nicht. Aber du hättest nicht meine Festplatte stehlen dürfen, Nguyen. Statt dass du sie zum Reisswolf bringst. Da fängt es an mit der Schuld. Mit den kleinsten Sachen fängt es an. Und aufhören tut es nie.«

28

Jetzt weiß ich nicht, ob du schon einmal einen unsichtbaren Zaun gesehen hast. Also sehen kann man ihn ja nicht, weil unsichtbar. Aber am Effekt siehst du ihn. Wenn ein Wachhund den Blutrausch kriegt und zähnefletschend auf dich zustürmt, aber in letzter Sekunde biegt er ab, das ist der unsichtbare Zaun. Weil Impuls am Halsband, sprich elektrischer Schlag. Der Hund dreht mitten im Sprung doch noch ab, weil ihn an der Grundgrenze der elektrische Schlag trifft. Das ist wirksamer als jeder Zaun. Sicher, bei uns ist es verboten, weil der Gesetzgeber sagt, elektrischer Schlag nicht tierfreundlich. Aber in Amerika ist es erlaubt, weil da sagt der Gesetzgeber, elektrischer Schlag nicht so schlimm, und unsichtbare Grundgrenze elegante Lösung für eine Villa.

Und weil ich gerade sage, Grenze. Wenn du bei uns an die Landesgrenze kommst, ist sie heutzutage im Normalfall auch unsichtbar. Kein Zollhaus, kein Zöllner, kein Garnichts. Nicht einmal ein elektrischer Schlag. Aber interessant. Jeder kann einfach hinüberfahren, nur ein Polizist nicht. Jeder andere fährt problemlos drüber, der übersieht die Grenze regelrecht, aber der Polizist prallt ab an der Grenze. Der Polizist hat das Halsband, sprich Gesetz.

Darum ist ja der Savic gefahren wie eine gesengte Sau. Damit er den Tobias-Transporter noch vor der Grenze anhalten kann. Aber der Transporter ist sanft hinübergeglitten über die Grenze, als wäre da gar nichts. Und der Savic abgeprallt. Die beiden österreichischen Kriminalbeamten haben nur zuschauen können, wie die Buchstaben *Wir sind Legende* in der Ferne kleiner geworden sind. Ich muss ganz ehrlich sagen, so etwas wünsche ich keinem Menschen, weil da fühlst du dich als Kripomann nicht besser als der Bluthund, der den Wanderer davonspazieren sieht, obwohl er ihn gedanklich schon eingespeichelt hat.

Den nächsten Gedanken haben die beiden Polizisten auf die Zehntelsekunde gleichzeitig gehabt, sprich naheliegender Gedanke. Weil wie erklärst du als Polizeibeamter so eine Situation? Du bist ein paar Stunden von deinem Dienstort entfernt und hast absolut nichts vorzuweisen für deine Behörde. Was schreibst du da in dein Dienstprotokoll hinein? Sagen wir einmal so. Du suchst eine gute Ausrede dafür, dass du so weit weg bist. Und wenn du über den Funk gehört hast, dass in Wien ein Altglaslaster gestohlen worden ist, dann freust du dich, dass du wenigstens ein kleines Ergebnis mit heimbringen kannst.

Darum war es der reinste Sonnenaufgang für den Savic und den Kopf, wie der orange Altglaslaster über der Kuppe aufgestiegen und auf die Grenze zugefahren ist. Der Savic natürlich sofort das Blaulicht auf das Dach geschmissen, den Audi auf der Straße quer gestellt und den Altglaslaster aufgehalten.

»Wenn ihr euch schon nicht hinübertraut, lasst wenigstens mich hinüber!«, hat der Brenner aus dem Fenster geschimpft.

Aber nichts da.

»Brenner, so viele Augen hab ich nicht, wie ich da zudrücken müsste«, hat der Kopf gesagt.

Der Brenner und der Savic haben sich ängstlich in die Augen geschaut, sprich: Hoffentlich sagt der Kopf jetzt nicht das mit den Hühneraugen.

»Nicht einmal, wenn ich meine Hühneraugen mitzähle«, hat der Kopf gesagt.

»Und dass der Tobias-Fahrer da drüben ausgebeint und stückweise in ein paar deutsche Millionäre eingesetzt wird, ist euch egal, oder?«

»Wir haben schon Amtshilfe beantragt«, hat der Savic ihm erklärt.

»Amtshilfe? Wann habt ihr die deutschen Kollegen verständigt?«

»Du weißt genau, dass wir das nicht selber machen können. Wir haben in Wien angerufen.«

»In Wien habt ihr angerufen?«

Der Kopf ist schnaufend in das Fahrerhaus gestiegen und hat den Schlüssel abgezogen, damit der Brenner auf keine blöde Idee kommt. Weil der Savic hat endlich den Polizei-Audi auf die Seite gestellt und die wartenden Autos durchgelassen. Ein Wagen ist aber nicht weitergefahren. Ein Tesla war das. Die Fahrerin ist stehen geblieben und hat das Fenster hinuntergelassen. Ob du es glaubst oder nicht, die Frau Rossi hätte nur noch ein paar Kilometer gebraucht, um alle zu überholen. Weil die hat dem Brenner das Handy nicht aus reiner Menschenliebe geschenkt. Sondern ihr Mann hat ihr einmal ein Trackingprogramm auf das alte Handy gespielt. Er wollte immer wissen, wo die Frau ist, sprich Kontrolle ist besser. Das ist eine furchtbare Sache, und die Frau Rossi hat das vollkommen abgelehnt. Aber sie hat sich eben gesagt, sie hat das Recht zu wissen, ob der Bettgeher sich noch einmal ihrem Haus nähert, quasi Selbstverteidigung. Und erst mit der Zeit hat sich das Interesse gewendet, und sie wollte eben wissen, was der Brenner so macht. Und du darfst eines nicht vergessen. Sie hat immer noch Urlaub gehabt. Da steigt das Interesse an einer dubiosen Bekanntschaft schon aus reiner Langeweile von Tag zu Tag. Wie sie dann den Brenner am Mistplatz nicht vorgefunden und vom Udo gehört hat, dass er mit dem Altglaslaster durch ist, die Frau Rossi nichts wie hinterher.

Wenn der Brenner die Geschwätzigkeit vom Udo gegenüber einer Kundin mitgekriegt hätte, wäre er aus der Haut gefahren, frage nicht. Aber jetzt war er natürlich froh und ist schon bei ihr im Tesla gesessen. Der Kopf und der Savic haben nur zuschauen können, wie der Brenner als Beifahrer der Teslafahrerin lautlos über die Grenze geschossen ist. Und die Kriminalbeamten hinter dem unsichtbaren Zaun geblieben mit dem Halsband und dem Polizei-Audi und dem beschlagnahmten Altglaslaster.

Die haben sich immer noch über den Tesla gewundert, wie die Frau Rossi schon am Seeufer unten war, sprich Klinik am See. Weil das einzige Krankenhaus weit und breit, und der Brenner hat sich ausgerechnet, dass der Tobias-Transporter dorthin unterwegs sein muss. Was soll ich sagen, eingeholt haben sie den Transporter nicht mehr, und rund um die Klinik stehen gesehen haben sie ihn auch nicht. In der Klinik-Tiefgarage war er auch nicht. Zuerst haben sie den Tesla nicht einmal hineingelassen, weil der Portier hat furchtbar überheblich gesagt, Tiefgarage nur für die Ärzte und angemeldete Patienten. Aber punkto Überheblichkeit hat der die Rechnung ohne die Arztgattin gemacht, sprich, keine fünf Sekunden hat die Frau Rossi gebraucht, und der Schranken war offen. Genützt hat es ihnen nichts, weil kein

Tobias-Transporter in der Klinik-Garage. Jetzt gleich wieder hinaus, der Portier natürlich dumm geschaut, frage nicht. Und noch einmal eine Runde um die Klinik gefahren. Also rundherum kannst du ja nicht, weil Klinik am See natürlich Sackgasse am See. Dafür war ja die Klinik berühmt, du hast als Patient nicht über die Straße kommen müssen, sondern direkt mit der Yacht von deiner Seevilla in die Klinik, ein neues Herz abholen.

Aber weder links noch rechts ein *Wir sind Legende*. Und in den Straßen rundherum auch nicht. Jetzt ist ihnen nichts anderes übriggeblieben, als sich halbwegs versteckt hinzustellen und vor der Klinikeinfahrt zu warten. Verfolgen natürlich immer viel einfacher als warten, das ist klar, sonst hätten wir ja viel weniger Probleme auf der Welt, wenn der Mensch warten könnte. Aber es ist ihm nicht gegeben, er kann nicht warten. Einzige Ausnahme der Brenner, den muss ich wirklich herausstellen, der hat immer gut warten können. Er hat seiner Fahrerin erklärt, wir warten einfach, dann kommt der Tobias vorbei. Die Frau Rossi aber gar nicht gut im Warten, weil lösungsorientiert. Sie hat den Brenner ganz verrückt gemacht mit ihren Vorschlägen. Jetzt hat er sich, um sie zu beruhigen, eine Aktivität ausgedacht und den Kopf angerufen.

»Wo ist der Unfall passiert?«

»Was für ein Unfall?«

»Wo der Tobias seinen Sohn totgefahren hat.«

»Er hat ihn nicht totgefahren, der Sohn war bei ihm im Auto.«

»Wo ist das passiert?«

»Na, bei ihm daheim, das weißt du doch. In Aschau. Wo du jetzt bist und gerade einen großen Blödsinn machst, Brenner.«

»Wo genau!«, hat der Brenner ihn angefahren, als wäre er immer noch der Ausbildner vom Kopf.

Der Kopf natürlich umso länger Zeit gelassen mit seiner Antwort, sprich: So einen Tonfall lass ich mir von dir nicht bieten. Und erst nach einer schönen Pause hat er gefragt: »Woher soll ich das wissen, wo genau das war?«

»Dann schau nach!«

»Da müsste ich jetzt in Wien anrufen, dass mir wer nachschaut.«

»Ruf an! Und dann ruf mich an!«

Der Brenner hat aufgelegt, und die Frau Rossi hat gestöhnt: »Ich halte diese Warterei nicht aus.«

Der Brenner umgekehrt die Frau Rossi nicht ausgehalten. Diese nervöse Art, furchtbar. Jetzt hat er gleich den nächsten Anruf gemacht, und ohne Gruß und Erklärung: »Wo war der Unfall genau?«

»Dir auch einen wunderschönen Tag«, hat die Iris geantwortet.

»Jaja. Sag schon!«

»Der Unfall vom Coco?«

»Der Unfall von deinem Onkel!«

»Woher weißt du das?«

»Von dir nicht!«

»Ich hab es ja selber gerade erst erfahren.«

»Das kannst du dann dem Richter erzählen. Wo war der Unfall?«

»Woher soll ich wissen, wo der Unfall genau war? Hör zu, ich hab keine Zeit. Ich übernehm gerade die Urne.«

»Was für eine Urne?«

»Was für eine Urne wohl? Die von meiner Mutter! Das ist ein Papierkram, wenn jemand im Ausland stirbt. Und wenn es nur ein paar Kilometer sind.«

»Wieso? Wo bist du denn?«

»Das sag ich doch«, hat die Iris behauptet, obwohl sie es noch gar nicht gesagt hat, aber für sie ist es eben im Gesagten mitgeschwungen: »Im Haus Ufer, wo meine Mutter gestorben ist. Ich muss die Urne übernehmen.«

»Wie kommst du denn da hin?«

»Na, mit dem Zug.«

Und siehst du, das hat der Brenner übersehen. Sein Hirn hat das einfach ausgelassen. Weil es gibt nicht nur Lieder über Straßen und Wege. Es gibt auch wahnsinnig viele Lieder über Züge, die irgendwoher kommen oder irgendwohin fahren, zum Beispiel aus Wien hinaus.

Der Tesla jetzt natürlich zum Haus Ufer hinübergeschossen. Null auf hundert in lautlosen 3,2 Sekunden. Da war der Brenner schneller im Sterbehospiz auf der anderen Seeseite, als eine durchschnittliche Seele braucht, um von dort lautlos ins Jenseits aufzubrechen.

29

Langsam hat der Herr Nguyen seine Lage nicht mehr ganz so düster eingeschätzt wie am Anfang, wo der Chef mit seinem Sohn angefangen hat. Lebensbeichte natürlich immer Alarmstufe Rot, aber jetzt hat der Chef ihm wieder Hoffnung gemacht. Weil, wenn ich gesagt habe, der Herr Nguyen hochintelligent, dann muss ich sagen: Der Chef auch nicht blöd. Der wollte natürlich verhindern, dass sein Fahrer eine Kurzschlusshandlung begeht und vor lauter Angst um seine Organe an den nächstbesten Baum fährt. Jetzt hat er dem Herrn Nguyen sehr interessiert zugehört, wie der den landesweiten Organhandel aufziehen würde. Da sind dann die Chancen in den Augen des Fahrers wieder gestiegen, gerade hoch genug, dass er weitergefahren ist.

Aber der Chef hat mit ihm Katz und Maus gespielt, weil jetzt hat er wieder mit den alten Geschichten angefangen. »Weißt du, wieso ich meinen Sohn Tobias getauft habe?«

»Aberglaube.«

»Das hast dir gemerkt«, hat der Tobias geschmunzelt. »Aber das war nicht der einzige Grund.«

»Nur noch zehn Kilometer«, hat der Herr Nguyen von einem Wegweiser abgelesen und sein Fenster geöffnet.

»Ja. Aber wir fahren anders. Ich will dir was zeigen. Tu das Fenster wieder hinauf. Ich hab schon wieder so einen Heuschnupfen.«

»Entschuldigung«, hat der Herr Nguyen gesagt und die Scheibe wieder hinaufgelassen.

»Sag, was glaubst du?«

»Was glaube ich?«

»Warum hab ich den Buben Tobias getauft?«

»Ist schöner Name«, hat der Herr Nguyen gesagt.

»Ja, das auch. Aber schöne Namen gibt es viele.«

»Nicht so viele. Mag ich nicht Pit oder Roxana.«

»Pit oder Roxana«, hat der Tobias gelacht. »Wie kommst jetzt darauf?«

Weil mit seinen Augen hat er natürlich den Aufkleber auf dem Renault vor ihnen nicht sehen können, *Pit & Roxana*, Elternstolz.

»Gefällt mir auch gar nicht so schlecht«, hat der Tobias dem Herrn Nguyen entgegengehalten. »Pit ist doch ein netter Name. Komm her, Pit. Magst du ein Eis, Roxana. Das ist doch nicht so schlecht.«

»Tobias ist besser.«

»Tobias ist hebräisch. Es heißt: Der Herr ist gütig.«

»Der Herr ist gütig.«

»Fahr nicht so schnell, wir sind gleich da.«

»Ist sehr schöner Name: Der Herr ist gütig.«

»Ja, das haben wir uns auch gedacht. Aber der Herr ist gar nicht gütig.«

»Nein.«

»Du weißt das. Aber ich hab es erst lernen müssen. Wir waren auf dem Seefest, weißt du, einmal im Jahr ist da ein Seefest, so ein kleiner Rummel. Verstehst du Rummel, Nguyen?«

»Rummelplatz?«

»Ja genau, Rummelplatz. Aber es ist kein Platz, es ist nur ein Rummel sozusagen. Es findet nur einmal im Jahr statt, verstehst. Da kommen die mit den ganzen Buden, und Karussell und Autodrom sogar auch.«

»Autodrom ist guter Spaß.«

»Ja, wir sind Autodrom gefahren. Wir haben es recht krachen lassen. Er hat sich gebogen vor Lachen, er wollte immer nur hineinkrachen. Stell dir das vor, eine Stunde vor dem Unfall sind wir noch im Autodrom den anderen absichtlich hineingefahren. Und Karussell ist er auch gefahren. Für das große Karussell war er noch zu klein, aber es hat auch ein kleines gegeben, verstehst du? Und dann Ponys hat es auch gegeben. Und schießen. Also, ich hab geschossen, aber ich hab ihn so gehalten vor meiner Brust, als würde er schießen, verstehst? Und Würstel und dann wieder Schiffschaukel. Weißt du, was eine Schiffschaukel ist?«

»Schiff?«

»Ja Schiffschaukel eben. Ist ja egal. Ich hätte nicht so viel saufen sollen. Zuerst hab ich gar nichts getrunken, aber dann waren wir eben immer länger dort, dann trifft man alte Freunde, verstehst du? Dann trinkt man eben was. Dann hab ich schon zum Tobi gesagt, willst du noch einmal Karussell fahren? Nur damit ich noch was trinken kann! Dann war wo ein Kasperltheater, da hab ich ihn hineingesetzt. Nur damit ich weitersaufen kann. Dann bin ich mit ihm heimgefahren. Die Leute haben mich schon so komisch angeschaut. Aber gesagt hat keiner, fahr nicht mehr. Ich gebe denen aber keine Schuld. Einem Berufsfahrer sagt man vielleicht nicht so gern, fahr nicht mehr. Es war nur meine Schuld. Ich hab es halt auch eilig gehabt, weil mir klar war, die Frau wartet daheim. Damals hab ich schon mein erstes

Handy gehabt. Aber nur beruflich, privat hab ich es nicht mitgenommen. Man hat aber auch ohne Handy gewusst, die wartet auf mich. Ich muss mich beeilen, die wartet. Die wird sich schon Sorgen machen. Ich geb ihr aber nicht die Schuld. Ich hätte trotzdem nicht so schnell fahren dürfen. Auf die paar Minuten ist es jetzt auch nicht mehr angekommen. Sie hat ja mit dem Mittagessen auf uns gewartet. Aber es war schon drei am Nachmittag. Das war allein meine Schuld.«

Wenn einer dreimal sagt »es war allein meine Schuld«, weißt du natürlich, dass er zu allem entschlossen ist. Weil er will seine Schuld ausradieren.

»Noch zwei Kilometer«, hat der Tobias gesagt, wie der Wegweiser zum Baumarkt aufgetaucht ist. »Da links. Da musst du jetzt langsam fahren. Da ist ein Stoppschild. Da kontrollieren sie oft.«

Der Herr Nguyen hat sich noch gewundert, dass hier mitten im Wald ein Stoppschild ist, wo eine Vorrangtafel leicht gereicht hätte. Da war ja überhaupt kein Verkehr, und man hat gut um die Ecke gesehen. Er ist aber brav stehen geblieben, weil erstens der Herr Nguyen an jedem Stoppschild stehen geblieben, aus Prinzip, und erst recht, wenn der Chef neben dir sitzt und dich extra aufmerksam macht.

Aber interessant. Er ist dann nicht mehr losgefahren. Er hat das Stoppschild angeschaut, und das Stoppschild hat ihn angeschaut, und es hat nicht aufgehört, STOP zu sagen. Der Lieferwagen mit der Aufschrift *Wir sind Legende* ist gestanden und gestanden, als würde der Fahrer darauf warten, dass das Schild nicht mehr STOP zu ihm sagt. Aber das Schild mitten im Wald hat nicht und nicht aufgehört, STOP zu sagen.

30

Die Iris ist gerade mit der Urne in der Hand aus dem Haus Ufer herausgekommen, wie der Tesla sich eingebremst hat. Ein bisschen gewundert hat sie sich schon, dass der Brenner sie mit einer Chauffeurin abholt. Aber keine Zeit für Erklärungen, weil während die Iris auf die Rückbank gerutscht ist, hat der Kopf ihn zurückgerufen.

»Ich weiß jetzt, wo der Unfall war.«

»Sag!«

»Beim Eiskrieg«, hat der Kopf zum Brenner gesagt.

»Eiskrieg«, hat der Brenner zur Frau Rossi gesagt.

»Eiskrieg«, hat die Frau Rossi zum Navi gesagt.

Die Iris hat nichts gesagt. Aber wenn die Frau Rossi in den Rückspiegel geschaut hätte, wäre ihr aufgefallen, wie blass die Iris geworden ist.

»Da ist ein Eiskiosk«, hat der Kopf gesagt. »Johann Krieg, Konditoreneis.«

»Wir müssen zum Eiskiosk«, hat der Brenner der Frau Rossi weitergesagt.

Aber das Navi hat den Eiskrieg nicht gekannt.

»Ich brauch einen Straßennamen«, hat die Frau Rossi gesagt.

»Ich weiß den Weg zum Eiskrieg«, hat die Iris gesagt. »Das ist am Ortsanfang, noch vor der Tankstelle. Fahren Sie einfach geradeaus.«

Die Frau Rossi ist aufs Gas gestiegen, und der Brenner hat aufgelegt und sich nach der Iris umgedreht: »Warum weißt du das?«

»Von meiner Mutter.«

»Ist dir aber erst jetzt eingefallen, oder?«

»Ich weiß es erst seit einer Stunde.«

Die Frau Rossi hat den Tesla derart durch die Kurve getreten, dass ihre Passagiere kurz in die Schwerelosigkeit eingetreten sind.

»Ich hab gerade das Handy gekriegt«, hat die Iris ihm erklärt.

»Was für ein Handy?«

»Von meiner Mutter. Darauf hat sie mir ein paar Nachrichten hinterlassen.«

»Über den Eiskrieg?«

»Ja, über den Eiskrieg.«

»Dann weißt du auch, was dort war.«

»Der Unfall.«

Mein lieber Schwan.

Es waren noch gut zwei Kilometer bis zum Eiskrieg, und ausgerechnet jetzt ist die Frau Rossi langsamer gefahren. Und obwohl der Brenner gewusst hat, wie empfindlich die Frau Rossi war, wenn ihr ein Mann gesagt hat, wie sie fahren soll, hat er sie angeschrien: »Fahren Sie schneller!«

Und was macht die Frau Rossi? Ob du es glaubst oder nicht. Die Frau Rossi bleibt stehen. Sie hat den Brenner hasserfüllt angeschaut und stumm auf ihre Anzeige gedeutet. Dort ist gerade noch gestanden, dass der Akku für zehn Kilometer reicht. Und vielleicht hätten sie es auch bis zum

Eiskrieg geschafft, wenn es nicht bergauf gegangen wäre. Weil jetzt neue Information: *Null Kilometer.*

»Mein Mann musste ja unbedingt der Erste sein mit einem verdammten Elektroauto«, hat sie gesagt. »Dabei ist ihm die Umwelt vollkommen egal. Hauptsache, er hat den teuersten Elektroschrott vor seinen Kollegen gehabt.«

Ich muss ganz ehrlich sagen, das war schon ein bisschen ungerecht gegenüber dem Doktor Rossi. Weil er hat ihr immer wieder gesagt, dass sie sich nicht zu sehr auf die Akku-Anzeige verlassen darf. Und dass er mit seinem Auto den Herrn Nguyen in Lebensgefahr bringt, hat er ja wirklich nicht wissen können. Aber jetzt war beim Tesla der Strom aus, und sie hat den Pannendienst rufen müssen, während sich der Brenner und die Iris zu Fuß auf den Weg zum Eiskrieg gemacht haben. Weit war es nicht. Im Nachhinein bei der Rekonstruktion hat man gesagt, es waren eineinhalb Kilometer, die sie zu Fuß zurückgelegt haben. Kameras natürlich keine, aber elektronische Landkarte. Zwölf Minuten haben sie gebraucht, die Iris mit ihrer Urne, der Brenner mit seinem Alter, da muss ich sagen, Hut ab, weil sehr flottes Spaziertempo.

War aber umsonst, sie hätten gar nicht so rennen müssen. Weil kein Tobias weit und breit. Rückblickend kann man sagen, fünf Minuten zu früh ist eigentlich sogar ziemlich pünktlich. Aber das haben sie ja nicht wissen können, und wenn du es nicht weißt, dass er noch kommen wird, ist es eine Ewigkeit. Darum haben sie sich so enttäuscht an den Eiskiosk gelehnt. In diesen fünf Minuten hätten sie noch in aller Ruhe ein Eis essen können. Aber leider ein Schild am verriegelten Eiskrieg-Fenster: *Wir sind umgezogen.* Wenigstens hat die Iris ihre Urne am Fensterbrett kurz abstellen können. Und drei von den fünf Minuten haben sie sowieso zum Ausschnaufen gebraucht, da wäre an ein Eisschlecken noch gar nicht zu denken gewesen. Oder sagen wir einmal so. Die Iris war nach drei Minuten wieder bei Atem. Der Brenner hat ja sogar noch geschnauft, wie der Transporter mit der Aufschrift *Wir sind Legende* auf einmal vom Waldrand heruntergekommen ist.

Oder eigentlich muss ich sagen: heruntergeschaukelt. Heruntergeschwankt. Langsam und trotzdem unsicher. Nicht direkt zickzack, aber doch ein bisschen besoffen. Als würde der Fahrer nebenbei eine Nachricht schreiben oder ein Computerspiel machen oder ein schreiendes Kind beruhigen oder einen betäubten Beifahrer beobachten oder einfach so gut wie nichts sehen. Aber wenn der Tobias vorher am Stoppschild nicht so eine Ewigkeit gebraucht hätte, bis er den betäubten Herrn Nguyen endlich auf dem Beifahrersitz gehabt hat, wären der Brenner und die Iris sowieso viel zu spät gekommen. Da hätte das ganze Rennen nichts genützt, und das Langsamfahren vom blinden Tobias auch nicht.

Aber interessant. Gewirkt hat der Transporter gar nicht langsam, sondern schnell, weil die Optik. Wenn du bergab Schlangenlinie fährst, wirkst du automatisch schnell. Weil unkontrollierte Energie immer bedrohlich. Der Tobias hat aber die Strecke seit seiner Kindheit auswendig gekannt und seinen Wagen immer noch unter Kontrolle gehabt. Besser als damals, wo er noch halbwegs gut gesehen hat. Aber damals der Alkohol, sprich viel zu schnell unterwegs. Auf der Rückfahrt vom Volksfest ist er extra nicht den See entlanggefahren, weil er schon gewusst hat, die Polizei kontrolliert. Beim See unten sind sie gestanden, hat jeder gewusst. Da ist ja am Volksfest von einem zum anderen geflüstert worden, heute stehen sie. Darum ist er den Umweg über den Wald gefahren. Und es hat sich gut getroffen, dass er dadurch am Eiskrieg vorbeigekommen ist. Weil damals der Eiskrieg noch floriert, das Eiskrieg-Eis hat als das beste Eis gegolten. Und er wollte seiner Frau eines mitbringen. Damit sie ihm nicht böse ist wegen der Verspätung. Erdbeere und Vanille wollte er ihr mitbringen, weil das waren ihre Lieblingssorten.

Aber jetzt ist er nicht halb so schnell auf den Eiskrieg zugefahren wie damals. Weil damals hundertfünfzehn Stundenkilometer auf der schmalen Bergabstraße, das musst du dir einmal vorstellen. Das haben sie nachher natürlich ganz genau nachgemessen, Bremsspuren und alles. Bergab hat schon so mancher Autofahrer den Bremsweg unterschätzt. Das ist ihm ja damals zum Verhängnis geworden. Nicht nur der tote Winkel, auf den er es immer geschoben hat, nicht nur die Augenkrankheit, die er abgestritten hat, nicht nur der Alkohol, nicht nur die Geschwindigkeit, nicht nur der Bootsanhänger am Straßenrand, nicht nur der Eiskrieg, sondern das Bergab.

Aber heute höchstens ein Fünfziger, wenn es hoch kommt. Darum hat der Brenner es ja überhaupt gewagt, sich mitten auf die Straße zu stellen. Mit ausgebreiteten Armen ist er dagestanden wie ein Engel und hat sich gefürchtet. Der Transporter mit der Aufschrift *Wir sind Legende* ist von einer Straßenseite zur anderen geschwankt und mit einem Fünfziger auf den Brenner zugestolpert. Dass der Brenner sich vor diesem besoffenen Auto auf die Straße getraut hat, ist nur mit einem Wort zu erklären: Schutzanzug. Sprich orange Kluft mit Leuchtstreifen. Er hat gehofft, dass der Fahrer ihn erstens rechtzeitig sieht und zweitens Respekt vor dem menschlichen Stoppsignal hat, halb Straßenbau, halb Schülerlotse.

Was soll ich sagen, während der Tobias lebensgefährlich dahergeschlichen ist, hat der Brenner genug Zeit zum

Nachdenken gehabt. Er hat sich an seine Anfänge bei der Polizei erinnert, wo sie die Polizeischüler gern auf die gefährlichsten Kreuzungen stellen, quasi natürliche Auslese. Das ist ein Himmelfahrtskommando, dagegen ist ihm später die eine oder andere Geiselbefreiung wie ein Theoriekurs vorgekommen. Vielleicht hat sein Unbewusstes sich schon damit angefreundet, dass er gerade überfahren wird, derart intensiv war seine Erinnerung an den ersten Einsatz als Polizeischüler, wo er damals schon mit seinem Leben abgeschlossen hat.

Aber ein Schrei von der Iris hat ihn ins Leben zurückgeholt.

»Geh auf die Seite! Der Fahrer ist blind!«

»Ganz blind kann er nicht gut sein«, hat der Brenner gesagt und mit seinen ausgebreiteten Armen Richtung Transporter beschwichtigende Gesten gemacht, sprich: Tempo reduzieren und zum Stillstand kommen, Fluglotse nichts dagegen.

»Er hat nur ein Restsehvermögen!«

Aber gerade bei einem Restsehvermögen macht das Orange etwas aus. Jetzt ist der Brenner einfach mitten auf der Straße stehen geblieben, hat weiter seine Arme ausgebreitet, als wollte er die Landschaft segnen, und war gespannt, ob der Fahrer rechtzeitig die Bremse findet.

31

In diesem Punkt sind natürlich im Nachhinein die Meinungen auseinandergegangen, ja was glaubst du. Aber ich sage, im Prinzip kann niemand wissen, ob es wirklich die orange Farbe gewesen ist, ob es die Leuchtstreifen waren, ob es an den immer hektischeren Bewegungen der ausgebreiteten Brenner-Arme gelegen ist, oder ob der Tobias die Kreuzung einfach so gut gekannt hat, dass ihm auch der Schatten eines Igels genügt hätte, um den Transporter zu verreißen. Jedenfalls hat er den Brenner nicht überfahren. Ob du es glaubst oder nicht, trotz seiner achtzigprozentigen Blindheit hat er den Transporter mit der Aufschrift *Wir sind Legende* in letzter Sekunden nach links verrissen, sprich in die Leitschiene.

Und darum sag ich immer, man trifft im Leben jede Kreuzung zweimal, weil ohne die Leitschiene, die sie nach seinem damaligen Unfall hingestellt haben, wäre der Tobias an derselben Stelle wie damals in den Bach gefahren. Einzig und allein die Tobias-Leitschiene hat seinem Beifahrer jetzt das Leben gerettet, und er ist nicht im Bach gelandet wie damals der dreijährige Sohn von seinem Chef. Bewusstlos war er trotzdem, aber nicht vom Unfall, sondern von der

Spritze, die der Tobias ihm beim Stoppschild oben hineingejagt hat.

Beim Versuch, aus dem Unfallwagen auszusteigen, hat der Tobias bemerkt, dass die demolierte Fahrertür nicht mehr aufgeht. Jetzt ist er über den Bewusstlosen drübergeklettert und auf der Beifahrerseite hinaus. Aber er ist nicht davongerannt wie damals, wo er sich vor dem Alkoholtest versteckt hat. Er ist mitten auf der Straße stehen geblieben. Die Pistole, die er erst ein Mal verwendet hat, ist an seiner Hand gehängt wie bei den kleinen Kindern die Handschuhe, die aus den Ärmeln baumeln. Als hätte er sie ganz vergessen. Aber man darf sich nicht täuschen lassen. Weil die vergessenen Pistolen sind die gefährlichsten.

Dann hat er auf diese typische Art die Hand über die Augen gelegt, weil geblendet hat es den Tobias immer. Das ist ja das Gemeine, du siehst nichts, aber blenden tut es dich umso mehr. Zuerst hat er gemeint, da stehen Schaulustige, Gaffer, die es nicht glauben können, dass sie gerade einen schweren Verkehrsunfall mitangesehen haben. Aber an einem regnerischen Herbsttag sind an dieser Kreuzung nicht viele Fußgänger unterwegs, das hätte er eigentlich wissen müssen. Darum ist ja der Eiskrieg eingegangen. Er hat ein paar Schritte Richtung Eiskrieg gemacht, und auf einmal hat er es begriffen. Es waren keine Schaulustigen. Und der junge blonde Bursch, der auf ihn zugegangen ist, war kein junger Bursch. Es war eine Frau mit kurzen Haaren. Obwohl er noch viel zu weit entfernt war, um ihr Gesicht zu erkennen. Aber am Gang erkennst du es. Wenn du fast nichts siehst, kriegst du ein besseres Aug für die typische Bewegung von einem Menschen. Für die Anmut. Darum hat er gewusst, eine junge Frau geht auf ihn zu, obwohl sie noch mindestens drei Meter entfernt war. Und sie hat auch etwas in der Hand gehalten, aber keine Pistole. Er ist einfach stehen geblieben und hat darauf gewartet, dass sie näher kommt. Bis sie nur noch zwei Schritte von ihm entfernt war und ihr Gesicht deutlicher geworden ist.

Ich weiß jetzt auch nicht, fällt das unter »Der Herr ist gütig« oder unter das Gegenteil. Wissen tu ich nur so viel. Das war das erste Mal seit dreiundzwanzig Jahren, dass er seinem Sohn in die Augen geschaut hat. Und umgekehrt natürlich auch, die Augen vom kleinen Tobias haben aus dem Kopf der Iris heraus nach all den Jahren noch einmal den Vater angeschaut. So sind die beiden zehntausend Jahre Aug in Aug gestanden. Und wahrscheinlich hätten sie nie wieder aus diesem Aug in Aug herausgefunden, wenn der Brenner nicht vom Eiskrieg herübergerufen hätte: »Pass auf, er hat eine Pistole!«

Aber die Iris hat die Warnung ignoriert und hat noch einen Schritt auf den Bruder ihrer Mutter zu gemacht, als ginge es darum, ihm die Urne zu überreichen.

»Ich bin die Iris.«

Er hat der Iris in die Augen geschaut, und die Iris hat ihm in die Augen geschaut.

Der Tobias nur einen einzigen Gedanken im Kopf gehabt. Dass ihn die Augen von seinem Sohn anschauen. Dass die immer noch am Leben sind. Umgekehrt die Iris auch nur gedacht: Ich schau diesen fremden Mann mit den Augen von seinem Sohn an.

Und was soll ich sagen. Während die beiden sich in die Augen geschaut haben, oder müsste ich sagen, die drei, wenn ich den Sohn auch mitzähle, während die drei, der kleine Tobias und sein Vater und die Iris, sich in die Augen geschaut haben und sonst nichts gesehen haben als ihre Augen, hat der Brenner auch ein Problem mit seinen Augen gehabt. Als müsste er eine Fata Morgana abschütteln, ist er sich mit der flachen Hand über das Gesicht gefahren, aber wie er zum zweiten Mal zum Waldrand hinaufgeschaut hat, ist es immer noch da gewesen. Nur näher. Und wie er zum dritten Mal zum Waldrand hinaufgeschaut hat, ist es immer noch da gewesen, nur noch näher. Weil ob du es glaubst oder nicht. Sein eigener Altglaslaster ist aus dem Wald herausgekommen und mit viel zu hoher Geschwindigkeit in die Bergabkurve eingebogen.

32

Pass auf, was ich dir sage. Auch wenn der Tobias bessere Augen gehabt hätte, wäre ihm der Altglaslaster nicht aufgefallen. Weil der Tobias nur Augen für die Iris, ja was glaubst du.

Umgekehrt die Iris nur Augen für den Tobias. Ihr ist vorgekommen, ihr springen die Augen heraus, während sie diesen Mann mitten auf der Unfallkreuzung mit den Augen seines Sohnes angeschaut hat. Aber »angeschaut« ist das falsche Wort, weil in so einer Situation schaust du nicht mehr. Es springen dir einfach die Augen heraus, als wäre zwischen deinen Tränen und deinen Augen kein Unterschied mehr. Und die Tränen, die der Iris herausgesprungen sind, waren überhaupt keine normalen Tränen, die aus dem Gefühlsbereich herauskommen und die Wangen hinunterlaufen, sondern die Tränen waagrecht herausgesprungen aus ihrem Kopf. Wie früher mit den Wasserpistolen. Du musst wissen, das war die einzige Erinnerung an ihren Cousin. Wie sie einmal am See unten mit Wasserpistolen aufeinander geschossen haben. Und jetzt, wo sie seinem Vater gegenübersteht, an den sie überhaupt keine Erinnerung gehabt hat, der aber damals noch ein junger Mann gewesen sein muss, schießen die Iris-Tränen direkt auf diesen alten Mann. Auf diesen fremden Mann. Auf diesen Onkel. Auf diesen Bruder ihrer Mutter. Die sie in ihrer Urne festgehalten hat wie ein Geiselnehmer sein menschliches Schutzschild.

Aber interessant. Der Vater vom kleinen Tobias hat keine Wasserpistole in der Hand gehabt. Der Vater eine richtige Pistole, die er jetzt gehoben hat, direkt vor die Augen der Iris, so nah, dass sie sogar die feine Inschrift gesehen hat. Weil sehr kunstvoll in den Lauf eingravierte Inschrift wie bei einem Familiengrab für die Familien Smith und Wesson.

Wie großartig die Augenoperation bei der Iris gelungen ist, erkennst du schon daran, dass sie in der Nähe und in der Ferne gut gesehen hat. Und noch ein wichtiger Punkt: das Umschalten. Weil hinter dem Schriftzug ist ihr jetzt in der Ferne aufgefallen, dass der orange Altglaslaster den Hang heruntergekommen ist. Der war viel zu schnell unterwegs mit viel zu viel Lärm und mit viel zu viel Schlangenlinie und mit viel zu viel Glas, das abwechselnd links und rechts über den Lastwagenrand geschwappt ist. Weil das wissen die wenigsten Menschen: Nicht nur Flüssigkeiten können in Gläsern schwappen, sondern Gläser können ihrerseits auch wieder schwappen, sprich ewiger Kreislauf.

Über die Beladung des Altglaslasters hat die Iris sich natürlich keine Gedanken gemacht. Du denkst nicht lang über ein Fahrzeug im Hintergrund nach, wenn du eine Smith & Wesson im Vordergrund hast. Und du darfst eines nicht vergessen. Dass sie den kunstvoll eingravierten Schriftzug so gut gesehen hat, war ein gutes Zeichen für die Iris. Es hat bedeutet, dass sie die Pistole von der Seite gesehen hat. Nicht von vorn. Die Mündung der Pistole hat der Tobias ja auf seinen eigenen Kopf gerichtet.

»Ich hoffe, du hast eine Zustimmung unterschrieben«, hat die Iris gesagt, »wir sind hier in Deutschland.«

Ich weiß nicht, wo dieser Satz hergekommen ist, die Iris normalerweise keine Zynikerin, dafür lege ich meine Hand ins Feuer. Die Iris war bestimmt kein Mensch, der einem Selbstmörder statt tröstender Worte sagt, er soll noch einmal gut überlegen, ob er nicht die Organspende-Zustimmung vergessen hat. Aber zur Irritation, damit er nicht sofort abdrückt, ist ihr momentan nichts Besseres eingefallen. Und vielleicht war es auch nicht nur zur Irritation. Ich könnte mir vorstellen, dass es doch auch aus Zorn war auf diesen Mann, der ihren Cousin totgefahren hat und ihr jetzt auch noch ein schlechtes Gewissen für ihr Augenlicht machen wollte. Aber bevor sie dazu gekommen ist, ihm noch mehr an den Kopf zu werfen, bevor sie ihre Gedanken beisammengehabt hat, um ihn auf den Coco anzusprechen und auf ihre Eltern und auf den Herrn Nguyen, hat es gekracht.

Aber interessant. Es hat nicht so gekracht, als hätte jemand direkt neben ihren Ohren eine Smith & Wesson abgefeuert, weil das kracht natürlich, dass dir drei Tage die Ohren klingeln, und wenn du Pech hast, für den Rest deines Lebens. Es hat gewaltig gekracht, aber es war weniger ein Knall, es war mehr, wie soll ich sagen, ein Scheppern. Wie es eben scheppert, wenn der außer Kontrolle geratene Altglaslaster in den quer über die Straße stehenden Tobias-Transporter kracht.

Das war der Moment, wo der Herr Nguyen aufgewacht ist. Wie durch ein Wunder ist er unverletzt geblieben. Der Kriminalbeamte Kopf, dem der schwere, überladene Altglaslaster auf der Bergabstrecke zu schnell geworden ist, war schon verletzt. Nicht sehr schwer verletzt, aber sehr sichtbar verletzt. Das Blut ist ihm übers Gesicht gelaufen, wie er mit gezogener Dienstwaffe in der Lastwagentür aufgetaucht ist. Das musst du dir einmal vorstellen. Er hat sich nicht mit dem Dienstwagen über die Grenze getraut, aber die Dienstwaffe hat er schon mitgenommen. Und obwohl er doch im Ausland war, hat er von der Lastwagentür zum Tobias hinuntergebrüllt:

»Polizei! Lassen Sie sofort die Waffe fallen!«

Das hat später natürlich zu wahnsinnigen diplomatischen Verwicklungen zwischen den beiden Ländern geführt, ja was glaubst du. Aber im Moment hat es nur bewirkt, dass der Tobias die Iris gepackt und sie genauso als Schutzschild vor sich hingehalten hat wie die Iris ihre Mutter. Ich muss schon sagen, der Kopf hat es gut gemeint, aber im Prinzip hat er mit seinem Eingreifen überhaupt erst diese Eskalation erzeugt. Weil jetzt hat der Tobias die Smith & Wesson doch noch an die Schläfe der Iris gehalten. Keine drei Zentimeter von den Augen seines Sohnes entfernt.

»Kopf, lass es gut sein!«, hat der Brenner geschrien und seine Deckung beim Eiskrieg aufgegeben. Er ist über die Straße gesprintet wie ein Junger und hat sich hinter dem *Wir sind Legende*-Wrack verschanzt, in dem der Herr Nguyen immer noch ganz benommen gesessen ist und die Luft betrachtet hat. »Tu die Pistole weg, Kopf!«, hat er gebrüllt. »Er tut ihr nichts.«

Der Kopf den Brenner ignoriert. Er hat geblutet wie ein Schwein und weiter vom Laster aus den Tobias ins Visier genommen.

Der Tobias den Brenner auch ignoriert. Er hat die Iris, die immer noch die Urne ihrer Mutter in der Hand gehalten hat, vor sich hergeschoben. Aber nicht dass du glaubst, von dem bewaffneten Polizisten in der Lastwagentür weg, um sich in Sicherheit zu bringen. Sondern auf ihn zu. Die Pistole hat er immer noch seiner Nichte an die Stirn gehalten, während er noch einen und noch einen Schritt auf den blutenden Mann in der Fahrertür zugegangen ist.

»Kopf, tu die Pistole weg!«, hat der Brenner wieder gebrüllt.

Weil der Brenner hat sofort kapiert, was mit dem Tobias los war. Der Tobias hat einen wahnsinnigen Zorn gehabt, dass der Spinner mit dem Altglaslaster ihm seine Begegnung mit der Iris versaut hat. In dem Moment, wo er seinem Buben noch einmal in die Augen schaut und sich eine Kugel in den Kopf schießen will, kommt ihm dieser beschissene Altglaslaster in die Quere.

»Mach die Tür zu, Kopf!«, hat der Brenner geschrien. »Und schmeiß die Pistole weg!«

Aber der Kopf weiter in der Tür gestanden und mit beiden Händen auf den Tobias gezielt.

»Der sieht doch nichts!«, hat der Brenner sich heiser gebrüllt. »Der ist halb blind! Mach die Tür zu!«, hat der Brenner geschrien.

»Tun Sie die Pistole weg!«, hat jetzt auch die Iris geschrien. »Er wollte mir nichts tun. Er wollte sich selber erschießen.«

Und dann hat es zweimal gekracht.

Einmal, weil der Tobias dem Kopf aus höchstens zwei Meter Entfernung in den Bauch geschossen hat, und ein zweites Mal, wie der schwere Kriminalpolizistenkörper vor dem Tobias auf dem Asphalt aufgeschlagen ist, dass es nur so gestaubt hat. Weil der ist einfach aus dem Lastwagen auf die Straße geplumpst, Mehlsack nichts dagegen. Und ob du es glaubst oder nicht. Die schmerzhaftere Verletzung hat er sich beim Sturz zugezogen.

Das Nächste, was man gehört hat, war der Dieselmotor vom Altglaslaster. Weil der Tobias die Iris einfach weggestoßen und in den Lastwagen gesprungen. Und gleichzeitig mit dem Motor ist die wahnsinnig laute Totenkopfmusik angesprungen, die der Brenner auf der Anfahrt sofort abgedreht hat, aber entweder hat der Kopf die Musik wieder laufen gehabt, oder sie hat sich durch den Aufprall selber aufgedreht. Das musst du dir einmal vorstellen, der Tobias war nach dem Brenner und nach dem Kopf schon vier Personen entfernt von dem Mistfahrer mit der Gesichtstätowierung, aber jetzt hat dem seine Musik den Tobias begleitet, wie er mit dem Altglaslaster langsam Richtung See hinuntergerollt ist. *He was never on your side, God was never on your side,* hat der heisere Sänger dem Fahrer vorgesungen, den alle Tobias genannt haben, obwohl er nicht Tobias geheißen hat, was so viel bedeutet wie der Herr ist gütig.

Er ist die Strecke gefahren, die er damals nach dem Unfall gerannt ist, mit seinem verletzten Sohn auf den Armen, zum Haus seiner Schwester, wo er sich vor der Polizei versteckt und seinen Rausch ausgeschlafen hat. Die hat aber schon lange nicht mehr da gewohnt, die war ja jetzt in der Urne zu Hause. Einmal hat er sie noch gesehen nach dem dreiundzwanzigjährigen Schweigen, weil ihr Mann ihn über ihre Krankheit verständigt hat. Aber sie hat kein Organ von ihm angenommen. Die wollte ihre Schuld auch nicht hergeben, dass sie seinem Sohn die Augen gestohlen hat. Jetzt ist er an dem Haus vorbei und einfach schnurstracks Richtung See gefahren. Mit der dröhnenden Musik im Laster ist er am Steckerlfisch Meier vorbeigefahren, dann am denkmalgeschützten Marterl Herzjesu vorbei, dann an dem Heustadel vorbei, wo er als Zehnjähriger zum ersten Mal eine Zigarette geraucht hat und wo der Heribert aus dem Nachbarhaus sich aufgehängt hat, dann an einem gestrandeten Tesla vorbei, und die ganze Zeit der Sänger mit seinem ewigen *He was never on your side, God was never on your side.*

Als Nächstes ist er an der Großbaustelle vorbeigekommen, wo sie den neuesten Ferienwohnungspalast hochgezogen haben, dann am Mountainbike-Verleih Bike & Tina Turner, dann am Tauchshop dive-l, und zwischen dem Taxi Huber und dem Hotel Seeadler ist er in die Sackgasse mit den paar Kurzparkplätzen hinein, wo man im Sommer nie einen Parkplatz findet, *never never never*, aber er hat ja keinen Parkplatz gesucht, weil er ist ganz unten in der Umkehrkurve einfach geradeaus weitergefahren, sprich Holzzaun durchbrochen, Hecke durchbrochen, Sitzbank niedergewalzt und über den Grasstreifen auf die Spazierpromenade hinaus, nicht schnell, der Tobias langsam gefahren, aber mit einem Laster durchbrichst du so einen Holzzaun und so eine Hecke wie nichts. Die Spaziergänger natürlich panisch auseinandergespritzt, *never never never, God was never on your side*, hat es auf der Seepromenade gedröhnt, die Radfahrer in letzter Sekunde zusammengebremst, weil was willst du sonst machen, wenn ein Altglaslaster durch den Zaun bricht und wie ein Panzer quer über die Spazierpromenade Richtung See rumpelt.

Und wie die Spaziergänger und Radfahrer schon drei Kreuze geschlagen haben vor lauter Dankbarkeit, dass sie nicht unter den Altglaslaster gekommen sind, ist zu allem Überfluss noch so ein spinnertes Fahrzeug dahergescheppert. Der vollkommen zerfledderte Transporter ist aber wenigstens nicht auf die Promenade hinausgefahren. Pass auf, das Wrack mit der Aufschrift *Wir sind Legende* ist zwischen der Umkehrkurve und der Promenade auf dem Grasstreifen stehen geblieben.

Von dort aus haben der Brenner und die Iris und der Herr Nguyen zugeschaut, wie der Altglaslaster die Promenade langsam überquert und dabei weder gebremst noch beschleunigt hat. Sondern er ist einfach so, als würde die Straße dort weitergehen, über die Kaimauer hinaus in den wunderschönen flaschengrünen See gesegelt.

Im ersten Moment hat es für die schockierten Zuschauer fast so gewirkt, als hätte der Altglaslaster sich in ein Altglasschiff verwandelt, weil er ist weitergeschwommen, als würde er von einem U-Boot hinausgezogen. Und viel langsamer, als die Zuschauer es von so einem schweren Fahrzeug erwartet hätten, ist der Altglaslaster im See versunken. Und erst nach einer Ewigkeit, wie er ganz vom Wasser verschluckt war, sind die Glasscherben oben über den Rand geschwappt und haben den See überschwemmt mit ihrem Zauberglanz. Und ob du es glaubst oder nicht. Die Leute, die das gesehen haben, sind noch tagelang nicht aus dem Schwärmen herausgekommen, wie der untergehende Walfisch immer mehr und noch mehr von dieser glitzernden Fontäne über den See gegossen hat, in dem sich das Sonnenlicht gebrochen hat, Regenbogen nichts dagegen.

33

»Da fragte der junge Mann den Engel: Was hat es denn für eine Bewandtnis mit dem Herzen, der Leber und der Galle des Fisches? Der Engel antwortete ihm: Was Herz und Leber betrifft, so muss man sie, wenn ein Dämon oder böser Geist jemanden plagt, sei es ein Mann oder eine Frau, vor ihnen in Rauch aufgehen lassen. So werden sie nicht mehr geplagt. Die Galle aber dient dazu, dass man einen Menschen damit bestreiche, der weiße Flecken in den Augen hat. Er wird dadurch geheilt.«

Diese Zeilen hat die Iris auf das Sterbekärtchen von ihrem Onkel drucken lassen. Der Bestatter hat zwar blöd geschaut, und Tobias-Legende haben wir noch nie gehabt, aber die Iris hat sich nicht abbringen lassen. Sie hat nur gesagt, ich bin die einzige Angehörige, und ich entscheide das.

Dafür hat sie den Spruch mit der Legende in der Firma entsorgt, weil Firma natürlich auch geerbt. Sie hat den Herrn Nguyen als Geschäftsführer eingesetzt und ihn beauftragt, sich einen neuen Spruch auszudenken, und der hat nicht lang nachdenken müssen. ZEIT IST GELB steht jetzt groß auf den gelben Transportern, die man in letzter Zeit an jeder Straßenecke sieht.

Das Wrack vom Seeufer natürlich Totalschaden, das haben sie wegschmeißen können, und ewige Streiterei mit der Versicherung, frage nicht. Beim Abtransport hätte der Kriminalbeamte Kopf sogar von seinem Krankenzimmer aus zuschauen können, aber da war er noch nicht wach. Ein paar Tage war ja nicht einmal sicher, ob der Kopf durchkommen wird. Die Pistolenkugel hat seine linke Niere komplett zerstört, und was niemand gewusst hat: Die rechte haben sie ihm schon vor ein paar Jahren herausgeschnitten. Wo der Doktor zuerst auf Nierensteine getippt hat, und auf einmal hat es geheißen: gerade noch früh genug gefunden. Er hat es aber keinem erzählt, sonst hätte es bei den Kollegen gleich wieder geheißen: aus dem Bauch heraus.

Versteh mich nicht falsch, aber in einer Hinsicht war seine schwere Verwundung sogar ein Glück für alle Beteiligten. Weil so hat ihn die deutsche Polizei nicht gleich in die Zange nehmen können, sprich: Was tut ein ausländischer Polizist mit seiner Dienstwaffe in unserem Land? Da hätte ein übermotivierter Landpolizist mit den falschen Fragen viel anrichten können. Das steht dann irgendwo in einem Protokoll, und man kann es nicht mehr so leicht loswerden. Aber gottseidank nicht ansprechbar, und das hat die Verhandlungen im Hintergrund sehr erleichtert, sprich Diplomatie. Da sind die Telefone heiß gelaufen zwischen den zwei Ländern, ja was glaubst du. Weil natürlich beide Seiten kein Interesse, dass man da päpstlicher ist als der Papst, und im Zweifel für das gegenseitige Stillschweigen.

Den Brenner haben sie am Anfang ein bisschen sekkiert, und was schmeißt du uns den österreichischen Müll in den See. Aber auf einmal haben sie ihn heimfahren lassen, als wäre nichts gewesen. Offiziell war nur noch von einem tragischen Selbstmord die Rede und von dem missglückten Versuch seiner Freunde, den Tobias daran zu hindern. Man fragt sich zwar, was ein tragischer Selbstmord sein soll, weil zeig mir einmal einen untragischen Selbstmord. Aber vielleicht schimmert da doch das Verschwiegene ein bisschen durch. Weil wenn du mich fragst, war das Tragische, dass er den Coco erschossen hat. Wo er doch vorher schon mit sechsundachtzig Leben im Plus war. Für den Tobias auch tragisch, nicht nur für den Coco, oder sagen wir Cornelius.

Aber über den Cornelius hat keiner mehr geredet. Und über die vielen Leben, die der Tobias gerettet hat, auch nicht. Ich könnte mir vorstellen, dass unter den Geretteten auch ein paar wichtige Herrschaften waren. Solche, die mit dem Boot über den See angereist sind und sich diskret ein neues Leben abgeholt haben. Denen hätte ein Gerede auch nicht gefallen. Und aus ärztlicher Sicht Gerede sowieso schädlich. Du lässt dir als Chirurg nicht wegen einem unsichtbaren Zaun aus einer gelungenen Operation ein Verbrechen machen. Man muss ja auch den Organempfänger schützen. Als Organempfänger bist du wahnsinnig sensibel, womöglich kommt es reihenweise zu Abstoßungsreaktionen, wenn man da Geschichten verbreitet, die weit in der Vergangenheit liegen. Und die Spender macht es auch nicht mehr lebendig. Positiv gesagt: Der Spender lebt ja im Empfänger weiter, das darf man auch nicht vergessen. Zumindest teilweise.

Während der Kopf im Haus am See zwischen Leben und Tod geschwebt ist, hat der Brenner auf seine Wiener Wohnung aufgepasst. Ein bisschen hat es natürlich schon so ausgesehen, als würde er sich die Wohnung von einem Wehrlosen unter den Nagel reißen wollen. Aber was soll er machen? Er kann ja nicht ausgerechnet jetzt ausziehen, das wäre ganz das falsche Signal gewesen. Als hätte er seinen Exkollegen schon aufgegeben. Sicher, es war eine gemütliche Wohnung, und allein hat man schon mehr das Gefühl, es ist was Eigenes. Aber das kann man dem Brenner nicht zum Vorwurf machen. Er hat sogar jeden zweiten Tag im Spital angerufen und gefragt, ob es dem Kopf besser geht. Die Durchwahl zur Station hat er gleich beim ersten Anruf bekommen, und mit der Stationsschwester war er schon per du, das war ganz eine Nette, Camilla Schwan hat die geheißen, aber wenn sie das Telefon abgehoben hat, hat es geklungen wie Schwon. Manchmal hat sie ihn auch mit dem Chirurgen reden lassen, der dem österreichischen Kriminalpolizisten eine neue Niere eingesetzt hat. War natürlich schon ein riesiges Glück, dass er ausgerechnet im Haus am See gelegen ist, sprich Spezialität des Hauses. Er hat eine Eins-a-Niere gekriegt und die Transplantation tadellos geklappt.

Wie er aufgewacht ist, war der Tobias schon beerdigt und der Transporter schon abgeschleppt, aber der Altglaslaster immer noch im Wasser. Die Bergung war das Erste, was der Patient Kopf von seinem Krankenzimmer richtig mitgekriegt hat. Sie haben ein spezielles Bergeschiff gebraucht, und alles in allem hat es eine Woche gedauert, bis der Lastwagen heraußen war. Beim Kopf ist es nicht so schnell gegangen, er ist nicht und nicht aus dem Krankenhaus entlassen worden. Weil ob du es glaubst oder nicht: Die Wirbelverletzung, die er sich beim Sturz aus dem Lastwagen zugezogen hat, hartnäckiger als die Niere.

Wenigstens hat er diese herrliche Aussicht gehabt. Nach der Lastwagenbergung ist es auf dem See zwar wieder ruhiger geworden, aber er hat sich nicht sattsehen können. Stundenlang hat er den Schiffen zugeschaut, weil das ist das Angenehmste, was es gibt, nach so einem schweren Eingriff.

Und wie dann mit den kälter werdenden Herbsttagen auch die Schiffe immer weniger geworden sind, hat er einfach zu dem schönen Gebäude auf der anderen Seeseite hinübergeschaut. Er hat nicht gewusst, dass es das Sterbehospiz Haus Ufer war, wo die Mutter von der Iris gestorben ist. Die Frau Schall, von der er immer behauptet hat, sie wird schon noch angeschwemmt werden, und jetzt ist nur das Spiegelbild vom Haus Ufer je nach Wind und Sonnenstand zu ihm herübergeschwemmt worden in einer unendlichen Wellenbewegung.

Insgesamt war der Kopf ein halbes Jahr nicht im Dienst. Nach dem Krankenhaus noch Reha, und wie er heimgekommen ist, hat der Brenner ihn fast nicht wiedererkannt, weil der Kopf gertenschlank, der war dünner als der Savic. Er hat den Brenner gebeten, dass er noch ein paar Tage bei ihm bleibt, weil er muss sich erst wieder an das Alleinsein gewöhnen. Und der Brenner hat sich gesagt, wieso nicht.

Bei der Kripo wollten sie den Kopf zuerst sogar in die Rente schicken, sprich Invalidität, aber der Savic hat ihm geholfen, und er hat bleiben dürfen. Du musst wissen, der Savic in der Zwischenzeit aufgestiegen. Nicht weil er sich am unsichtbaren Zaun so korrekt verhalten hat, sondern es ist einfach eine Stelle frei geworden. Vorher haben sie ihm gesagt, er braucht sich gar nicht bewerben, er ist zu jung. Aber beim Bewerbungsgespräch hat er sie dann doch überzeugt, weil er hat die Vorgesetzten punkto Polizeiarbeit mit einem Gedanken beeindruckt, den sie noch nie gehört haben: Die Minute ist wichtig, aber die Sekunde geht oft nach hinten los. Mit dieser Tobias-Weisheit ist die Karriere vom Savic erst so richtig in Schwung gekommen. Seither sogar noch einmal aufgestiegen, und wenn es so weitergeht, ist er bald einer der höchsten Polizeibeamten der Stadt. Und da sieht man es wieder einmal, sogar das Credo von einem Mörder kann man recyceln und bei der Polizei wiederverwenden.

Den Brenner wollten sie am Mistplatz auch nicht mehr haben, weil der Altglaslaster im See natürlich Eins-a-Entlassungsgrund. Der Platzchef hat gleich an seinem ersten Tag nach dem Urlaub durchgegriffen und den Brenner hinausgeschmissen. Aber der Brenner hat sich erinnert, dass er eine Juristin kennt, und die Frau Rossi hat sich nicht lang bitten lassen und ihm sofort geholfen, rein aus alter Verbundenheit. Sie hat dem Chef vom Platzchef einen Brief geschrieben, wo der beim Lesen einen halben Kreislaufkollaps gekriegt hat. Dabei hat sie ihm nur mit einer Klage gedroht, weil die Mistler nach dem Leichenfund keine psychologische Hilfe bekommen haben. Ob du es glaubst oder nicht, am Schluss ist der alte Platzchef auf einen anderen Mistplatz versetzt worden, der Udo neuer Platzchef, und der Brenner hat bleiben dürfen, was er war.

Einmal hat es noch eine kleine Aufregung am Mistplatz gegeben, weil ein paar Wannen umnummeriert worden sind. Wanne 9 war jetzt Metalle, und Wellpappe war 12 und Elektroschrott 7. Am Anfang hat das die Mistler wahnsinnig gestört. Aber ich sage immer, man gewöhnt sich an alles. Das Leben ist dann wieder seinen normalen Gang gegangen, der Mist schön in die Wannen verteilt, damit fängt alles an, und damit hört alles auf, ewiger Kreislauf Hilfsausdruck.

Das Ganze ist jetzt schon ein paar Jahre her. Dass der Kopf mit der Dienstwaffe drüben war, ist genauso verjährt wie die Festplatte vom Tobias, die der Herr Nguyen nicht zum Reisswolf gebracht hat, oder die paar Organe, die sich über die unsichtbare Grenze verirrt haben. Und der

Tobias ist dort, wo alles immer schon verjährt ist, sogar ein Mord.

Ich muss ganz ehrlich sagen, ich denke auch nicht mehr oft an die Geschichte, höchstens wenn mir ein Fahrer in der *Zeit ist Gelb*-Uniform ein Paket vorbeibringt. Aber ehrlich gesagt: Meistens klingeln sie nicht einmal.

Wolf Haas wurde 1960 in Maria Alm am Steinernen Meer geboren. *Müll* ist der neunte Band der Brenner-Serie. Bei Hoffmann und Campe erschienen auch die Romane *Das Wetter vor 15 Jahren* (2006), *Verteidigung der Missionarsstellung* (2012) und *Junger Mann* (2018). Wolf Haas lebt in Wien.